CANICULE

Jean Vautrin, alias Jean Herman, est né en 1933 en Lorraine. Il est venu à Paris pour commencer une licence de lettres et il est finalement entré à l'I.D.H.E.C. Successivement lecteur de littérature française à l'université de Bombay, dessinateur humoristique et photographe, il devient l'assistant de Roberto Rossellini en Inde.

Il a réalisé une trentaine de courts métrages et quelques grands films (Le Dimanche de la vie, *d'après Raymond Queneau,* Adieu l'ami). *Il travaille également comme scénariste* (Flic ou Voyou, Garde à vue).

Canicule *est son septième roman.*

Au début, il y a un homme en smoking, au milieu d'un océan de blé. Jimmy Cobb. L'Américain. Un homme des villes qui creuse la terre avec ses mains trop blanches, et lui confie le prix de sa liberté : un milliard de centimes.

La Beauce autour de lui. Pas un arbre, pas une ombre. Juste un enfant, caché dans l'herbe : Chim. Il a une drôle de chanson dans la tête, et la certitude qu'il vient de rencontrer Humphrey Bogart. Ensuite, il y a l'hélicoptère. Il surgit du fond de la plaine, comme un rapace. A son bord, les tireurs d'élite de la gendarmerie.

Jimmy Cobb, l'homme-cible, reprend sa course pour la vie. Seul refuge : la ferme, là-bas, au bord de la route. L'Américain y découvre un monde étrange, plein de secrets et de passions féroces. Et Jessica.

Qui est Jessica ? Dans quelle prison a-t-elle enfermé sa beauté ? Va-t-elle céder à la tentation d'un amour impossible avec le fugitif ? Traqué par les hommes, muré dans son angoisse, Jimmy Cobb voudrait disparaître. S'effacer dans la nuit. Il lui faudra d'abord affronter le regard implacable de l'enfant.

ŒUVRE DE JEAN VAUTRIN

Dans Le Livre de Poche :

BLOODY MARY.

JEAN VAUTRIN

Canicule

MAZARINE

« La révolte est une ascèse, quoique aveugle. Si le révolté blasphème alors, c'est dans l'espoir d'un nouveau Dieu. »

Albert Camus

A Antoine, enfant là.

A la violence, parce qu'elle s'installe.
A l'hystérie, parce qu'elle est collective.

DIMANCHE

Noémie Blue

La voix d'un type qui parle de jazz à la radio dit :

« Le jour où Charlie Mingus est mort, cinquante-six baleines se sont suicidées en se précipitant sur le rivage. Juste en face de sa propriété. »

Noémie Blue lui coupe la parole.

Elle va, sur ses pieds nus, jusqu'à la salle de bain. Elle fait couler de l'eau fraîche sur un gant de toilette. Elle le passe sur son visage. Elle le passe sous ses aisselles. Elle le garde sur sa nuque. Même en combinaison, elle sent la lourdeur s'installer dans ses jambes. Gee! Man! Lâchez-lui la peau, vous, les mouches!

Aujourd'hui, il fait un soleil d'apocalypse.

La Ville est en plomb. Elle coule sur ses échasses. On étouffe dans les logements bon marché. Du feu qui dévale les échelles métalliques, au flanc des buildings.

Dehors, l'asphalte fond sous les pas des policiers.

LUNDI

L'enfant

La première fois qu'il voit l'homme des villcs, Chim est dans son canoë-kayak.

Unc plume de corbeau sur la tête, il remonte à contre-courant les rapides de la D 21.

'Cause le soleil darde, le goudron fond. De larges plaques noires qui guimauvent et engluent l'embarcation. Sacré handicap pour remonter la côte de Morsang. Surtout sur un traîne-con-kayak façonné cageot-à-patates. Le tout motorisé sur patins à roulettes pour l'avant. A l'arrière, une roue de herse, une de charrue. Vache différence de diamètre.

Chim donné trois coups de pagaie consécutifs. Il se rapproche de la rive à graminées. Dans un effet de roulis saisissant, il échoue le canot. Huron comme pas, il débarque sur l'herbe.

En avant pour l'observation.

L'homme est au milieu du champ de blé. On jurerait qu'il a couru. Il respire précipitamment. Il porte un costume de marié. Une rose à la boutonnière, il creuse. Creuse et meurtrit ses mains blanches.

De temps en temps, il regarde autour de lui. Comme un écureuil qui vole des noix. Vite, il regarde. Et vite, il creuse.

Chim rampe dans le fossé. S'approche encore. Gagne. Puis tout soudain, s'arrête.

Y a son bouton d'acné juvénile qui le reprend sur le nez. Ça le gratte. Il donne satisfaction d'usage à ces rougeurs quotidiennes. Deux coups d'ongles sales et il repart.

Arrivé à un jet de carabine à plombs de l'étranger, il se cale le menton entre deux souches. Invisible. Immobile. Juste son doigt qui flatte machinalement sa guiguite dans la touffeur de son froc à bretelles.

L'homme a l'air fatigué. Il a volé une pioche très lourde. La terre est sèche. Quinze jours qu'il n'a pas plu. Et le soleil, un enfer.

L'homme essuie sa peau juste au-dessus de sa bouche. Toujours là qu'on transpire. Chim en fait autant. Machinal, sa lèvre inférieure qui monte et efface la sueur. Gobe. Deux gouttes de sel.

Exactement ce que ressent l'étranger.

Chim se déplace à couvert.

L'homme a les yeux noirs. Il est plus jeune que ce fumier d'Horace. Il a l'âge d'Humphrey Bogart dimanche dernier, à la télé. Ouais! Et des faux airs, il a.

Il a des souliers vernis. La terre monte en poussière autour de lui. Un tas déjà à ses pieds. Des caillasses. Il desserre son nœud papillon qui l'étouffe. Il a les gestes de la rage. Il creuse.

Derrière ses jambes, il y a un sac.

L'homme

La pioche en l'air. Han! Jamais Cobb ne retournerait en prison. Jamais. Han! Ses mains le brûlent.

La pioche en l'air. Han haïe, Cobb creusait. Cobb creuse pour sauver sa vie. Ils ne le reprendraient pas. Pas vivant.

Et han! Cette terre. Cette terre si dure, comme un refus. Tout toujours contre lui. La poisse et la révolte. Cobb avait du venin dans les veines, de la hargne partout. Des crocs. La planète entière, il haïssait. Que de la hargne.

Han, cette pioche qui montait dans le ciel. Haïe, cette poussière qui vole.

Et là-bas, la ferme.

Cobb s'arrête de creuser. Personne. Personne en vue. Juste les blés verts à l'infini. Une vapeur qui monte au-dessus de la route goudronnée. Et cette armée de pylônes qui marche à sa rencontre. Un bourdonnement haute tension.

Cobb s'agenouille. Des fourmis l'entourent. Elles vont vers nulle part. Elles traînent cent fois leur poids. Elles se donnent un mal d'insecte. Un mal fou pour pas grand-chose.

L'homme a un sourire tordu.

Il se penche sur le trou. Il l'agrandit, remonte la terre avec ses mains. Aux poignets, deux cicatrices blanches barrent ses veines.

Plus jamais la prison.

Quatre-vingts centimètres de profondeur. Le trou : largement de quoi contenir le sac de nylon. Il l'a volé tout à l'heure aux deux campeuses installées à la corne du bois. Le seul bois à la ronde.

Dedans, il a glissé le sac de toile grise. Le sac qui lui vaut d'avoir toute la meute après lui.

Les flics et les autres.

Il a un regard furtif du côté du bois. Les deux tentes semblent fermées. Le camp est désert. Ses yeux inquiets dérivent plus loin. Ils se posent à nouveau sur la ferme.

Trapue, repliée sur elle-même, fortifiée presque, elle n'offre que peu d'ouvertures du côté plaine.

Avec acharnement, Cobb reprend son travail de terrassement. Sous sa veste de location trop étroite, son holster lui colle à la peau. Il creuse. Il creuse. Chaque minute compte. Il n'a pas le temps de s'occuper de son confort.

D'ailleurs le corps n'existe pas, il n'est envahissant que si on lui accorde de l'attention. Cobb a appris cela en tôle. La tête sert à oublier tout ce qui est matériel. Tout ce qui affaiblit les réflexes, le moment venu de s'en servir.

Cobb ne fume pas. Ne boit pas. Il parle huit langues. Le soleil lui fait peur.

Cobb

Cobb a comme une fulgurance. Eclair devant les yeux. Une femme. Des draps. Et de la fraîcheur.

Il ne faut surtout pas qu'il pense à No.

Il essuie sa nuque qui lui fait mal. Noémie a-t-elle toujours cette voix si rauque? Sa langue rose quand elle va rire et le même éloignement, tout au fond des yeux?

Cobb vérifie la cordelière du sac. Etanche. Suffisamment étanche pour deux ou trois nuits. Davantage, s'il le fallait.

Cobb rebouche le trou. Pour la fin, il a gardé le blé et ses racines. Pas de traces. Il replante. Il piétine, il prend des repères. A tout moment, il doit être capable de retrouver le sac.

Pour plus de sûreté, Cobb pose une pierre sur le socle du pylône le plus proche. Avec la tranche de sa semelle, il dessine un axe sur le ciment. C'est qu'ici, tout se ressemble. Une mer de blé. En marchant à reculons, Cobb a la sensation d'avoir jeté le sac au fond de l'eau.

Et pas une vague. Que le soleil. Une boule de feu.

Noémie a-t-elle toujours cette voix si rauque ? Exactement la voix de sa mère. A-t-elle toujours la même expression quand elle s'apprête à rire ? Sa langue rose pour appeler la vie et le même éloignement, tout au fond des yeux ?

En rêve, Cobb pose la main sur elle. Entre ses seins, profondément. No !

Dans la réalité, il émiette un épi de blé pas mûr. Des grains entre ses doigts. Des grains. Rien. Des grains juste, au creux de sa paume.

Soudain, il les rejette.

Noémie Blue

La voix d'un type qui parle à la radio dit que trois garçons de quinze ans ont torturé leur camarade de collège parce qu'il était juif. Une publicité vante un déodorant. Un commentateur sportif conseille de se doper au Fitogène, vachement bon pour les crampes. Un autre dit que déjà deux ans que Jesse Owens a fumé sa dernière cigarette.

Noémie Blue ferme ce putain de transistor.

Elle va sur ses pieds nus jusqu'à la salle de bain. Elle fait couler de l'eau fraîche sur un gant de toilette. Elle le passe sur son visage. Elle le passe sous ses aisselles. Elle le garde sur sa nuque. Même en combinaison, elle sent la lourdeur s'installer dans ses jambes. Gee! Man! Lâchez-lui la peau, vous, les mouches!

Aujourd'hui comme hier, il fait un soleil d'apocalypse. La Ville est en mélasse. Du sucre entre les doigts. Elle poisse et coule sur ses échasses. On étouffe dans les logements bon marché. Même les enfants noirs se sont tus. Du feu qui dévale les échelles métalliques, au flanc des buildings.

Noémie Blue suit le mur nu. Elle va jusqu'au piano.

Elle recommence à jouer *Don't let the sun catch you cryin'*. Parce que c'est l'air que Cobb a exigé qu'elle joue quand elle pense à lui. Parce qu'elle n'arrête pas de le faire. *Don't let the sun catch you cryin'*. Depuis deux jours sans arrêt, la tête vide, le cœur comme un marteau. Un gant de toilette sur la nuque. Cette chaleur immobile.

Et la Ville.

La Ville qui ferme ses cent mille paupières sur son envie de pleurer.

Paris-pommes-frites n'a pas de cœur.

Jo Rojinski

Dehors, l'asphalte fond sous les pas des policiers.

Jo Rojinski regarde Brambilla. Il fait un geste compassé pour ouvrir un bouton de plus à sa chemise. Il promène son index à l'intérieur de son col pour essuyer sa transpiration.

« Combien de temps qu'on marche sur le même trottoir, Ray? »

Brambilla ne répond pas. Il marche.

« Une sacrée paye! Bientôt quinze ans, je dirais, égrène Rojinski. Ça en fait des journées de planque! »

Ils font quelques pas côte à côte.

« Ça en fait! répète Rojinski. On a vu du chaud. Et on a vu du froid. De la neige ct de la pluie. Mais un soleil pareil sur ce putain de ciment, c'est sûrement ce qu'il y a de pire, Ray. Non? Hein? Tu ne trouves pas? »

Brambilla ne répond pas. Il émiette une cigarette pour ne pas fumer. Rojinski consulte sa montre.

« Ah! Il faudrait que j'aillé appeler ma fcmme, dit-il. Tu connais Nelly. Elle aime savoir où j'en suis. »

Brambilla marche. L'asphalte fond. Rojinski dit :

« T'aimes bien Nelly, toi, non? Ray? Hein? Vous vous entendez bien, j'ai l'impression. »

Brambilla ne répond pas. Les deux flics marchent en plein soleil. De temps en temps, des voitures fantômes avec des croix de lumièrc sur les chromes glissent au carrefour.

« Bon, j'y vais, dit soudain Rojinski. J'y vais, sans cela, cllc ne sera plus là.

— C'est ça, Jo, vas-y, dit Brambilla.

— Oh! je reviens tout de suite, dit Rojinski. Pas besoin de me regarder comme ça, Ray. »

L'inspecteur de 2ᵉ classe Brambilla ne répond pas.

Il lève une fois de plus la tête vers le septième étage de l'immeuble en face de lui. Ses paupières lourdes filtrent la lumière.

La quatrième fenêtre à partir de la gauche est toujours occultée par le store à lamelles. La cinquième fenêtre est toujours ouverte. La sixième fenêtre est toujours fermée. Rien de changé depuis hier.

Noémie Blue n'est pas sortie depuis deux jours.

Jimmy Cobb

Au milieu du champ de blé, Cobb émiette un épi pas mûr. Des grains entre ses doigts. Rien. Des grains au creux de sa paume.

Il les rejette.

Soudain, Cobb s'immobilise tout à fait.

Il a la sensation archaïque que ses oreilles bougent vers l'arrière. Comme celles d'un animal. Comme pour mieux capter l'imminence d'un danger.

Enfant, il ressentait déjà cette sensation étrange. Vitale. Quand il avait très peur, le soir. Il se souvient. Ses oreilles bougeaient vers l'arrière. Comme un sens oublié.

Et là, maintenant, il se retourne. Il se retourne, les yeux mi-clos, face à la lumière qui l'attrape et l'aveugle. Il respire. Il bloque ses poumons. Il écoute.

Il écoute.

Infime comme un tic-tac intérieur, puis, plus grave que le grésillement de l'électricité dans les câbles survoltés, un bruit flip-flappe vers lui.

Aussitôt, Cobb bouge. Droit devant lui, il bouge vers le couvert. A deux cents mètres, l'abri le plus proche.

Au bout du sentier : la ferme.

Cours ! Hache ton souffle ! Une forge dans ta poitrine, cours, Cobb ! Poussière, insectes, air torride, l'homme-cible court pour sa vie. Liberté, liberté ! A tord-chevilles, à travers tout, rebondit, titube, repart, l'homme aux vêtements de noce halète, éclate et dévale.

Chim

L'hélicoptère surgit au bout de la plaine. Cockpit aux yeux qui cherchent, l'appareil rase-motte l'argile rouge. Trace. Glace. Menace. Il renifle les routes, escalade les champs, sonde les talus. Brasse, passe, chasse. Son ombre multigire fait le gros dos par-dessus le fossé où se cachait Chim.

Le boutonneux fait hello de la main et du mouchoir. Sa tête part à la renverse. Son nez s'épate. Il crie sans savoir pourquoi.

Des obscénités lui viennent à la bouche.

L'hélicoptère lui tourne le dos.

Ses feux alternatifs luisants de confiance, il poursuit sa route aveugle. La terre comme un cadastre.

Chim rebaisse la tête. Il voit dix mille soleils noirs.

Et l'Homme, plus du tout.

Morsang

Morsang.

La ferme porte son nom, sculpté sur un mur.

L'ombre du hangar mange la silhouette du fuyard. Il s'appuie à un pilier. Au travers de la structure métallique, il voit s'éloigner l'hélicoptère. Le danger.

Il récupère son souffle. Son cœur reprend sa place. Un groupe de poules, volailles dubitatives, commente l'arrivée de l'étranger. Un coq fait une ambassade plus vindicative. A six pas, il jabote, incline la tête, met de l'or sur son œil, et lâche une fiente considérable.

Cobb bouge dans sa direction.

Il aborde une zone de lumière crue. Il gagne l'angle d'un bâtiment crépi. Il découvre l'immense cour en U. Toutes les fenêtres tournées vers l'intérieur. En Beauce, les secrets sont bien gardés.

Comment expliquer?

A cette minute même, Cobb lutte pour chasser de son esprit la douloureuse impression d'être tombé dans un traquenard. Sans doute la sensation d'étouffement que procure cette architecture-piège. Nulle générosité dans ce casernement rural. Et, à part deux ou trois meurtrières à la paupière lourde, pas le moindre regard accordé au monde des autres. Au bout de la plaine, la vie.

Et ici, entre ces tenailles qui parenthèsent l'espace, juste la perspective d'une concentration inévitable, un creuset où toutes les folies, toutes les déraisons, doivent immanquablement éclore, ronger et lanciner le cœur des hommes.

Combien sont-ils à vivre entre ces murs?

Cobb déchiffre leurs parois grises. De la main, il tâte la chaleur emmagasinée par les silex unis à un mauvais mortier. Derrière leur abri, comme les étés sont suffocants! Comme les hivers doivent paraître longs! Et la solitude, là, angoisse sortie de terre et de purin, guenille personnelle, remontant, les jours de pluie battante, le sentier coutumier conduisant à la ferme, quelle ogresse elle doit être pour les âmes! Quel tortionnaire inévitable quand les nuits rallongent et que les pas, toujours aux mêmes endroits se posent, fidèles à ceux des morts, gens oubliés qui avant vous ont eu peur d'affronter le fond de leurs lits humides, la monotonie des gestes du travail et la rareté des paroles blessantes.

Les gens. Combien sont-ils à vivre ici ?

En s'enfonçant plus avant dans la ferme, Cobb a la certitude d'entrer dans un cauchemar. Dans le mauvais rêve de sa vie.

Une main invisible le tient par la nuque. Il courbe les épaules. Moitié fatigue, le reste attention extrême, à pas ouatés, il s'avance. Son corps sans ombre bouge dans l'implacable lumière de la mi-journée.

En bougeant, il accepte. Il accepte la loi. Déjà, il est trop tard pour revenir.

Une personne en robe écarlate

Combien sont-ils à vivre ici ?

A l'opposé de l'endroit où il se trouve, Cobb localise une maison de maître, avec une véranda. Au bout d'une esplanade pavée, des écuries voûtées. Des portes à deux battants. Sous l'arche principale, une échappée sur la plaine. La mer est verte. Blé, blé, blé.

Cobb consulte sa montre.

C'est une voix de femme qui lui répond. Elle dit :

« Midi ! Midi pile, tu peux descendre ! »

La voix est proche. Un peu traînante. Cobb passe un œil prudent.

Au détour du mur contre lequel il se plaque, à guère plus de cinq mètres, il y a une fille. Son allure est molle. Elle est drapée dans une robe écarlate. Elle tient ses seins en souriant. Ses che-

veux ont des apparences de paille séchée. Ils enca-
drent un visage trop maquillé.

« Jésus ? fait la personne en levant la tête.

— Ouais ? » s'inquiète aussitôt une voix en alti-
tude.

La fille soupèse ses richesses. Elle bulle. Rit.
Niaise.

« Gary et Cooper t'attendent, Jésus, finit-elle
par dire.

— Moais », fait la voix d'homme. Le genre d'intonation qui ne laisse pas percer l'enthousiasme.

La fille fait deux trois pas jusqu'à l'échelle dressée contre le toit. Elle a une mauvaise boiterie.
Elle cale sa jambe trop courte sur une pierre
plate qui se trouve là exprès. Cobb remarque qu'il
y en a de similaires tout au long de la cour. Des
perchoirs. Des perchoirs partout.

La boiteuse attend, le ventre en avant dans sa
robe à vomir. Des fleurs imprimées sur fond
rouge. Couleurs farouches. Elle attend.

« Jésus... finit-elle par dire en traînant sur les
mots, Jésus... viens dans ma chambre. »

Elle attend.

« Vois, je me suis faite belle. J'ai mis ma robe...
ma robe de scène. » Elle rit. « Spécialement pour
toi. »

Elle ajoute :

« L'à paillettes dessus... Et rien dessous. »

Elle rit. Niaise de plus belle.

« La celle que m'a donnée ma sœur Lily. Ma
sœur Lily, qu'est une artist' au lit.

— Jé viendrai plou tard », dit Jésus.

Il a un fort accent espagnol. Ou portugais, allez
savoir.

La robe écarlate corolle et volte autour des
cuisses de la fille.

« T'as tort, dit-elle. Si tu venais dans ma chambre, je ferais spectacle pour toi. Pour toi tout

seul. Sur le disque d'Elvis. Tu sais ? Celui que t'aimes bien.

— Jé viendrai démain. Ou après-démain.

— Maintenant !

— Maintenant, c'est l'heure dé ma soupe ! Jé oune faim dé loup.

— Justement, gros malin. Moi aussi, j'ai faim ! »

Elle esquisse un pas de danse. Plutôt un balancement sur place. C'est comme un rythme sans joie. Rien que du maladif. Une fragilité sous la peau transparente de son front. Un entêtement lancinant.

« Jésus ! Viens. Je voudrais juste que tu me bouches un creux. Une urgence pire que manger ! »

Ça lui fait bouger les seins, cette plaisanterie triste. Un nuage assombrit son regard mâchuré par le khôl. Elle pousse un cri guttural, sans rime ni raison. Elle se balance.

« J'aimerais qu'on m'aime », gémit la personne en robe écarlate.

Elle reste au soleil. Toujours cette étrange cadence.

Le coq qui picorait par là s'arrête, tout décontenancé. Il reste sur une patte, comme son collègue du monument aux morts.

Il y a un grand silence côté Jésus.

Quand la fille s'en aperçoit, elle quitte son sourire dingo. Elle fronce la mine, quitte son tempo d'engourdissement. Hardi les brandillons, elle claudique arrière pour voir ce qui se passe sur le toit. Un doute, comme ça, qui la saisit.

Cobb recule en même temps qu'elle se déplace.

Derrière lui, il tâte le terrain de sa retraite éventuelle. Il trouve l'encoignure d'une porte basse. Elle est fermée par un loquet. Il la déverrouille.

Là-bas, la fille met sa main en visière. Elle est face au soleil.

« Jésus! Maçon de rien! Descends du toit! Je vais quand même pas te supplier! »

Et puis, elle découvre celui qu'elle apostrophe, portos ou espingouin, qui court et déroute, tout funambule, sur l'arêtier du toit. Prêt, l'immigré, à s'esbigner par le côté hangar. Ça, Cobb le sait. Il suit l'ombre de l'homme qui se déplace au sol, devant lui.

« Ah! qu'elle fait de rage et d'étrangle, ah! » qu'elle fait la donzelle.

Et après, elle passe au gros de l'orage :

« Hé! Salaud! Portigue de mes deux! Viens! Viens ici! Me laisse pas tomber! Tu sais comme je suis malheureuse! Ne me laisse pas! Viens te rincer l'œil!... Juste écouter la musique! Je te demanderai rien après!

— Pas question, qu'il hurle, l'interpellé. Cinq fois qué jé vois l'éspectacle! Z'avez qu'à demander à l'Arbi!

— Trop vieux!

— Au nègre!

— Trop sale!

— Alors, à votré papa, mame Ségolène!

— Horace? Vieux fumier! Mon derrière l'a intéressé que la première fois! »

Y a un silence.

Cobb entend sangloter la fille en robe écarlate. Un insecte lourd comme un bombardier passe près de lui. Surchargé de pollen, il s'écrase contre le mur. Au sol, il frotte ses ailes et envisage de redécoller.

Soudain, une tuile glisse. Dégringole. Toute la

pente du toit. Elle se casse devant Cobb. Il recule contre la porte.

L'ombre sur le toit s'est immobilisée, pile à l'aplomb de lui. Il sent que le maçon est prêt à sauter plutôt que d'affronter Ségolène.

« Jésus ! Dernière fois ! menace-t-elle. Rentre-moi dans la boîte à ouvrage ou je te laisserai plus jamais d'heure ou de répit !... Ni dormir, ni rien !... Je te réduirai à moelle ! »

Le Portugais dit toujours nib. Se tient coi.

Cobb lève la tête. Il voit l'ombre de l'autre qui se ramasse. Chat-tigre et compagnie. Et puis d'un coup :

« A glinglin ! il gueule, Jésus. A zamais ou en enfer ! Si zé meurs, c'est là qué zé vous attends ! »

Et y saute, l'enfoiré. Trois étages de vide. De quoi rester stropia pour toute sa vie.

Instinctivement, Cobb se rejette en arrière. Un coup de reins, il a poussé la porte derrière lui.

Il glisse aussitôt sur du mou. Badaboum et plusieurs bing, le costume de noces est dans les épluchures et dans la mouise.

En même temps, par l'ouverture de la porte, il voit le Portos se relever indemne. Même qu'il court comme un damné. Droit devant lui. Rien de cassé. Pas de danger qu'il se retourne.

En revanche, un boitillement signale à deux temps l'avance de Ségolène.

Cobb s'enfuit à quatre pattes.

Il tourne, première à gauche, au beau mitan d'un glacis d'eau de vaisselle, et se retrouve nez à groin avec une superbe truie de deux cents livres et les jambons.

La bête a les yeux bleus. Une attitude charitable. Elle ne dit rien.

Là-bas, dans l'ouverture, à contre-jour de sa

robe écarlate, la fille se dessine. Perdue dans sa laideur, toute à sa solitude, elle se penche. Sanglote. Derrière un mur liquide, ses yeux scrutent l'obscurité de la porcherie.

« Jésus, Jésus ? elle pleurniche. Jésus ? elle hoquète, tu préfères la compagnie de Proserpine à la mienne ! Very good, elle s'étouffe, pathétique et ravinée d'eye-liner, very good, je r'passerai te prendre que c't' après-midi ! »

Et vlam, elle ferme la bauge. Crampons, loquets, verterelles — tout est verrouillé.

La cochonne aux yeux bleus pousse un grognement de soulagement. C'est que, tous les jours, Proserpine attend sa mort.

Chim

Pas vrai ! Pas vrai que ça puisse exister ! Tant d'argent à la fois ! Même pas des billets ordinaires ! Des coupures à trois zéros ! Toutes rangées. Epinglées. Des liasses.

Et aussi des George Wachingtone, général et homme politique assez connu (et né dans le Comté de Westmorland en Virginie, comme devait plus tard le vérifier Chim en ayant recours à son dico).

Des dollars amerlicains en pleine Beauce ! Incroyable. C'était incroyable. Des picaillons pour toute la vie ! Ah ! Chim en revient pas. En revient vraiment pas.

Assis sur son cul, plein soleil, les jambes écartées, la terre autour de lui, le sac de nylon d'un côté et celui en toile écrue de l'autre, il plonge et replonge son bras dans les profondeurs du trésor.

Chaque fois, c'est des millions qui remontent.

Pleines poignées. Plus que dans aucun film qu'il ait jamais vu.

C'est pas difficile, Chim est tellement abasourdi qu'il sait plus quoi faire de son corps. La cibiche Camel qu'il s'était allumée charbonne. S'éteint. Et tombe au sol.

Il reste là, la bouche ouverte, un grand moment. Il y a plus rien d'assez intéressant dans sa vie pour le faire revenir sur Beauce.

D'ailleurs, il est parti en Amérique. Il est gangster. Il s'appelle Aniello Della Croce. Que ça. Il est très riche, il porte des cravates voyantes, il est très craint. Il a trois montres. Il porte toujours une arme sur lui. Et forcément, il évite de se faire raser la barbe dans des endroits d'où on ne peut pas surveiller la porte.

C'est ça la rançon de la fortune, du vice et du crime.

Pas fini. Il a sans arrêt rembour avec des femmes. Rien que des vertigineuses. Des qui travaillent dans le showbise. Des encore bien plus chouettes que sa grande demi-sœur, Lily Aphrodisia qui fait le tapin à Chartres et même un peu striptease. Des bien plus nichonnées, d'abord. Genre blondes à résille. Celles qui font toujours un numéro de claquettes avec vous avant de passer au pieu. Et se réveillent vachement bien peignées. Même si vous les avez bousculées toute la nuit.

Chim aimerait pas que ce pouvoir d'imagination s'arrête jamais. Mais l'instinct est le plus fort.

Quelque part dans sa tête, y a Aniello Della Croce qui lui suggère de cacher le pognon. Et vite fait. Conseil de Parrain.

Passe que, c'est vrai, en y repensant, tout à l'heure, c'était bien un hélico de la police qui patrouillait. Et ce type, là, Bogart, dans son cos-

tumc de noce, il avait l'air plutôt pressé, non ?
Preuve qu'il a pas gagné ce pactole en vendant
des carambars mous sur le marché de Champmotteux ? Hein ? Hein ? Y m' semble.

Alors ce fric ? D'où y vient ? D'un frac, bien sûr !
Bogart en fait jamais d'autres. Il les a volés les
biffetons ! Holdupés !

Un truc qui libère drôlement la morale, non ?
Ce pèze, après tout, il devient à celui qui le
trouve. D'autant que la terre est Maltravers par
ici. Huit cents hectares. Tout autour du sac. Rien
que du Maltravers.

Quand vous binez vos patates, vous allez pas les
déclarer à la gendarmerie ?

Chim remet tout le fric dans le sac de toile
écrue. Dans le sac de nylon, il fourre des caillasses. Il le balance dans le trou. Il rebouche. Il
reconstitue. Il replante le blé.

Ni vu ni connu. je t'andouille. Lui aussi, il vient
de holduper. Della Croce à part entière. Et casier
vierge, s'il vous plaît. Y en a beaucoup qui pour-
raient pas en dire autant.

Il soulève sa prise. Un effet de balancement. Et
il fait han, tellement le butin est lourd en le
jetant sur son épaule.

Il s'éloigne en sifflotant. Il a pris la pioche pour
creuser un autre trou. Il a sa p'tite idée sur l'endroit où il va planquer le magot.

Ti la, ti la lalaire, il fredonne.

Son moral remonte à vue d'œil.

Horace

Horace est fatigué. Il sent l'ail et l'oignon du
repas qu'il vient de prendre.

Sur la toile cirée, il a allongé ses mains comme des personnes. Elles se reposent sur le dos. Crevassées par la terre.

Sur la table, les assiettes sont vides. Les verres ont encore la trace bleutée du vin. Les regards des convives sont un peu vagues, égarés par la bouffe et la chaleur. Les veines saillent au bord des tempes. Dans les bouches, les langues torchent les dents gâtées. Les brodequins sont immobiles. Les mouches insistent sur les miettes. Un chat saute sur un tabouret bancal.

Horace s'est disputé avec sa femme. Des mots crus. Des ordureries irréparables. On ravaude pas les cœurs comme les genoux des pantalons.

Le maître de Morsang pose son regard sur une chaise vide.

Il dit :

« Ce gosse, vous m'entendez, j' veux pas qu'on y donne à manger quand y rentrera ! J' suis pas une auberge ici ! »

Tout le monde se tait. Ségolène, sa fille. Et aussi les trois ouvriers agricoles. Tous cousus sur leur chaise. Il y a Saïd l'Algérien, Soméca-Buick, le tractoriste congolais, et Gusta Mangetout. Celle-là, on sait même pas si son appellation d'haricot est son vrai nom. Mais, depuis le temps qu'elle est cuisinière, on lui en a jamais connu d'autre. Et pas d'hommes non plus. Même pas des passages pendant les dépiquages d'antan. Rien.

Gusta, ici, c'est juste un vieux tas de chiffons avec des dents qui manquent sur le devant.

« T'entends, souillon, lui dit Horace, t'as beau être là depuis quarante ans, j' veux pas que t'ailles filer un casse-croûte à ce morpion derrière

mon dos !... Sans ça, c'est les P'tits Vieux ! Direct !
J' te fous à Ablis ! »

L'hospice des Sœurs. Gusta se le fait pas redire.

« Oui, m'sieu Horace », elle chuchote.

C'est comme ça. Ça l'a toujours été.

Après, les yeux du patron vont jusqu'au bout de
la table.

« Et l' Portosse ? il grogne. Où qu' c'est-y qu'il
est ?

— Y m'a encore mis la main au cul, dit Ségolène. Alors forcément, y fait mine de réparer son
vélo pour la course de dimanche. »

Ségolène se gratte sous le bras. Elle pose ses
méchants petits yeux noirs sur Soméca-Buick.
Horace se marre.

« Le cul, il fait, c'est vraiment une histoire de
famille ! »

Il retourne l'un de ses immenses battoirs. Il se
penche en avant. Il empalme le litre. Il se verse le
fond. Le picrate coule en trois fois au fond de sa
gorge. Il fixe le dos de sa femme qui s'éreinte sur
la vaisselle. Elle fait aussi bien de ne rien dire.
L'horloge sonne une fois.

« Vous pouvez aller », dit Horace.

Aussitôt, les chaises raclent sur la tommette.
Tous soulagés de pouvoir échapper à l'atmosphère trop lourde pour leur simplicité naturelle,
ils roulent vers la sortie.

Le papier Job monte aux creux des paumes. On
bat le briquet. On sort au soleil.

Ségolène s'en va, longeant la maison. Les
rosiers. Elle se dirige vers le hangar.

« Haaaoooh ! »

Elle pousse son drôle de cri qui ne dérange
apparemment personne.

« Haaaoooh ! »

Elle a encore Jésus le maçon dans la tête.

Elle s'avance en se caressant les seins.

Soméca-Buick et Saïd s'asseyent sur leurs talons, au bord du trottoir.

Ils ne se parlent pas. Ça ne sert à rien.

Ils fument avant de repartir pour la plaine.

La femme

Le ventre sous le tablier, la femme frotte. Le ventre sous le tablier de finette, la femme s'échine. Le ventre aride comme une année sèche, la femme récure. Elle décape, gratte, torchonne. Et brique.

Toute en force. Les gestes vifs. Elle met un chaudron à égoutter. Monte un bras à hauteur de son front, l'essuie. Sans complaisance. Rien que de l'efficace.

L'eau coule en grand sur l'évier. Un trait de fraîcheur. Elle y passe ses doigts rougis par l'eau de Javel, brise le jet. Mille éclaboussures sur le dallage. Elle secoue ses doigts. Les sèche au coin du tablier. Ferme le robinet. Se baisse rapidement.

Pas un regard à Horace qui la guigne par-dessus son verre. Lui, sa gnôle et sa rancune.

Elle, le travail pour s'abrutir. Pour ne pas penser.

Après la vaisselle, les eaux usées pour le cochon. Elle se relève avec deux baquets où nagent du maïs, des épluchures. Du pain.

Elle enjambe Horace avec pas plus d'intérêt que s'il était une bûche en travers de sa route. Lui, les pieds étendus, gourds. Indifférent. Mufle exprès. Elle, comme s'il n'existait pas.

Elle sort dans la cour. Elle retrouve sa démarche dès qu'elle a équilibré sa charge. Ses sabots claquent sur le dallage puis sont mangés par la terre.

Horace la regarde s'éloigner. Haut montée sur ses jambes solides. La nuque dégagée sous le chignon. Fière. Belle croupe. Belle à force de résistance et d'oubli de soi.

« C'est ce gamin qu'est pas de moi qui nous sépare, dit Horace en finissant son verre. Des fois, j'ai envie de l'noyer comme un chat. »

Il a dit ça pour personne. Ou alors pour Gusta qui s'affaire à des riens. Bricoles de vieux qu'ont toujours les mains sur l'ouvrage. Des lentilles à trier. Une chaussette à repriser. Un coup de Miror à donner sur les cuivres.

Elle fait celle qu'a pas entendu. Ou alors, elle a pas entendu pour de bon. Allez savoir. Qu'est-ce que ça fait ? Qu'est-ce que ça change ?

Deux mouches s'accouplent en plein vol. Elles tombent sur la toile cirée. Elles s'ébouriffent. Le poing d'Horace s'abat sur elles. Deux verres s'entrechoquent. Une petite cuillère tombe de la table. Elle tinte sur le carrelage.

Horace se lève.

Il sort sur le pas de la porte. Regarde la cour déserte. Bâille. Lâche un vent. Si Chim rentre maintenant, il va le battre comme un âne qui recule.

Le soleil. Jamais vu un soleil pareil.

La Beauce

Gusta la servante est restée seule dans la grand-salle.

Sitôt le rustre parti, elle semble s'animer. Menue, fragile, elle trottine jusqu'à ses secrets. Soulève le rabat du coffre à sel. Ecarte des chiffons. Hardes, rubans, guimpes. Démasque une boîte à biscuits. La sort. Essuie le si beau couvercle métallique. Portrait dédicacé de Mistinguett. Avec l'écriture de l'artiste en fac-similé : « Les crêpes du Père La Galette, celles que je préfère. »

Voilà. Gusta s'assied. La boîte posée sur ses genoux, elle entrouvre le couvercle.

Et la Beauce envahit la pièce.

La Beauce de Gusta est un passé lent, confectionné dans une étoffe de cartes postales jaunies.

Semeurs, charretiers, bergers, faiseurs de liens, valets, batteux : de la Folie-Herbault à Meslay-le-Vidame, de Bazoches-les-Gallerandes à Marchenoir, les gestes de ces gens étaient éloquents.

Ils disaient le travail, la maladie et la mort. Tout le reste n'était que sommeil de brute. Des jours tous semblables. A peine un embryon de vie avant de sombrer au creux des paillasses. Les voix embrumées de fatigue, colorées par le vin, qui s'estompaient à mesure des plongeons dans le néant. Ronflements, sanglots, raclements de gorge et rires sous cape. Et puis, demain quatre heures, les pieds qui retrouveraient les mêmes sabots. Un oubli de soi.

Et juste les saisons pour gouverner les envies du corps.

Heureusement, août revenait, comme une conjugaison de fécondité. Pulsions, instincts, la joie se faufilait à l'heure des moissons. Elle taraudait brusquement le fond des pantalons. Picotait les aisselles, taquinait les lèvres.

Quand la dernière voiturée rentrait à la ferme, on plantait sur le sommet de la première voiture du dernier chargement un bouquet de fleurs des champs. Une branche d'ormeau. La fête de la dernière gerbe pouvait commencer. On la célébrait par un repas.

Jupes troussées aux hasards de la paille, on riait. On chantait. Le « débrocqueux » enjambait la gerbière. Le « tasseux » bousculait la servante. C'était « l'Oison d'Août ».

La récompense après la peine.

Et puis, l'automne retournait casaque. La paille entrait dans le fumier, les socs tranchaient l'affaire. Labours et semailles. La force s'en allait après la sève.

Toujours, on retrouvait la lourdeur du sillon.

Le froid arrivait. La nourriture devenait grasse. Elle servait à continuer. On sortait le lard de la saumure. Le gibier complétait.

Gusta se souvient.

Temps écoulés, sauvages et sélectifs. Le soleil, la pluie, le gel par-dessus la vie qui faisait le dos rond. Au bout de la terre, le repos éternel. La terre, partout présente. Masse et mère. Buveuse et ogresse d'hommes.

Là-bas, des clochers dressés comme des phares. Seule verticalité. Signes d'éternité. Balises vers le ciel.

Peggy Charles, fils de rempailleuse, qui psalmodiait la Beauce sur les livres de classe :

Plaine infinie, plaine infiniment grande
Plaine infiniment triste, sérieuse et tragi-
[que
Plaine sans un creux et sans monticule
Plaine de solitude immense
Dans toute son immense fécondité.

En ce temps-là, un homme valait cent sous à peine. Aujourd'hui, une moissonneuse vaut bien quatre cent mille francs.

Gusta soupire. Une sorte de sanglot sec la convulse. Lui fait relever la tête.

Tout ce passé qui n'est plus, ça la fait frissonner. Serait-elle pas, par hasard et misère, restée seule de son espèce ? Une sorte de naufragée ultime, perdue dans la folie ?

Toutes ces radios, hein ? Cette télévision. Ces bruits à réaction, ces vitesses, ces records, ces chansons barbares, ces fusils et ces bombes, auxquels elle ne comprend rien.

Que faut-il faire pour que les jours reviennent ? Partir tout à fait ? Mourir proprement ? Espérer que le curé dit vrai ? Espérer niaisement que Dieu est un œil, perdu dans les étoiles ?

Les étoiles ! C'est si loin ! C'est si froid ! Tellement impossible. Comment faire pour retrouver sa route ?

Soudain, Gusta tend la main comme pour interpeller un passant. Elle tombe à deux genoux. Ses lèvres remuent.

Elle demande à Dieu son chemin.

Le lièvre

La femme, la femme d'Horace, pousse la porte de la porcherie. Courbée en deux, les yeux mal habitués à la pénombre, elle se faufile entre les stalles.

Elle s'approche de l'auge du cochon. Elle y déverse le premier baquet. De la hanche, ferme, elle refoule Proserpine qui se jette sur la nourriture en poussant de petits cris. La bête est grasse à lard.

« Côchonne de truie ! Faudra bien qu't'y passes ! dit la femme à l'animal. On te f'ra saigner par le boucher ! Il aime assez ça, le sang. Le sang et la sagouille. »

Elle pense à Horace. Cochon d'homme.

Elle balance le second baquet. Elle s'arrête en plein milieu de son geste. On dirait qu'on l'a électrocutée. Elle reste raide, comme elle est.

Elle ne rêve pas pourtant. En face d'elle, entre les barreaux de bois, il y a des yeux. Une paire d'yeux qui la regardent.

Quand le lièvre est au gîte, c'est la même chose que remarque le chasseur en passant. L'œil de la bête. L'œil de la bête qui hésite entre la peur qui la cloue et celle qui lui conseille de détaler. Pour tuer le lièvre, le chasseur doit faire croire à l'animal qu'il ne l'a pas vu.

La femme laisse passer son regard sur le visage de l'homme qui est caché à ses pieds. Elle n'exprime rien. Emotion, pas.

Il y a un bâton à côté d'elle, qui sert à repousser Proserpine. Elle pourrait s'en servir.

Au lieu de cela, les gestes lui reviennent. Son instinct la guide.

Elle fait semblant de ne pas voir l'étranger. Elle finit de vider son baquet. Elle touille les épluchures. Elle se sauve en courant.

Elle a bien fait de ne pas voir l'homme. L'homme l'aurait étranglée.

Cobb repose la corde qu'il étreignait entre ses mains.

La femme claque la porte derrière elle. Chaleur soudaine. L'air sec la suffoque. Canicule. La mare est presque vide. Les canards, il faudra qu'elle s'en occupe. Cinq barbaries, bons à tuer.

Elle essaie de substituer des pensées quotidiennes à ce qu'elle vient de vivre. Elle ne sait toujours pas pourquoi elle a agi comme elle vient de le faire.

Elle ramasse une cuvette qui traîne là. Pleine de chiures. Avec un œuf dedans. Elle a besoin de réfléchir. Dehors, il fait trop soleil.

Elle court jusqu'à la maison.

Gusta

La femme pousse la porte.

Horace n'est plus là. Juste son verre vide.

La vieille Gusta lève la tête.

Elle regarde la patronne entrer avec sa cuvette qu'elle tient de traviole. Va tomber c't'œuf. Gusta éternue. Été, hiver, c'est dès qu'on ouvre la porte. Quarante ans d'habitudes. Elle éternue.

La femme sursaute. Un geste brusque. L'œuf tombe sur le dallage et explose. Gusta éternue encore.

« Plutôt mourir », elle dit.

La femme ne l'écoute pas. Personne n'écoute jamais Gusta. La femme soulève le petit rideau au-dessus de l'évier. Elle regarde du côté du bâtiment d'en face.

Là ousse qu'habite monsieur Socrate, frère à monsieur Horace.

« Plutôt mourir que d'aller à Ablis chez les sœurs, dit Gusta. Plutôt mourir, elle répète. Je m'zigouille, moi. »

La femme ne prête pas attention à ce que dit la vieille. Elle laisse tomber le rideau.

Et si elle allait tout raconter à Socrate ?

Son beau-frère est bien mal embouché, mais quand il n'est pas soûl, il a plus de sens commun que cette saleté d'Horace. Sur le point de traverser la cour, elle hésite.

Les volets de Socrate ne sont pas encore

ouverts. Une heure et demie passée, pourtant. Le pochard est pas encore levé. Sûr qu'aujourd'hui comme hier, il cuve. Ronfle. Plié en chien de fusil dans ses mauvaises odeurs. Emerge à peine.

La femme défait son tablier. Elle chausse des patins de feutre. Elle passe à côté. Chez elle. Parquet ciré Johnson et persiennes closes. Un monde intact. Des housses sur les meubles.

Elle va s'asseoir sous la véranda.

Elle se love dans le grand fauteuil en osier qui lui tient le corps droit. Elle se balance. Les yeux fixes. Le regard sec. La bouche, un trait. Elle se balance.

« Je ne serai jamais une petite vieille à Ablis, dit Gusta dans la pièce voisine. Plutôt crever », elle répète inlassablement.

Dehors, la lumière est blanche.

Ségolène

Cobb se déplace dans l'obscurité malodorante de la porcherie.

Une putain de voix intérieure lui serine qu'il ne doit pas rester ici. La femme va sûrement donner l'alerte.

A quatre pattes, il gagne la porte de la bauge. Il soulève le taquet rouillé. L'assemblage de planches joue sur ses gonds. Dans sa précipitation, la femme n'a pas refermé le verrou.

Cobb se glisse dehors.

Le soleil l'éclabousse littéralement. Du noir autour des objets un peu flous. Cobb filtre la lumière. Ses yeux comme des fentes. Il s'habitue. Il étudie la configuration des lieux.

Ségolène est perchée sur une pierre. Elle est dans l'ombre d'un tombereau, sous le hangar, en face de la porcherie. Elle se recule jusqu'à une autre pierre. Son réseau de perchoirs. Une demi-heure qu'elle est là à guetter.

Elle a vu entrer et sortir la femme d'Horace. Etant donné l'émoi de sa belle-mère, elle s'attendait à voir ressortir Jésus l'Espingoin derrière elle. Au lieu de ça, nib. Bernique! V'là-t-y pas qu'c'est un aut' mâle. Beau mec. Un peu pâlot p't'être. Et tout en habits de fête.

Ce serait-il pas un copain de bamboche à Socrate? Onc' Soc est grand paillard. Manque jamais un dimanche. Lundi inclus. Bien capable de ramener de la racaille à la maison.

La boiteuse se retient de crier. Toujours son foutu cri qui lui monte aux lèvres. Principalement, quand elle a de l'émotion. Ou du sentiment. Et puis aussi les bulles, c'est inévitable. Foutues bulles qui lui crèvent au coin de la bouche. Une mousse d'émotivité.

Bon, crier, elle se mord pour pas.

Brru! Brra! Pourtant le copain à Socrate vient de tourner le coin tout soudain! Un vrai feu de paille au cul! Une cavale d'une vingtaine de mètres et il s'est foutu à couvert. Dans la grande écurie.

Bizarre tout de même. Tout le monde qui se sauve de son côté!

Pensive et un peu carpe, Ségolène reste un moment avec une drôle d'envie de pisser qui lui monte aux ouïes.

Finalo, elle écarte sa patte valide de celle qui

tient pas debout. Elle pisse droit. Dru comme un boulonnais retour de labours. Et sans culotte, s'il vous plaît.

Ça la fait rire, pendant qu'elle, tous ces gens qui passent leur temps avec la truie.

Une chose toutefois, elle voudrait bien qu'on lui explique : qu'est-ce qu'est devenue sa main-d'œuvre étrangère dans c't' affaire ?

Elle s'avance à l'entrée de la porcherie :

« Jésus ! elle gueule, si t'es là, montre-moi ton physique ! »

Rien. Pas un bruit. Silence d'église. Elle s'avance un peu plus pour voir de quoi y r'tourne. Et alors, alors, il germe une autre idée dans le petit pois à Ségolène.

Dis donc, dis donc, et si le gars qu'est sorti de là était l'amant à la belle-doche ? Ah ! Tout simplement. Avec ses airs, hein ? La Grande Nitouche, avec ses airs de pas s'intéresser à la Chose. Personne est à l'abri. Même, surtout par ces chaleurs.

Tout cas, affaire à suivre.

Ségo se gratte sous le bras. Sa touffe à poils durs qu'est tout en eau.

Et en attendant, elle fait rien pour rattraper Proserpine qui se fait la malle. La cochonne détale.

Et ça leur apprendra.

Le fauteuil peint en bleu

L'écurie où se trouve Cobb fait toute la longueur de la cour. Elle est voûtée d'un côté. Elle regarde la maison de maître. D'ici, au travers des différentes portes qui se distribuent le long de la galerie, on peut surveiller toute la façade.

Le sol est pavé. Sans doute un ancien cloître.

Chaque stalle porte le nom d'un cheval. Coquet, Musette, Pitou, Achille, Sulfure, les percherons s'en sont allés.

Cobb s'arrête devant la dernière porte cochère.

Il risque un œil. Il est juste en face de la véranda. Il a un mouvement de recul involontaire.

La femme est assise dans un grand fauteuil peint en bleu. Raide. Pâle. Irréelle. Elle a l'air d'être en devanture.

Elle se balance.

Jessica

Jessica aime trouver refuge sur le grand rocking-chair.

Avant d'être le sien, il a été celui de son père.

Après le dîner, une casquette de drap plate sur la tête, Jonathan Van Gasteren s'y engloutissait de fumée bleue. C'était il y a vingt ans.

Il posait ordinairement ses yeux clairs sur les cuivres de la maison d'Utrecht, qu'il avait entièrement transplantée en Beauce, à la mort de sa femme.

A quoi rêvait-il en tirant sur ses pipes de porcelaine ? Où était-il en priant Dieu pour mieux se souvenir ? Où vagabondait-il en fermant les paupières ? Où, sinon en Frise, du côté d'Harlingen, qu'il avait déserté pour échapper à son chagrin ?

Après les polders, la Beauce. Il y avait une certaine logique dans cette fuite éperdue. D'autant qu'avant d'être fermier, Jonathan avait été marin. Et même capitaine.

Parfois, il regardait les blés couchés par la tempête et parlait de Java. Ou de la mer de Chine. Deux fois, il avait fait naufrage. Deux fois, il y avait sombré.

A Morsang, la terre était fertile. Jonathan était protestant. Il dormait peu. Il avait fait fortune.

« Ma fille héritera de la mer », disait-il.

Là-dessus, il était mort du cœur. C'était sa seule faiblesse.

Jessica se balance. Elle se souvient.

Cinq ans plus tard, il y avait eu Joachim avec un ouvrier de Salamanque. Un saisonnier, venu pour les betteraves. Chim avait les cheveux noirs comme son père.

Jessica se balance.

Cobb la guette. A quoi pense-t-elle ?

Jessica se balance.

Elle pense à Carlos. Carlos était rieur. L'éclat de ses dents agaçait Jessica. Elle avait mordu dans ses lèvres.

Le Castillan s'était arrêté de rire. Il avait une femme et trois petits enfants. Il était reparti en novembre.

L'été suivant, Horace avait conquis la place en un mois.

Jessica venait d'avoir vingt-deux ans.

« Je serai jamais une petite vieille à Ablis, dit Gusta dans la pièce voisine. Plutôt crever », répète-t-elle inlassablement.

Jessica se balance.

Dehors, la lumière est blanche.

La voiture

Cobb détache ses yeux de la femme. Passé une poterne, il débouche dans une vaste remise où sommeille du matériel agricole.

Deux éléphants de tôle jaune citron surmontés par une trompe dominent un peuple de tracteurs. Des machines à moissonner. Elles portent des noms de locomotive. La plus imposante s'appelle International 531.

Plus loin, Cobb s'approche d'une échelle. Dressée contre une trappe, elle accède à un grenier.

Cobb grimpe doucement. Au bout de six échelons, ses yeux affleurent le plancher. Des balles de foin. Du fourrage. Cobb continue à monter. Il prend pied. Il marche avec prudence. Le moindre de ses mouvements résonne.

Il s'accroupit.

Il se trouve devant une ouverture dominée par une potence équipée d'une poulie.

D'ici, Cobb découvre la plaine. Une partie de la plaine. Sur la route, il lui semble qu'une voiture s'est arrêtée. Le soleil fait des reflets sur ses chromes. Trop loin pour distinguer.

Cobb se déplace jusqu'à l'ouverture suivante. Celle-ci donne sur une cour intérieure. Tout autour d'elle, il y a des chenils. Derrière leurs barreaux de fer, une vingtaine de chiens tournent en rond. Des aboiements. Des gueulements. Des plaintes.

Cobb s'accroupit sur ses talons. Il a toujours eu peur des chiens. Une peur irraisonnée.

Horace est tapi au fond de la petite cour, celle où il a ses chiens; il est à l'ombre d'une tôle.

Sa casquette à la main, il éponge sa calvitie. Une mauvaise odeur de lui envahit sa bouche. Ail et ragoût. Il remet sa casquette là où il l'a prise.

Dans son dos, les clebs font la vie. Sont fous de joie de le voir, les cadors. Faut dire qu'il les mène comme il faut. Le fouet et pas trop à bouffer. Pour qu'ils gardent l'instinct de chasse. Qu'ils soyent teigneux sur le gibier ou les intrus.

Ces cons-là mordraient pour un rien.

De la voix, du geste, le bouseux leur intime de la boucler.

Ses petits yeux bougeurs ne quittent pas pour autant l'entrée de la piaule de Chim. Le petit branleur à sa maman doit immanquablement passer par ici.

En attendant, il distribue quelques coups de galoche dans le treillis de l'enclos. Y a des museaux qui trinquent. Des truffes. Ça gueule au charron. Des cris plus aigus, et puis tout rentre dans l'ordre.

L'autorité, ça existe. Ça existe partout. Avec les chiens, avec les hommes.

Le glébeux défait sa ceinture de cuir.

Le môme coupera pas à sa correction. Même si Horace doit attendre jusqu'au coucher du soleil. Y calanchera pas.

« P'tit branleur! P'tit branleur! » il répète.

Il consulte sa montre-gousset. Une à boîtier, avec un faucheur gravé dessus. Ces montres-là étaient celles des vieux. Celles des « batteurs de grange ». Un métier de bagne. Leur fallait-il pas lever le fléau en moyenne trente-sept fois par minute? Et le faire tomber avec force autant de fois? Horace fait un calcul rapide. Pour une journée de dix heures, le batteur frappait environ vingt-deux mille coups. En ce temps-là, on ne jetait l'homme qu'à sa mort. Aujourd'hui, on renouvelle les machines tous les trois ans.

Le regard d'Horace rejoint à nouveau le cadran de la montre. Une aiguille compliquée dit qu'il est déjà deux heures.

Voilà, voilà du temps perdu.

Le front du paysan se plisse. Il lève la tête. Le soleil est pendu au plus haut clou du ciel. Il fait la roue.

Horace rebaisse la tête. Une onde bourdonne derrière ses tempes. La chaleur et l'alcool. Il puise dans sa contrariété l'aiguillon pour raviver sa colère contre Chim. Il astique sa rancœur à plaisir. L'entretient. S'irrite en secret. La tête chaude sous sa casquette, il attend.

Ce gosse, il le couchera par terre.

Jonathan Van Gasteren

Chim est tout en eau. La chemise à tordre.

Lui aussi, il a creusé son trou. Lui aussi, maintenant, il a sa planque. Plein mitan d'un champ de maïs naissant. Cinquantième rang, dos à la ferme en allant de la gauche vers la droite. Et cinquantième rang, en s'enfonçant vers le centre.

Bien malin qui pourrait trouver ça.

Il a gardé vingt billets de cinq cents balles pour son usage personnel. Un p'tit million de centimes. Et un bank-note amerlicain, pour sa documentation.

Les biffetons sont dans la poche arrière de son froc à bretelles. Il les palpe de temps en temps.

Il lui reste plus qu'à planquer la pioche. Il faut

qu'il la garde sous la main. On ne sait jamais ce qui peut se produire.

Il se dit que le coin rêvé, c'est près de la tombe de son grand-père Van Gasteren. A cent mètres de là.

Le grand-père aïeul a tenu à se faire enterrer face à son domaine. C'est lui qui a acheté toute la plaine, dans le temps. Et qui l'a mise en valeur. C'est pour ça que la mère de Chim s'accroche.

Les Maltravers sont venus qu'après. Ils se sont installés comme des sauvages. Horace dans le pageot de maman Jessie. Et Socrate dans le bâtiment d'en face.

Chim s'arrête devant la tombe du Hollandais. A ce qui paraît, que lui a raconté sa mère un jour où elle avait deux minutes devant elle, le pépé, c'était un fameux navigateur.

Sur la grosse dalle entourée de chaînes reliées à des ancres, il y a écrit son blase :

JONATHAN VAN GASTEREN
(1901-1962)
MARIN ET FERMIER

Et aussi sa devise :

« *J'ai labouré la mer.* »

L'enfant s'approche.

C'est un vrai mausolée, comme dit Socrate en crachant sur les lézards quand il y en a d'imprudents pour se chauffer sur la pierre. Une espèce de caveau, en forme de bateau à vapeur. Il y a une porte avec une grille, sur le côté.

A l'intérieur, ça ressemble à une cabine. Vous vous croiriez au large. Suffit de regarder les blés par les hublots pour s'en assurer. Des vagues. Et pour entrer, suffit d'avoir une clef. Y a belle lurette que Chim s'est fait faire un double de la celle à sa mère.

Dès qu'il fait gros temps dans la famille — algarade, volée de ceinturon — Chim s'embarque pour l'après-midi.

Il va s'asseoir sur la dalle du Capitaine. Ou sur le rocking-chair, dans la cabine, s'il y a des embruns. Exactement le même fauteuil que celui qu'est dans la véranda.

A une patère, y a tous les habits de marine du Vieux. Au début, ça fait un drôle d'effet de penser que la pierre va se soulever et que le mort va s'en aller promener sur ses terres. Comme qui dirait qu'il marcherait sur l'eau de la Beauce. Mais tout se peut, n'est-ce pas? Tout se peut. Suffit d'y penser très fort.

Chim est entré dans le caveau. Il s'est recueilli. Chaque fois la même cérémonie. Et un calme fabuleux qui lui tombe sur les épaules. Un relâchement de bonheur.

Chim retire sa main qu'il a posée sur son cœur. Une marque extérieure de respect.

Il s'excuse auprès de l'ancêtre. Il explique qu'il ne peut pas s'attarder pour cause de fortune subite et lui laisse sa plume de corbeau en signe de connivence indémaillable. Il planque la pioche sous les grandes herbes. Il la place sous la protection du Hollandais.

Et y trisse.

Cent mètres plus loin, sur le point de rallier la route, ses jambes sont plus que du coton. Un coup de fatigue pas ordinaire. L'abus des émotions, sans doute.

Chim jette son cul sur l'herbe. N'importe comment. Il se met à réfléchir pour la première fois depuis longtemps.

S'en félicite pas.

De remuer comme ça la triste histoire de sa vie serait même sur le point de lui ficher un cafard noir. Y s' met à battre le tocsin du désespoir.

Vient de se souvenir, le gamin, qu'il est viré de l'école. Pire que tout, il n'y a pas remis les pieds depuis un bail. Pour faire chier la maîtresse. Elle est jeune et follement amoureuse de lui.

Aniello Della Croce, qui est le seul à garder sa lucidité par une chaleur pareille, lui dit que tout ça n'a trouducune importance. Ducune. Ducune.

Bon. Bien sûr, ce sont des mots prononcés par une personne qui n'existe pas, mais ça rassure quand même l'aventurier.

Là-dessus, Aniello Della Croce étouffe un juron.

Il intime à Chim, qui était sur le point de repartir vers son destin, de se foutre à plat ventre. Chim se colle le nez contre terre.

L'était temps.

L'étranger

Chim avait pas entendu venir la bagnole. Une superbe américaine avec des chromes partout. Il la regarde s'approcher, ras des pâquerettes. Exactement le genre de tire qui rendrait dingue Soméca-Buick, putain de négro bricoleur.

Çui-là, fou, par parenthèse! Payé SMIC pourtant. Mais, force de patience, rien que des heures de dimanche, il s'est retapé une Studebaker des années 50. Verriez ça! Briquée, briquée. Pistache et filet mauve. L'empereur Bok' est pas son cousin, quand il part au bal avec son char. Costard blanc et cravate à palmiers, chic fou dans les godasses, il file danser salsa et reggae à Paris.

Là-bas, paraît, c'est Saïd qui raconte, tout le monde croit que ses parents nagent dans l'okoumé. Rien que des menteries, bien sûr. En fait, son cousin Locomotive-Baba lave les carreaux à Sarcelles, Val-d'Oise. Mais en attendant, les gonzesses se déchirent ses braguettes. Et l'Africain profite jusqu'au lundi. Avant de remonter sur le Soméca-tracteur.

C'est ça, Soméca-Buick, immigré-Congo-force.

Et du rire plein les yeux.

Mais là, maintenant, pour en revenir, Chim pique du nez contre le sol. L'auto va tout juste passer devant lui.

Le mec qui conduit a pas l'air pressé. Il ralentit et s'arrête pile à hauteur de Chim.

Les vitres sont légèrement teintées. Le soleil a beau faire la boule, du feu qui dégringole sur la carrosserie, le type qui est là-dedans donne pas l'impression d'être incommodé par la chaleur.

Il est en costard. Impeccable. Sa main se détend et va cueillir un galure sur le siège à côté de lui. Chapeau de paille à bord court. Il se le pose sur le physique avantageux. Une sale gueule un peu grasse, mais rattrapée par des moustaches.

D'un coup, il y a un bruit de moulin à café et le toit en vinyle noir se rétracte vers l'arrière.

Le mec se dresse dans sa guinde.

Il inspecte l'horizon. Ses yeux s'arrêtent sur la ferme. Il porte des jumelles à hauteur de ses yeux. Tellement il s'apesantit, on jurerait qu'il se met à compter les pierres. Ça dure un siècle pour Chim. Y a un silex qui lui rentre dans le coude.

Finalement, l'élégant rebaisse ses Zeiss grossissement quarante fois. Il se réinstalle sur son siège. Il réfléchit. Il consulte une carte routière et coche quelque chose avec un Ball Pentel.

Il regarde pas du tout en direction de Chim, mais il s'adresse à quelqu'un. Il dit sans quitter des yeux Morsang :

« Dis donc, petit, c'est là que tu habites ? »

Chim répond pas. Il reste au sol. Il est pas bien sûr que ça s'adresse à lui. Le gars l'a pas zyeuté une seule fois. Y a un gros bourdon qui passe dans l'air chaud.

La voix douceâtre renouvelle sa chanson :

« Dis donc, petit, elle demande, t'es sourdingue ? Ou alors tu crois que je suis aveugle ? »

Chim se redresse. Le gars le regarde toujours pas.

« Dis donc petit, il fait encore, t'aurais pas vu passer un drôle de type habillé en noir ?

— Non, m'sieu.

— Tu es sûr ?

— Sûr. Vous savez ici, il passe pas grand monde. »

Le regard de l'élégant se pose enfin sur Chim. Il y a deux mèches allumées dans ses yeux. On a toujours l'impression qu'il pourrait exploser. Mais non. Tout miel et sirop.

Il sourit :

« Ça te plairait de te faire de l'argent de poche ? »

Chim répond pas. Avec tout ce pognon qu'il vient de trouver, y a des pudeurs qui trouvent pas de mots.

L'étranger dit :

« Si tu vois, même seulement passer, ce monsieur avec un habit noir, tu peux gagner cent francs. »

Chim prend l'air d'un bon petit plouc.

« Cent balles ? y fait avec l'intonation cupide.

— Ouais. Et peut-être bien même plus. Il te suffit de me téléphoner là... » Il écrit quelque chose sur un carton.

Il tend le bras sans bouger sur son siège. Le gamin dévale le talus. Attrape la carte.

En relief, c'est imprimé : G. Torontopoulos, import-export. Et en dessous, le type a écrit un numéro à six chiffres.

« C'est un hôtel à Chartres, dit Torontopoulos. Tu peux me laisser un message. »

Chim renifle un petit peu de morve. Ça fait pas mal dans le tableau. L'autre remet ses cartons et son Ball Pentel dans le vide-poches. Il semble bien à Chim qu'il a aperçu un gros revolver. Il jurerait pas. Mais.

Pour voir, il dit :

« Toute façon, j' l'ai pas vu, vot' meussieu... mais c' que j'ai vu, c'est les flics. Des tas. Y sont passés trois fois. »

Torontopoulos accuse vachement le coup.

« Ah ! bon ? il fait en hypocrite... Y a longtemps ?

— A peine cinq minutes. En hélicoptère. Eux aussi, ils avaient l'air de chercher. »

Torontopoulos met sa main dans sa poche. Il fait un sourire miel. Miel acacia. Miel pâle, voyez.

« Bien, fait-il. Je vois que tu as l'œil. »

Il tend cent balles à Chim.

« Voilà un acompte. N'oublie pas de m'appeler si tu vois le monsieur dont je t'ai parlé. »

Chim empoche la monnaie comme une pieuvre.

« Oh ! ça, sûr, il promet.

— Et si les gendarmes te posaient des questions, on ne sait jamais, pas la peine de dire qu'on s'est vus ? D'accord ?

— D'accord.

— Ça me fâcherait comme tu peux pas savoir », dit Torontopoulos.

Il a ses yeux qui se reprennent pour des mèches lentes.

« Comment tu t'appelles au fait ? il demande encore à Chim.

— J'm'appelle Aniello, si tu veux savoir. »

Poulosmachin appuie sur un bouton. La capote rentre dans l'ordre. Le nez de la bagnole pique vers l'avant. Sans un bruit, l'engin arc-en-ciel se remet en route. Il disparaît comme il est venu. Pas de bruit, pas d'à-coups. Une vraie vision de cinoche.

Chim se remet d'aplomb sur ses cannes. Il fait remarquer à Della Croce que décidément, aujourd'hui, c'est le jour des Al Capone. L'autre fait la gueule parce que Chim a usurpé son nom. Il dit que Torontopoulos, ce gars-là, avec ses costards à trois cents dollars, ne présage rien de bon.

Chim regarde à sa Timex. Il dit que bon, ben on en reparlera plus tard. Maintenant, il s'agit de rentrer fissa, mon pote. Et sans se faire voir d'Horace. Même qu'il va falloir s'inventer une fameuse chiasse diplomatique. Genre colique à vingt fois la tinette.

Chim est un spécialiste de la dysenterie de commande.

Pour se donner du courage, *tila, ti la lalaire*, il fredonne. *Ti la, la, lala*, il se persuade. L'acné à onze ans, c'est pas bien grave. L'école obligatoire, c'est qu'une connerie de plus. Et puis, a beau être des heures indues, jourd'hui, l'ordre, il s'en bat l'œil.

Ti la li, lalaire, comme dirait ce vieux La Fontaine, tous ces millions valent bien une branlée, sans doute ?

58

Socrate

Pour cause de sonnerie intempestive, le réveil prend une beigne dans le Mickey.

Il va dinguer dans les toiles d'araignées. Il va rejoindre sous le lit une pièce de dix centimes, un gros minou de poussière, un bouton avec un sanglier dessus et un canif cassé.

Le sommier grince. Socrate ouvre un œil. Il sait tout de suite qu'il a mal à sa bête à plaisir. Qu'il est rechopé par la fatalité vénérienne.

Il s'assied sur le rebord du lit. Il se penche. Il emploie le remède habituel, le seul qu'il connaisse.

Il enfile ses godasses crème. Celles du dimanche. Des qui sont deux pointures trop justes, mais qui lui ont bien plu dans la vitrine du marchand.

Et qui lui font si mal aux pieds.

Paraît que c'est les Anglais qu'ont trouvé c'subterfuge : « Si t'as des soucis graves, mets des chaussures trop petites. »

Bon. Après, c'est pas le tout. Faut bien faire face à l'adversité.

Socrate se lève. S'est couché tout habillé. Fait trois pas. Les arpions littéralement sciés par le cuir. Un vrai calvaire.

Ça, question tactique anglaise, ça marche au poil.

Maintenant, le truc au-dessus du lavabo, à attendre que ça vienne, la mine piteuse, le cheveu rare et fou, Socrate s'en veut. Peut pas s' blairer dans la glace. Ouais, en ce lundi qui recommence, peut pas s' piffer, l'inventeur.

D'abord, se lever si tard, c'est pas une habitude à prendre. Surtout à la campagne. Quant au reste, la bouche sabureuse et schlingueuse, des copeaux de bière plein la langue et, pire que tout, la circoncision pleureuse, c'est franchement la déglingade de la dignité humaine.

Un long frisson lui remonte le dos, à Socrate. Nom d'une bite ! Pourvu que ça vienne !...

Les sphincters consentants, il se concentre sur ses godasses crème. Ça y est ! Une hésitation, un dernier frémissement intime : ça vient ! Ça vient ! Ha !

Malgré ses panards martyrisés par les tiges et les contreforts, le plouc sent monter en lui une pluie d'aiguilles. Piquantes, acérées, omniprésentes, elles empruntent le conduit de son vieux plumeau. Une douleur infernale qu'il supporte jusqu'au bout. Stoïquement. Criera pas. Ouf ! C'est fini !

Il s'égoutte. Il s'encapuchonne.

Pas de doute, sa blennorragie algérienne l'a repris. Aïcha qui le retaquine. Vingt-cinq ans de fidélité. Ça c'est d' la récidive. Plombé dans les Aurès. Une vraie blessure de guerre. Et pas pensionnée avec ça. On peut faire valoir ses campagnes. Jamais son infortune.

Tout de même, Socrate aurait pas dû aller au bouic à Chartres. *L'Ange Bleu* est pas fait pour les infirmes. Et puis, y s'est trop bien fait astiquer par la copine à sa nièce.

Lily Aphrodisia le sait pourtant que son oncle est fragile, question literie. Mais non ! A fallu qu'elle le pousse à calcer la grosse chleuh. Une Hambourgeoise qui vous tend la mamelle comme d'autres vous donnent une poignée de main.

« Puisque c'est ton type, onc'Soc, elle disait l'assassine, laisse-toi glisser dans l'outre-Rhin ! »

Total, ils avaient biberonné de la Munich jusqu'à pas d'heure. Et après, ils avaient fait la seule chose que Dieu permet de faire à tâtons.

Y s'étaient mélangés.

N'empêche, l'épilogue.

Chaque fois le même débarquement : Socrate prolonge trop ses transports. Et recta, c'est l'échauffement colonial qui reprend le dessus. Chronique. Estival. Intarissable. Plus fort que la médecine. Et plus moyen d'uriner publiquement.

Socrate se remet le tout dans la salopette et se lave les mains.

Il rince son petit lavabo. Il retape son lit. Il se dit que, quand même, il faut qu'il aille ouvrir sa station-service. Sans ça, sur la D 21, la Britiche Pétroleum va sûrement capoter. Et perdre encore des points à la Bourse de Paris.

Chim

Au fond de la cour, Chim vient d'apparaître. Après mille ruses, il est arrivé jusque-là. Il n'a rencontré personne. Il s'apprête à grimper dans sa piaule par l'échelle de meunier.

Il envisage déjà de se jeter au lit pour avoir l'air d'un vrai malade. Il se dit qu'une fois encore, il est bon pour bouffer du riz pendant une semaine. C'est comme ça qu'on lui soigne sa maladie imaginaire. Il s'en fout bien mal. Il aura qu'à soulever la troisième latte derrière son bahut. Dans une boîte à biscuits, il a toujours des sardines, du lait Nestlé et des rillettes d'oie.

Il se marre que d'y penser.

Si bien que, franco, quand il voit Horace se dresser devant lui, Chim a l'impression que ses cheveux font double crinière arrière. Wwwaaah! Une de ces trouilles !

En reculant, il fait cinq six zigzags d'appréhension. L'autre suit le même chemin. Chim évalue ses chances. Ça servirait à rien de cavaler brusquo. Horace est lourd, mais sur cent mètres, il est valable.

Chim se dit qu'il échappera pas à la rouste qui se prépare. C'est pas la première.

Aniello Della Croce caché dans sa tête lui suggère par contre que c'est peut-être la der des der. Le mafioso a un moral d'acier. Ça galvanise.

Chim s'arrête. Immobile, l'œil insolent, il attend l'aut' con. Il le défie. Il pense à l'Amérique. Aniello Della Croce lui file un dernier coup de main, question sérénité. Une volée, c'est pas pire qu'une piqûre.

L'aut' bête mahousse est sur lui en un rien de temps. La boucle de la ceinture siffle et atteint Chim derrière la nuque. Une poigne qui le fait rouler au sol.

Le gosse pense : un jour, il me tuera. Il pense encore : je hais ce type, mon presque-père. Je lui raconterai jamais l'histoire de l'homme en noir. Ni tout ce fric. Plutôt mourir.

La boucle siffle à nouveau. L'enfant crie de douleur. Ça pisse le sang au-dessus de son œil. Della Croce dit que c'est un endroit où ça saigne toujours beaucoup.

Chim en rajoute. Il gueule sec. Mais l'autre continue à taper. Une folie qui l'empêche de penser.

Pourtant, en frappant encore et encore, Horace se fabrique un sang noir. Il le sent bien. A l'épaisseur. Et son cœur fait exactement ce que le docteur Moulères déconseille qu'il fasse. Un raffut monstre tout le long de son cou, dans la grosse veine. Une douleur dans l'épaule. Et comme un poids d'une livre posé sur son diaphragme. Mais il y a de la rage à taper comme il y a de la rage à ne pas pouvoir s'exprimer. Et à défaut de mots qu'il aurait dû dire à sa femme, Horace ne trouve que des coups à donner à Chim. A l'enfant qu'il n'a pas eu d'elle.

Hors d'haleine, il s'arrête.

Là-bas, depuis la véranda, Jessica a suivi la scène. Elle a vu Horace battre son fils — des coups, des coups —, et puis s'arrêter par manque de souffle.

Elle se dit qu'elle voudrait que cette vie-là cesse. Qu'elle n'ait plus jamais lieu. Elle se dit que son mari est une bête-brute. Elle souhaite sa perte. Sa mort. Elle a les yeux secs.

Jimmy Cobb

Cobb rabaisse le chien de son revolver. 357 S & W Magnum. Bright blue. Six coups. La foudre entre les mains.

Il a bien failli faire feu sur le plouc. Lui loger du métal en fusion dans les testicules.

Voir battre un gosse lui donne toujours un goût de vaisselle et de sang dans la bouche. Cobb se souvient des dérouillées qu'il a prises dans le Bronx. Les Ritals et les Portoricains, il pouvait pas les piffer.

Une fois, dans une rue étroite, des mecs avaient joué avec sa petite gueule d'Irlandais. Une fois, un grand type aux yeux pers lui avait dit :

« Va porter ça à ton papa, sois gentil. »

Son père était flic. Flic à Isola. 87ᵉ commissariat. Une fois donc, il était revenu à la maison avec son oreille dans la main.

« Jimmy! Jimmy Cobb! lui avait dit sa mère. Où est ton oreille gauche? »

Et merde, elle était là. Pleine de la sciure où elle était tombée. Tranchée d'un coup de rasoir.

Madame Cobb avait tourné de l'œil. Le voisin avait mis de la glace autour du foutu cartilage. Et les types de l'hôpital s'étaient démerdés pour recoudre tout ça.

Cette oreille-là était toujours un peu blanche.

Cobb regarde le gosse se récupérer sur ses pattes. Il disparaît sous la voûte en sortant son mouchoir. Les gosses ont la peau dure.

La brute reste au soleil. Il ricane en enfilant sa ceinture dans les passants de son froc.

C'est maintenant que Cobb a envie de le crever. De le mettre en perce comme de la bière.

Jimmy Cobb n'aime pas tuer. Mais il se méfie de lui-même. Quelquefois, il est comme les fauves. Quand il a le goût du sang dans la bouche, il a envie de tuer encore. Encore. Et encore. Parfois, le dégoût, il a même envie de se tuer, lui.

En prison, Cobb a déjà tenté de s'ouvrir les veines.

Il range son arme. Il fait une petite grimace. Il pense à sa propre sécurité qu'il doit préserver.

Soudain, le plouc se détourne et pousse un grognement. Cobb entend le bruit d'un vélomoteur qui se rapproche puis s'éteint.

Une voix de femme appelle dans le lointain :

« Monsieur Maltravers ? Monsieur Maltravers ? Il y a quelqu'un ? »

Aussitôt, le pécore a un sourire malfaisant. Il va droit au chenil. Il ouvre deux ou trois portes.

« Allez ! Drrrra ! » il fait aux bêtes en les lâchant.

Les clébards s'élancent en aboyant. Lui, l'affreux, le satané enfoiré de plouc, il tourne un coin de grange et disparaît comme après une bonne farce.

Chim s'est barricadé dans sa chambre.

Il se balance la tête sous le robinet. Le sang de sa blessure n'en finit pas de se mêler à l'eau. Vache de coupure, il a. Juste au-dessus du sourcil. Et une autre, là où la boucle de ceinturon l'a mordu la première fois. Derrière la nuque.

Il va jusqu'à sa caisse à pharmacie.

Avec ses ongles tantinet cradingues, il fouille. Alcool, coton, il connaît. C'est tous les huit jours qu'il se niaque un coin de viande, alors forcément, il est plutôt équipé. Tétanos, y s'en fout bien mal. Il a eu ses rappels à la rentrée. Il a aussi de la pommade pénicilline périmée rapport à son panaris de l'an dernier. Et de la confiture laxative aux figues. Agar-agar, un truc dans ce goût-là. Pour quand il abuse des choco-BN. Bon, et puis il a de la gaze et de l'albuplasse.

Alors. Alcool pour commencer.

Il va montrer à l'Aniello Della Croce ce que c'est qu'un homme. En avant la bouteille. Ça lui procure un méchant riffaudage du cuir. Whaaaoooh! Le Parrain a beau lui serrer la main tant qu' ça peut, il se voit quand même trente-six étoiles de première grandeur. Remarque, une cicatrice bien placée a jamais défiguré un aventurier. C'est comme un tatouage. Contraire. C'est bon pour le physique. Preuve, comme qui dirait, du passage de la vie.

Chim détesterait pas avoir un bateau trois-mâts, genre « Cutty Sark » tatoué sur le torse.

L'attend d'avoir ses poils.

Une fois qu'il s'est soigné, Chim sort le pognon qu'il a dans sa poche. La v'la, la liberté.

Il va jusqu'à son Larousse illustré et se paie la lettre double Vé, comme Wachinjeton. C'est là qu'il lit que c'est un grade de général et homme politique, né dans le comté de Westmorland en Virginie.

Il est sur le point de regarder à Westmorland. Mais sa colère est plus forte que le désir d'instruction.

C't' ordure d'Horace! Ce type, parole, il aimerait le crever. Le tailler à trois yeux. Le voir nager dans le marasquin de la mort atroce.

A un moment, il pense à aller le trouver, l'Humphrey Bogart, là, le mec au smoking, à qui il a piqué tout son pognon. Un gars comme ça doit être enfouraillé comaque. Chim pourrait sûrement lui passer commande d'un crime de beaupère. Trois bastos dans le bide, on n'en parle plus.

Mais un contrat pareil, ça s' paie. Obligado, dans les milieux. Et attention, banquer le Bogie avec ses propres picaillons, ça serait quand même tant soit peu cynique. D'autant que l'autre est sûrement mariole. Capable de reconnaître ses numéros de bank-notes, si ça se trouve.

Chim réfléchit sec.

Evidemment, y a la solution qui consiste à tout avouer. Y dire voilà, j'ai piraté vot' fric. L'est plus où qu' vous croyez. Si vous voulez en récupérer la moitié, y a la mort du tyran à la clef.

Bon. Ça s' peut, un langage pareil. Ça s'est déjà tenu. Faut juste trouver assez de fermeté pour l'exprimer.

La fermeté aussi d'ailleurs, ça s' trouve. Suffit de la puiser en soi. C'est ce que dit mademoiselle Brun, l'instite, quand elle fait de la civique au tableau.

Chim saute sur ses tringles à basket. Il caoutchoute jusqu'à un rangeoir. Du tiroir du haut, y sort son extra-plate de rhum vieux. Faut pas s' fier à l'emballage. Elle est remplie d'eau-de-vie de pomme. Un alcool fait local. Une bouse extra-dry, 46° à l'ombre, qu'il s'a piratée nuitamment. L'an dernier. Direct à l'alambic venu distiller à la ferme.

Il s'incruste le bouteillon dans le porte-pipe. Et, d'un coup de renverse-arrière, sans respirer, il s'enfile quatre gorgeons de c'te nitro-bibine. Dès que le liquide dévale son organisme qu'est pas fini, y a tout son sang qui pirouette. Le casse-poitrine fait son entrée par la grande porte et l'aventurier suffoque.

Aniello, qu'a pas bien l'habitude de la vie à la campagne, se met à essuyer des larmes de reconnaissance. Toute la tringlerie en brasero.

Chim et Aniello s'en reprennent quand même un chouïa de régarnette. Tout scénic-railways, ils titubent sur place.

Ça leur donne pas l'air intelligent.

Ils repensent bien à aller trouver le Bogart pour y proposer un contrat. Mais ch'ais pas, ils trouvent p'us moyen que ce soye la bonne solution.

Non, la bonne solution, youks! c'est de se tirer. Battre la route. Maintenant qu'ils sont riches, ils sont indépendants. Se tirer, merde, je dis. Youks! Le plus de liberté possible. Comme l'air.

Youks.

Socrate

Socrate sort de sa piaule.

Il entend vaguement des aboiements féroces mais il n'y prête pas garde. L'est tout à sa gueule de bois. Tout à sa blenno coloniale qui le taraude au fond du falzar.

Il débouche sur la galerie de planches qui court

au-dessus des écuries. Jamais froid l'hiver, rapport à la chaleur des bêtes.

Il jette un coup d'œil machinal sur le corps de bâtiment d'en face. La maison d'Horace. La maison de son frère. Des rosiers. Des rideaux. Rien que du superfétatoire.

Ce que c'est que d'avoir une épouse comme Jessica.

Socrate crache en pensant à elle. Une emmerdeuse. Une protescul. Une méticuleuse. Une savonnée. Une stricte. Une guette-au-trou. Sûr qu'elle l'observe, embusquée derrière sa véranda.

Il la salue à tout hasard. Et prout. Bonjour madame !

Après, son attention est attirée par un bruit de moteur.

« Tiens, une licoptère de gendarmerie qui rôde après le trafic d'affluence sur l'autoroute de Chartres », pense Socrate.

Et, les mains dans les fouilles, le pas incertain, il tourne à main droite pour aller quérir sa Deuche.

Fur et à mesure qu'il progresse, les aboiements des chiens se transforment en rugissements. Là-bas, y a trois beagles à Horace qui gueulent plus fort que si y menaient un lièvre. Et Churchill, le bouvier des Flandres, qui recrache un morceau de crêpe de Chine.

Quand Socrate s'intéresse vraiment, il découvre l'institutrice de Champmotteux dans un endroit où c'est assurément pas sa place. Montée-déroute tout en haut du tas de fumier. Purin jusqu'à mi-cuisses. Et vendant chèrement sa vie avec une fourche.

« Faites quelque chose ! » elle glapit en piquant un cador.

Et Socrate voit bien d'où sort le morceau de crêpe de Chine. La combinaison d'Appolonie Brun est vert Nil.

Deux coups les gros, il chasse la meute à renfort de tatanes. Il descend l'instite de son bastion. Au passage, peut pas s'empêcher, il lui effectue un pétrissage de curiosité. Même qu'elle est bien plus nantie qu'il y paraît.

« Ah ! vous, les Maltravers ! elle entonne... Sortez donc vos mille mains de mon corsage ! »

Socrate soulève aussitôt son bitos. Une marque de civilité en pleine canicule. Ça la calme, l'enseignante.

Elle rajuste ce qu'elle peut. Comme c'est l'arrière qu'est manquant, elle le colle contre un mur.

Elle dit :

Appolonie Brun

« C'est à cause de votre Chim, si je suis là !

— Ah ? qu'il se borne à faire, Socrate.

— Oui. Ça fait longtemps qu'on ne l'a pas vu à l'école !

— Vous vous ennuyez d' mon n'veu, mademoiselle Brun ?

— Pas ! D'autant que c'est moi qui l'ai exclu !

— Bon, ben alors tout va bien, dit Socrate. Que le soleil vous caresse ! »

Et déjà, il s'éloigne sur ses drôles de souliers jaunes. En v'la-t-y une démarche ! Les talons dans le purin, elle le rattrape par la manche.

« Minute ! Je ne l'ai renvoyé que pour vingt-quatre heures... Et ça fait huit jours qu'il n'est pas revenu... C'est illégal ! »

Socrate se gratte le cuir chevelu. Il soulève son galurin juste ce qu'il faut.

« Ah ? qu'il fait, si l' gamin s'est pas repointé à l'école, c'est pour sûr qu'il vous aura pas trouvée assez sévère avec lui...

— Qu'est-ce que vous me chantez là ?

— Y se s'ra r'puni encore davantage ! Y s'en s'ra r'foutu pour quinze jours !... C't' enfant-là, vous savez, nous-mêmes on l' comprend pas. C'est un clone.

— Il a tous les vices, oui, vous voulez dire !... Hein ? Parce qu'enfin, il me semble... »

Appolonie a soudain un geste fou. La main en l'air. Doigts écartés. Sourcils circonflexes. Babouines à retrousse-nez.

Elle écume, la fleurette :

« Si je vous disais que votre bubon à testicules se masturbe en classe de CM 2 ! elle finit par dire... J' sais pas si vous voyez la farce ?... »

Socrate se marre.

« Oh ! si, qu'il fait.

— Attendez ! C'est pas tout !... Il me regarde dans les yeux, un défi, finit par exhaler l'instite.

— Preuve de franchise ! plaide Socrate.

— Oh ! monsieur Socrate !

— Ben quoi ? Biologiquement, le gosse est opérationnel... Faut pas nier !... Y s' rase. »

Appolonie le regarde en hypocrite. Socrate se marre en lui regardant les seins.

« En classe, nous avons le sexe des anges, dit Appolonie. Pour moi, Chim a onze ans. »

Et puis, brusquo, elle reprend du poil :

« Dites donc ?... Il a pas de père, c't' enfant-là ? Personne pour l'assumer ?

— Si fait qu'il a un père, dit Socrate et y crache à six pas. Il a son adoptif : Horace. Même que je suis son frère.

— Eh bien, où est-il ? Que je lui parle... »

Socrate montre la plaine.

« Bof, il est bien quelque part... par là-bas, dans les champs... »

Ça a l'air tellement la mer à boire, qu'il fait la grimace.

« Toute c'te vastitude ! » il constate.

Une bouffée d'air chaud passe entre eux. C'est plein d'odeurs poivrées. Les yeux brouillés de Socrate se posent machinalement sur une anémone en crêpe de Chine qui ramage la robe de mademoiselle Brun.

« Mon frère ? il repense. J' peux-t-y pas vous l' remplacer ? »

L'institutrice baisse ses paupières toutes transparentes.

« A quoi vous pourriez bien me servir ? elle s'interroge. Et d'ailleurs, qu'est-ce qu'on disait, déjà ? Hein ? Ch'ai plus, moi... »

Ses foutus cils qui battent. Les petits vaisseaux autour de ses yeux bleus qui se mettent en étoiles. Deviennent rouges-rouges, et toujours ces odeurs de campagne qui circulent. Une langueur, l'air qui s'effrite. Mlle Brun qui bouge à peine.

« Ben, dit Socrate avec une voix tout enrouée, m'est avis, mademoiselle, que si vous parlez tant de la guiguite à mon n'veu, c'est que ça vous met toute à flots... Alors, j' vous disais comme ça, que le mieux étant toujours l'affreux du pire, j' pourrais p't'être vous donner contentement en lieu et place de mon frère, qui l'aurait fait pour mon n'veu, qui va pas tarder à pouvoir faire ses commissions lui-même...

— Oh ! Monsieur Socrate ! Comment pouvez-vous dire des saloperies pareilles ?

— Mais... J' fais que d' vous parler d' la nature, mademoiselle... Si le p'tit Maltravers s'échauffe derrière son banc, c'est qu' vous l'émoustillez... »

Il lui montre son bras qu'est plus hérissé qu'un croupion de Bressane fraîchement plumé.

« R'gardez vot' peau si j' mens. Elle parle de vous !

— Oh ! Cochon d'homme ! Cochon ! » Elle s'étrangle, l'instite. « Mécréant ! Coucheur de filles ! Vous êtes des salauds tous ! Tous les Maltravers ! »

Et la v'là qui déroute vers son Solex.

Socrate la retient pas. Il a bien trop à faire avec ses pieds.

Et en plus de tout, tiens, là-bas, y a la licoptère qui revient droit sur la ferme.

Les flics

L'Alouette III plonge brusquement derrière les toits.

Elle disparaît et change de bruit. Un tourbillon remonte par-dessus les bâtiments. Chassée par les pales qui approchent du sol, la poussière reflue dans la cour.

Incrédule, Socrate s'essuie les yeux.

Sa belle-sœur sort sur le pas de la porte. Un sifflement vrille les tympans. Un son alternatif tape et échoue contre les murs. Une demi-douzaine de gendarmes en blouson de toile noire font irruption dans la cour. Ils sont armés de fusils d'assaut. Ils portent le calot. Ils ont tous un revolver à la hanche. Ils s'égaillent autour de l'esplanade. Se répartissent. Se tiennent à l'ombre. Espacés. Dos aux murs. Les yeux aux aguets.

Un homme long et maigre, portant des lunettes à monture métallique, se détache. Il s'avance au-devant de Jessica. Il ressemble à un prêtre. Il est barré sur la poitrine de deux galons. Il salue militairement.

« Lieutenant Le Barrec, du G.I.G.N. Nous sommes après Jimmy Cobb. »

Jessica ne réagit pas. Elle répète :

« Jimmy Cobb. »

Le lieutenant dit :

« Vous n'écoutez pas la radio, madame ?

— J'ouvre le poste pour les jeux de midi. Mais je n'ai rien entendu. »

Socrate s'approche avec les pieds en dedans. Plastronne.

« Quoi qu' c'est-y qui vous arrive, les gars ? il demande. Vous avez peur qu'il y ait la guerre ? Faut-y vous donner un coup d' main ? »

Les yeux du flic tombent sur les drôles de godasses jaunes.

« Vous n'avez vu personne ce matin par ici ? Un gars des villes, avec un smoking et des souliers vernis ? »

Jessica a un sourire tendu :

« C'est pas courant à la campagne, ce que vous cherchez là. »

Le lieutenant paraît insensible à l'humour campagnard.

« Le type que nous recherchons est dangereux. Il est armé. »

Socrate s'en mêle :

« Comment qu' c'est-y déjà que vous l'avez appelé ?

— Cobb. Jimmy Cobb.

— Cobb ? On n'a pas ça ici dans le canton.

— Il est américain. Il a pourtant beaucoup fait parler de lui.

— Ah ! l'Amerlo ! dit Socrate. Ça serait pas çui qui s'est évadé au début de l'année ? Hein ? En flinguant tout le monde sur son passage ?

— C'est ça, oui. C'est le même. »

Socrate se retourne vers sa belle-sœur :

« Tu sais bien, Jessie, le gars qui fait chier tous les flics. Peuvent pas remettre la main dessus. Il arrête pas de leur tirer des balles dans les genoux. Y dit que ça leur fait plus mal. »

Quand Socrate se retourne vers le lieutenant, il trouve qu'il est devenu nerveux. Y plisse ses petits yeux. Ça lui déplaît pas d'emmerder les gendarmes.

« Ouais, ouais, ouais, il fait en soulevant son galurin. C't' Américain, on le connaît bien par ici... Rapport à la télé, il corrige, qui nous l'a montré plusieurs fois. Y vous za r'fait des misères ?

— Il a commis un hold-up dans la région parisienne. Pas loin d'un milliard de centimes.

— Tututt ! » Socrate en siffle d'admiration. « Alors là, chapeau ! Au-dessus d'une certaine somme, les mecs, on devrait les décorer !

— Sauf quand il y a eu quatre morts », rétorque le lieute. Et ses lunettes prennent un reflet de soleil.

« Alors là, esscuses, dit Socrate avec un tact énorme. Je ne pouvais pas deviner. »

Pour restaurer ses bons rapports avec la police, il s'humanise sous le galurin qu'il soulève. Il dit :

« C'étaient pas des innocents, au moins, qu'ont trinqué, mon 'ieutenant ?

— Non, dit Le Barrec. Il a flingué froidement trois de ses complices.

— Ah ? Et pourquoi donc qu'il a fait ça ? Pour avoir le magot à lui tout seul, j' parie ?

— Non. Parce qu'un des types l'avait donné. Le transport de fonds qu'ils ont attaqué était un piège. Les gars de l'antigang étaient prêts à intervenir.

— Et pourquoi qu'ils l'ont pas fait ?

— Ils l'ont fait.

— Eh ben alors ?

— Alors, il y a eu la sortie des écoles.

— C'est vrai ça, dit Socrate en baissant la tête. Vous m'aviez parlé de quatre morts.

74

— Un gosse qui courait. Il a pris une balle dans la tête. »

Socrate se frotte la nuque. Il paraît sincèrement embêté.

« C'est une bavure, ça, il finit par constater avec un air de circonstance.

— Ouais, fait le lieute. C'est une vraie bavure. »

Socrate relève la tête. Il tape sur l'épaule du gendarme d'élite avec commisération.

« Enfin ! qu'il fait. Ici, vous risquez pas ! Dans la Beauce, vous risquez pas d'éborgner quelqu'un. Ou alors, y faudrait pas de pot ! »

Il montre l'espace :

« Pouvez canarder tant qu' vous voulez ! Est-ce que je vous offre un p'tit coup d' blanc ?

— Jamais pendant le service, dit le gars du G.I.G.N. Alors ? Vu personne ?...

— Pas un chat, dit Jessica. Ici, il y a jamais personne.

— Elle a raison, confirme Socrate. Ça s'rait même not' défaut. Si on veut voir quelqu'un, faut aller jusqu'à Chartres. »

On en est là quand Ségolène surgit du fond de la cour.

Elle boite à tout va jusqu'à un des gars des groupes d'assaut. Elle s'est tout de suite repéré un blondinet avec des moustaches. Elle s'installe devant lui. Un vrai bivouac d'observation.

Elle bulle un petit coup, au coin de la bouche. Elle sourit sous ses cheveux paille. Elle recule tantinet. Deux pas, ça suffit. Elle se perche sur une pierre à elle. Une qu'est disposée pas trop loin.

« Haooouh ! » elle fait, en regardant le blond qui transpire sous son calot. Son cri imbécile.

« Haooouh, haooouh ! » elle remet ça.

Y a comme une gêne qui passe sur les visages des supermen de la police nationale.

« C'est vous qu'avez repris La Mecque, j'crois ? » demande l'aimable Socrate à Le Barrec, pour bien montrer que tout le monde est pas taré en Ile-de-France.

Le Barrec lui répond pas. Ça désarme pas le Beauceron pour autant. Sur ses grolles pointure 41, y clopine jusqu'à un sergent qui se tient près des écuries.

« C'est vous qu'avez flingué Brillant, à Fleury-Mérogis ? Hein, que c'est vrai ?... Et aussi pris d'assaut l'hôtel Flesch à Bastia ? » il insiste.

Le sergent moufte pas. Il suit des yeux le comportement de son chef.

Le lieutenant jauge les bâtiments qui ceinturent la cour.

« J'ai bien envie de laisser un de mes hommes ici, finit-il par dire. Un tireur d'élite.

— Pour quoi faire ? dit Jessica. Nous autres, on n'a pas peur.

— Au cas où Cobb se pointerait.

— Vous l'attendez ici ? dit Horace.

— On l'attend partout dans un périmètre de vingt kilomètres carrés. Il s'est dissous dans la nature après avoir abandonné sa Béème à Ablis. »

Pendant ce temps, Ségolène lâche pas des yeux le petit blond. Dans sa robe à fleu-fleurs, elle se dandine. Elle a si chaud qu'elle a le creux des seins tout en eau.

« C'est vous qui restez ? » elle dit au moustachu.

L'autre serre son fusil et recule d'un pas, bat retraite tout contre une porte à claire-voie. Dans son dos, sans le savoir, il a la gueule du revolver de Cobb. Prêt à aboyer.

« Haoouh ! fait Ségolène. C'est celui-là qui m'plaît ! L'avec des yeux bleus, une moustache et le nez en trompette ! »

Personne relève.

Dans l'encadrement du porche d'entrée, il y a un bruit de croquenots. Le pilote de l'hélicoptère arrive en courant. Il va droit jusqu'à Le Barrec.

« Mon 'ieutenant, il annonce, je viens d'avoir un message radio. On a retrouvé la bicyclette qu'il avait volée.

— Loin ?

— Six bornes à vol d'oiseau. Un bled qui s'appelle Herbesèche.

— Sergent, passez-moi la carte ! »

L'autre la lui tend et dit :

« A tout casser, il a abandonné la bécane vers une heure, une heure et demie... C'est le facteur qui l'a confirmé... Il a découvert le biclou qu'en rentrant de sa tournée... »

Le Barrec tourne le dos aux paysans, pose la carte sur un muret. Il se penche sur le dédale des hameaux et des fermes. Son doigt suit les routes, s'arrête, revient, repart.

« Herbesèche, voilà ! »

Il relève la tête, s'essuie le front. Avale machinalement une goutte de sueur qui dévale à l'improviste de dessous son calot. Pose ses mains à plat derrière ses reins, une attitude familière, et dit :

« Même en se déplaçant comme un dingue, par cette chaleur, il n'a pas pu faire plus d'une dizaine de kilomètres à pied... »

Socrate se retourne. Intervient. Majestise. Plus fort que lui.

« Marche pas vite, votre terreur.

— Vous oubliez le poids du sac... L'argent. »

Les yeux de Socrate deviennent subitement cupides.

« C'est vrai, ça. Y a tout cet argent. »

Ça le fait carburer sec, la vision de ce pognon qui chemine.

« Il a p't'être volé une autre voiture, il suggère.

— Impossible. Toutes les routes sont bouclées. »

Le Barrec replie la carte. Il dit :

« Allez! On y va! On repart là-bas! Douze kilomètres carrés pour quatre hélicoptères, on ne doit pas le rater!... Et si ça n'a rien donné d'ici ce soir, je lâche un homme dans chaque ferme isolée... »

Ségolène revient fort. Elle pose son doigt sur le cœur du flic blond.

« D'accord, mais j' veux çui-là ! »

Personne prête garde. Le Barrec part en cavalant. Les gus giclent aussitôt. Ils se rassemblent comme une mécanique bien huilée et disparaissent au pas de gymnastique sous le porche de la ferme.

Le sifflement recommence. Le bruit des pales tape contre les murs. La poussière vole. L'hélico apparaît au-dessus des toits de Morsang. Un point fixe, pivote et puis s'en va.

Socrate crache sur une pierre. Ségolène descend de son perchoir. Elle boite force 9 en direction de l'écurie.

« Haooouh ! » elle beugle en passant dans une tache de soleil.

Cobb la voit approcher. Il se rabat à toute allure vers la remise à matériel agricole.

Il est en train de commencer à grimper à l'échelle du grenier quand il entend grincer la porte de l'écurie.

« Haooouh! aboie Ségolène. Déplanquez-vous ! Je sais bien que vous êtes là ! »

Fond les pédales de son 3120 John Deere à échappement vertical, Horace remonte le chemin creux qui longe le bois. Assis tout skaï dans son fauteuil imitation cuir, il lance le bon Dieu de tracteur à droite.

Le moteur rugit. Le trapèze avant de la direction se déforme. Façon d'un crabe de vase, le monstre vert se hisse sur la butte.

Les mauvais petits yeux marrons du plouc s'attardent à peine sur les toiles de tente. Une jaune, une bleue. Deux campeuses. Deux femmes, ouais. Vingt-cinq berges à première vue. Deux étrangères. Il en est sûr.

Hier, il a entendu la plus grande, la brune, celle à tresses, parler à l'autre. Une langue gutturale. De l'allemand. Genre.

Et l'autre, la blonde, a ri.

Il les a entendues. L'une a un rire comme un verre d'eau. Frais. Clair. Et l'autre ne rit pas du tout. Elle parle, juste.

Horace fait comme la veille, se dit qu'il faut les habituer. Il passe tout droit, le cou tendu, rebondissant sur son siège. Bersingue. Répond à peine au signe que lui fait la celle des deux filles qu'est à tresses. La chef.

Faut pas montrer d'intérêt.

Deux cents mètres plus loin, il donne un coup de galoche sur le frein. Un pied sur la roue, il saute dans l'herbe.

Il laisse tourner le moulin. C'est pas pour le fuèlle que ça use. Et puis, teuf-teuf, le raffut déguise ce qu'il va faire. Une diversion, comme qui dirait.

Horace se couche au sol.

Au bout de la plaine, il entend Soméca-Buick. Le négro doit être en train d'épandre du pesticide. Il est à l'ouest. Du côté de Roinville. Saïd devrait pas être loin de lui. Deux trois pièces après le champ de lin, occupé à mettre en place les tuyaux pour arroser. L'ancien harki s'y connaît pour ces problèmes-là. C'est son truc, l'irrigation. Y en a pour une fortune, n'empêche. En buses et en matériel. Sans compter la pompe pour élever l'eau. Une fortune.

Horace progresse dans le champ de blé. Plat ventre. Comme en Algérie. Comme quand il cassait de l'Arabe. 1958, les commandos Challe. Le crapahut de nuit. On prenait les Fellouzes par surprise. Et ratata, le pied, on ratissait la Katiba au F.M. Vingt-huit mois et dix jours! Ah! la France avait été servie!

C'était avant d'être boucher. Boucher, son premier métier. Avant d'avoir épousé la ferme. Avant d'avoir sauté Jessica.

Jessica. Sa femme-la-fière. L'instruite. Toujours des bouquins à la main. Et des chemisiers bien repassés. Ah! ouaite. Jessica-la-truie, oui!

Il se revoit la forcer. Après la tue-cochon, justement. Derrière l'étable. A cru. A plein. A force. A fond les roustons. Huit cents hectares pour un coup de reins! Huit cents hectares, blé et maïs. Qui dit mieux? Lui, le désosseur, sur elle, l'héritière. Jessica-chaude. Toute liquide sous son ventre. Pas comme maintenant. Qui refuse et dérobe. Fieffée salope. Plus dure que la terre, aujourd'hui canicule.

L'amour! Dix ans déjà. L'amour, une sauvagerie tuée par le temps.

Horace poursuit son avancée silencieuse. Il n'a même pas prêté garde au passage de l'hélicoptère. Ou alors c'est peut-être ça, allez savoir, qui l'a fait démarrer sur l'Algérie. Des fois, on part pour un rien.

Il est revenu à pas plus de cent mètres des campeuses. Passé le coin d'épinettes, il s'arrête.

Il sait. Il sait d'expérience que c'est l'heure de la sieste.

Et que les deux filles vont pas tarder à se déshabiller du haut.

Ségolène, Ségolène

Ségolène passe devant la trappe. Cobb a retiré l'échelle. Ségolène prend ses seins dans ses mains. Une corbeille.

Elle dit :

« Je sais que vous êtes là... Je sens vos yeux sur ma peau et ça m'excite encore plus... »

Elle s'arrête à l'aplomb de la trappe. Elle retrousse sa robe.

« Vous savez ce qu'elle fait, ma frangine ? Elle se déshabille pour de l'argent. Ils lui allument une lampe rouge par en dessous. Elle se tortille. Et ça donne des idées aux hommes... »

Elle rit. Elle glousse. Elle dit :

« Si j'avais eu les cannes de la même longueur, sûr que j'aurais pas eu besoin de supplier pour qu'on me baise. »

Elle renverse sa tête en arrière. Le cou tout distendu. Elle écarquille les yeux vers le plafond du grenier.

« Vous avez bougé, y m' semble. Vous êtes dans la paille ? »

Elle dit :

« Haooouh! Quand je suis à plat, on sait plus si j' suis moche. »

Elle dit :

« Vous savez ce que je suis en train de faire? »

Elle dit :

« Je fais des ronds dans moi. Avec mon doigt du milieu. »

Elle dit :

« Vous avez remarqué que j'ai ce doigt-là peint en rouge? »

Elle se tait.

Elle se tait.

Elle dit :

« J'aurais pu vous cafter aux flics. Leur dire que vous étiez là. »

Elle dit :

« Y faut m' récompenser. »

Elle se tait. Elle se tait. Elle s'active sur elle-même. Elle respire plus vite.

« Je suis sur le point de jouir, mais je voudrais bien vous voir avant. »

Elle attend. Elle attend en vain. Elle bouge à peine.

« Les flics risquent de revenir. Ils ont trouvé votre vélo. Savoir si je vais tenir ma langue. »

Elle répète, elle glousse :

« Ma langue, haooouh! »

Ça la fait rire.

Elle dit :

« Dépêchez-vous de vous montrer. Dépêchez-vous. C'est maintenant que j'ai besoin de vous voir... »

Il y a un frottement de paille au-dessus d'elle. Elle lève les yeux. Cobb s'encadre dans l'ouverture de la trappe. Il est debout. Il la domine.

« Haooouh ! » fait Ségolène. Elle ferme les yeux sur son image. « Haooouh ! »

Et tout son corps se cabre sous les spasmes.

« Haooouh ! Vous m'avez fait un sacré bien ! »

Elle se tait.

« Va me chercher à boire, dit Cobb. Je crève de soif. »

Silence. Rien.

Ségolène se relève. Elle paraît tout étourdie.

« Vous crevez de soif, hein ? Sacré soleil, aujourd'hui. La chaleur sous les tuiles. Intenable. Et vous avez couru, c'est ça ?... »

Silence.

« Vous crevez de soif. Et moi je crève d'envie. »

Elle montre son sexe. Elle l'ouvre avec ses doigts comme une bouche qu'on écarte.

« Bouchez-moi le trou. Moi, je vous désaltère. »

Cobb dit :

« File me chercher à boire.

— Faut pas m' parler comme ça. »

Elle dit :

« Et pour ce qui est de boire, c'est donnant donnant. Haooouh ! Je reviendrai ce soir. »

Elle se sauve. Elle se retourne.

« Ce soir, vous aurez encore plus soif. Et moi, j'aurai encore plus faim ! »

Elle se sauve.

Ha ! Cobb a dégainé dans son dos. Il baisse son arme. Il relâche le chien. Il se mord la lèvre.

Sa bouche est en feu. Ses yeux sont injectés.

Dehors, la lumière est blanche.

Aveuglante.

Il pense à Baby-Blue.

Noémie Blue est au creux de la Ville. Ses mains tâtent les contours de l'appartement. Elle est comme prisonnière. En fait, elle n'est plus sûre du tout de vivre. Elle n'ose même pas sortir dans le quartier.

Les policiers sont venus à trois reprises. Sans doute guettent-ils dans la rue le retour éventuel de celui qu'elle attend.

Noémie Blue ferme les yeux. Sous ses doigts endormis par la chaleur, elle trouve une fois de plus les touches du piano. Des dents qui la happent. Elle se laisse manger par le blues.

> *Don't let the sun catch you cryin'*
> *Cryin' by front door...*

Cette fois, elle n'est pas sûre que Jim revienne. Elle ne l'a jamais été, même quand il sortait pour faire les courses. Toujours les imprudences. Du caoutchouc dans les joues, ses cheveux courts. Il changeait de visage. Son carnaval, comme il disait.

Mais cette fois, c'est pire. Elle n'est plus sûre du tout.

> *Don't let the sun catch you lyin'*
> *Lyin' by front door,*
> *He sure wants you no more...*

Quand il l'a quittée, deux jours plus tôt, il a pris les grenades. Elles sont d'habitude dans le buffet d'entrée. Elles ont roulé au fond du tiroir. Comme le signal d'une fuite.

'Cause he sure wants you no more...

Elle a demandé depuis la chambre :

« Jim ? Jim ? Nous, nous, est-ce que c'est déjà fini ? »

Il est revenu vers elle. Il sentait l'after-shave.

Il s'est accroupi. Elle le croyait plus à sa gauche. Elle s'est détournée avec un peu de retard. Elle est toujours décalée à cause de ses yeux. Elle a tout de suite trouvé la chaleur de ses lèvres. Elle aimait tant qu'il l'embrasse.

Il l'a appelée Baby-No. Elle aurait voulu savoir si sa frange n'était pas désordonnée.

Elle lui a dit :

« Ne pars pas. Jim salaud, je sais que tu pars pour de bon. Et je vais pleurer comme une idiote. »

Il a répondu, Baby, par des histoires à dormir debout. Des histoires pleines de gloire et de sagesse. Aucun rapport avec lui. Oh ! God. Aucun rapport avec ce satané Lui.

Elle lui a dit :

« Inutile de me bourrer le crâne, Jimmy. Je sais que tu t'en vas. »

Il a essayé de dire qu'elle répétait sans cesse la même chose. Salaud Jim ! Il savait bien que dans son cas, un vrai salaud, la meilleure défense, c'est toujours l'attaque !

Il a encore dit que Baby-No était une bourrique. Une petite bourrique à peau noire. Avec sa satanée langue rose. Et des airs de blues plein la tête.

Il a dit.

Mais le ton n'y était pas.

Il a dit :

« Mais pourquoi tu ne m'imagines jamais

autrement que mort ? Autrement que blessé ? Pourquoi ne penses-tu pas qu'un jour, je serai riche ? Un très riche Irlandais ?

— Parce que tu as la poisse, Jimmy Cobb. Parce qu'un jour, tu rentreras avec tes deux oreilles dans tes mains. Parce que tu ne seras jamais riche. Et jamais en paix, Jimmy Cobb. Trop de gens sont morts. Et trop de gens vont mourir.

— Pourquoi ? Pourquoi ? »

Un enfant ! Du désespoir. La tête sur les genoux de No. Une caresse sur ses cheveux :

« Parce que ton destin est fatalement tragique, Jimmy Cobb. »

Bon, et c'est absurde, elle avait commencé à pleurer.

> *You can cry — cry, cry*
> *Yes Baby, you can wail*

Jim lui avait serré la main. Il lui avait dit d'aller au diable. Que tout ce qu'elle disait passait par les stéréotypes du prêt-à-penser américain.

Shit !

C'est vrai qu'il était bien le mauvais garçon et shit again, c'est vrai qu'elle était bien la chanteuse de blues, mais après cette fois, il le jurait, il n'y aurait pas d'autre fois. Il allait gagner le gros lot.

Les sornettes, vous savez. Exactement comme au ciné.

Et puis, elle s'était rendue. Jim avait un charme fou. Il s'était mis à débiter des choses pleines de grâce et d'impudeur. Qu'elle lui avait limé les crocs et cassé les ongles. Qu'il était un enfant. Et qu'elle était sa mère. Qu'il désirait son ventre plus que tout au monde. Et que c'est là qu'il voulait finir ses jours. Et cultiver du coton. Un gros riche salaud d'Irlandais dans le ventre d'une vieille négresse à coton.

Et le blues. Le blues pour eux deux.

Elle lui avait dit :
« Tu ne changeras jamais. »
Il lui avait dit :
« Joue Baby-No ! Joue ! *Don't let the sun catch you cryin' !* Ne t'arrête pas... Ne t'arrête plus ! Je sors. Je sors et je reviens. »
Deux jours déjà.
Et maintenant, Baby, Baby-No, elle jouait, Dieu, elle jouait. Elle jouait.
Elle ne faisait que ça et se tordre les mains.

Dehors, sous les pas des policiers, l'asphalte fondait.

Ray Brambilla

L'inspecteur de 2ᵉ classe Brambilla lève la tête vers le septième étage de l'immeuble Blue. Ses paupières lourdes filtrent cette lumière de merde. Le soleil partout dans les vitrages. La quatrième fenêtre à partir de la gauche de la façade est toujours occultée par un store à lamelles. La cinquième fenêtre est toujours ouverte. La sixième fenêtre est toujours close.

L'inspecteur Brambilla hausse les épaules. Cette ville entière semble fondre et dégouliner sur les silhouettes de ceux qui bougent.

Il se rencogne dans la profondeur du hall.

Jo Rojinski vient de tourner le coin de la rue. Quand il l'a fait, il n'avait pour ainsi dire pas d'ombre. Aucune consistance.

Deux jours déjà qu'on est là. Deux jours qu'on use le trottoir. Huit fois que Jo Rojinski dit à Brambilla que pas de bile, petit père, il va revenir tout de suite. Toujours sa femme à appeler au téléphone. Et chaque fois que Rojinski fait un baratin pareil au sujet d'appeler Nelly, c'est qu'il est parti boire un whisky. C'est qu'il ne reviendra pas tout de suite. D'ailleurs, même si Jo Rojinski appelait vraiment sa femme, il ne la trouverait pas chez lui. Quinze jours qu'elle est partie.

Brambilla est bien placé pour en parler. C'est lui qui baise la femme de Rojinski.

De temps en temps, quelques voitures glissent au carrefour. Elles passent un capot prudent puis bondissent dans la poussière blanche. A partir du dixième étage, les buildings eux-mêmes s'évaporent en gouttes de verre.

Au sujet de la femme de Rojinski, Brambilla n'a pas mauvaise conscience. Nelly n'est pas heureuse dans tous les cas. Elle dit déjà que Brambilla-Rojinski, même tabac. Deux flics à la noix, toujours sur les trottoirs.

Les femmes préfèrent les joueurs de tennis.

Les campeuses

Tout à son programme de stupre, les yeux chabraques et le cou tendu sur la ligne bleue des graminées, Horace rampe.

Devant lui, il aperçoit, taches colorées, les toits des deux tentes. A l'ouest, Soméca-Buick travaille et herbicide. Derrière lui, au bout du chemin creux, teuf-teuf assourdi par le talutage, John

Deere, le spécialiste du diesel, continue à lui fournir de l'alibi à trois francs, bientôt quatre, le litron de fiouèle.

Coude · après coude, le paysan s'approche. Encore un peu. Soudain s'arrête.

Taraudé-extrême par les élancements d'une molaire du fond, Horace fourrage dans sa bouche sans ménagements inutiles. L'en est à se dire qu'il faudra qu'il aille se faire faire un devis estimatif chez le quenottier-dentiste d'Étampes, quand, quand, allégria au fond des veines et tambour à tout va, la campeuse brune avec des nattes apparaît.

Elle a une stature d'homme. Une brusquerie déroutante. D'un geste de gymnaste rentrant au vestiaire, elle retire son débardeur. Vision fugace. Une paire de seins exemplaires rebondit sur l'arceau de son corps.

Sitôt, au fond de sa culotte intime, Horace apprécie la fermeté exceptionnelle de ses propres intentions. Son gourdin de sang noir télescope à vue d'œil. Il cargue la voilure de sa grande chemise à pans.

Ça y est ! Horace est mûr pour la péripétie !

Les événements suivent gracieusement leur cours. La blonde vient de sortir à son tour de sa tente.

D'abord à quatre pattes, elle se redresse ensuite. Elle est nue, la divine. Nue comme on ne sait plus l'être. Arrière-pensée aucune, elle s'avance jusqu'à un socle de coquelicots et s'y pose, face au soleil.

Elle est un peu lourde autour des hanches. Sa poitrine, tantinet plus laitière que celle de sa compagne, révèle une blancheur intacte.

Horace est fasciné. Subjugué. Emporté vers un monde inexprimable. Il rêve.

Au bout d'un long moment d'immobilité, la blonde détourne son regard. Un sourire vague se dessine sur ses lèvres. Elle fait quelques pas devant elle. Il semble à Horace, en grand désarroi, que c'est au-devant de lui qu'elle s'avance.

Dans le doute, la paysannerie recule. Se plaque au sol. Attend. Cherche à se faire oublier.

Il a pourtant vu, le bougre, il sait. Il sait parce qu'il a déjà observé, que, d'habitude, la blonde porte des lunettes. Des lunettes serties de plastique rouge et reliées à une chaînette dorée. Il sait que, lorsqu'elle les retire, son regard bleu devient glacis.

Elle est myope, la chérie. Taupe comme pas permis. Sans ses verres, c'est comme une mélancolie qui s'installe sur les pupilles de cette fille. Parce que, parce que, pense Horace, dès qu'elle se prive du secours additif de ses dioptries corrigées, elle entre dans le doux pays des bulles. Des flous. Du rêve, justement.

Et elle le rejoint.

Ouais, c'est cela. Sans lunettes, la blonde est vouée à l'imagination. Au fantasmagorique. A l'impossible. Voire à l'épouvantable.

Du coup, Horace s'enhardit. Il reprend sa progression. Une sorte de défi. Une sensation étrange qui le brûle par l'intérieur de lui. Son cœur qui fait rafale, n'importe, il s'approche. Il est à peine à trente mètres d'elle. Elle sourit toujours.

Qu'est-il pour elle?

Qu'est-il, à part une grosse bulle bleue?

Elle caresse son corps ensoleillé. Elle tourne le dos. Inconsciente de sa présence, elle s'éloigne.

Elle présente à l'amateur une croupe Majestic comme un cinéma de province.

Elle va rejoindre sa compagne.

Horace rampe encore plus avant.

Elles sont là, étendues, paresseuses, victimes consentantes de leurs peaux. Horace s'immobilise.

La peau. La peau.

Horace imagine son contact. Il pense à celle de Jessica.

Du cuir.

Il est à quinze mètres à peine. Pour un peu, il pourrait s'approcher davantage. Il rampe. Repte sur les avant-bras. Plus près. Il s'étire. Grosse bidoche sur le flanc. Le tracteur continue à ronronner dans le lointain.

Et brusquement, devant lui, sous son nez, des effets de femme posés sur les herbes. Dans les plis d'une serviette-éponge, une pochette rose avec de la crème solaire. Un soutien-gorge. Une jupe. Et... des lunettes ! Ouais. Les lunettes de la blonde.

Horace s'en saisit comme un voleur.

Elle ne verra plus comme avant. Il sent confusément que c'est ce qu'il veut. Qu'elle soit vulnérable. Et que lui, lui seul, Horace, détienne ce qui lui rend la vie. Sa clef de verre. Fétiche à deux verres. Et le soutien-gorge à deux bonnets. Deux objets doubles. Horace a une hésitation. Des deux, il choisit les lunettes.

Il se sauve.

Il rejoint son tracteur. Il cachera les lunettes dans son atelier. C'est là qu'il est le plus libre. C'est son coin. Tout le monde a besoin d'un coin. C'est l'endroit où il pourra partager la blonde avec lui-même. Personne d'autre.

Et les autres — la terre entière, ses couilles — il les déteste.

Un bruit de pas.

Cobb se rejette en arrière. Attend. Porte la main à la crosse de son revolver. Prudemment, lentement, il risque un œil. Par les planches disjointes de l'une des portes de la grange, il suit un moment le déplacement de la femme dans la cour.

Elle ne porte plus de sabots.

Des chaussures à talons allongent sa silhouette. Dans un bruissement de sa longue jupe noire, elle sort brusquement du champ visuel du fugitif. Longtemps pour les nerfs, ses pas tapotent encore les pavés. Ensuite, leur bruit s'amenuise et disparaît tout à fait.

Cobb respire profondément. S'oblige à le faire plusieurs fois.

Combien de temps pourra-t-il rester dans cette ferme ? Comment se soustraire indéfiniment aux regards de ceux qui l'habitent ? La demeurée, déjà, qui le harcèle. L'oblige à se tenir sur le qui-vive. A changer sans cesse de trou pour n'être pas surpris. A croire qu'une vie de gibier le guette depuis qu'il est entré sous ces parquets vermoulus. Il lève la tête. La rebaisse, soudainement oppressé par toutes ces toiles d'araignées qui pendent du plafond. Cocons-prisons enfermant mille larves, pièges, leurres, barricades, tissages en trompe-l'œil, une vie souterraine que soudain il partage et qui fait de lui la proie des prédateurs.

Cobb ferme les yeux. S'oblige à respirer régulièrement. Par la pensée, il s'astreint à fixer un point situé légèrement en retrait de son nombril. Un exercice de yoga qu'il pratiquait en prison, les jours de haine, quand il avait envie d'étrangler Mattei pour toutes ses brimades.

Sans qu'il le veuille, le faciès blafard du gardien-chef s'inscrit clairement sur l'écran de son ambiance frontale. Il y a des visages qu'on n'oublie pas. Colère, hargne, envie de mordre et d'abîmer. En quartier de haute sécurité, on fabrique des fauves.

Parfois, Cobb calcule. Il y a dans sa vie, douze ans de solitude.

Cobb s'engourdit. La femme ne revient pas. Il rouvre les yeux. Il se surprend à souhaiter son retour. Pour voir passer quelque chose de vivant, sans doute. Cobb avale sa salive. Sa bouche a un goût de poussière.

Sortir d'ici ? Pour aller où ? Vers quel havre ? Vers quel rire ?

Personne.

Et dehors, ce soleil. Cette plaine. Pas l'ombre d'un couvert où se mettre à l'abri.

L'homme se laisse glisser, dos au mur. Il prend sa tête entre ses mains.

Une épingle dans la bouche

Soudain, la porte de la grange s'ouvre à la volée. Rebondit contre le mur.

Cobb s'est laissé rouler sur le côté. Il a dégainé son arme dans le même mouvement.

La femme se dresse devant lui.

Elle tient ses chaussures à la main. C'est pour cela qu'il ne l'a pas entendue revenir sur ses pas.

« Je vous ai cherché dans la porcherie, dit-elle. Je vous avais perdu. »

Il se relève sans cesser de braquer son arme sur elle. Il essuie la poussière qui poudre ses genoux. Tout son côté droit.

« J'étais sûre de vous trouver là », dit-elle encore.

Son attitude n'est ni satisfaite, ni effrayée.

Elle s'avance à l'intérieur du bâtiment. Elle pose ses escarpins au sol. Un pied puis l'autre, elle se glisse dans le cuir. Elle grandit de huit centimètres. Nulle coquetterie dans ses gestes. Et cependant, une harmonie véritable.

Cobb abaisse le revolver. Il recule et se met le dos au mur.

Elle le fixe. Elle dit :

« Je ne vous aime pas particulièrement, monsieur Cobb. Pour tout ce que vous avez fait.

— Vous n'êtes pas venue pour me dire cela, je suppose.

— Non. »

Elle attend.

Elle dit :

« Je suis venue pour que vous sachiez qu'à la radio, ils ont beaucoup parlé de vous.

— Qu'ont-ils dit ?

— Que vous seriez fatalement repris. Eliminé. »

Elle insiste sur ce mot. Elle ne le quitte pas des yeux. Elle reprend de sa voix sans passion :

« Ils disent qu'il n'y a pas de place pour des gens comme vous. Ils ont parlé aussi de votre caractère. C'est ça qui m'a intéressée.

— Qu'est-ce que vous avez appris de plus ?

— Que vous étiez rusé. Que vous exploitiez au mieux les mythes de votre époque. Les média. Les étiquettes. La vanité, l'indifférence des êtres. »

Elle se tait. Jette un regard furtif vers la porte restée ouverte. La maison, en face, éclaboussée de soleil.

Elle se retourne :

« Ils disent que quand vous étiez en prison, si vous étiez contre les QHS, c'est uniquement parce que vous vouliez sensibiliser l'opinion publique. Et aussi les journalistes. Vous servir d'eux tous.

Devenir un héros. En profiter pour tirer votre épingle du jeu. Et vous évader. Une nouvelle forme de banditisme... la recherche d'une sorte de cote de popularité. »

Cobb fait un geste désabusé. Il dit :

« Oh! vous savez, la cote de popularité, c'est bien surfait... »

Il relève la tête. Une lueur amusée passe sur son visage :

« Au fait, demande-t-il, que dit le dernier sondage?

— Beaucoup d'indécis, monsieur Cobb. Partout la mort vous accompagne. Elle effraie les braves gens.

— Et vous? Vous n'avez pas peur? »

La femme ne répond même pas. Brusquement, elle prend une posture très féminine. Elle courbe brièvement le col. Consolide la masse de son chignon.

Quand elle redresse la nuque, elle a une épingle dans la bouche. Elle dit :

« Ici, vous ne vous en tirerez pas tout seul, monsieur Cobb. Sur la Beauce, personne ne raisonne comme vous en avez l'habitude. Et les gens ont la vue perçante... Vous serez obligé d'en passer par quelqu'un. Sinon, vous êtes un mort sur pied.

— C'est cela que vous êtes venue me dire, n'est-ce pas? Seulement cela.

— Oui.

— Pourquoi?... »

Ils se taisent. S'observent.

La femme finit par dire :

« Ils disent aussi que vous n'avez plus confiance en personne.

— Ils ont raison. Depuis samedi, j'ai la rage.

— Voilà qui vous isole encore davantage, dit la femme.

— Je me méfie de tous ceux qui s'approchent de moi, dit Cobb. Ou ils en veulent à ma peau. Ou ils en veulent à mon fric.

— Pas moi, dit la femme. Moi, je ne pense qu'à moi. »

Soudain, elle lui tourne le dos.

Elle fait deux pas en direction de la porte. Instinctivement, sauvagement, il relève le canon de son arme. Elle s'immobilise, consciente du danger. Sa nuque est droite.

Devant elle, à l'extérieur, une poule blanche passe dans une flaque de lumière. Surexposée, elle disparaît sur les bords de l'image.

« Laissez-moi partir, dit Jessica. Je ne dirai rien à personne. »

Sans attendre la réponse, elle s'éloigne d'un pas ferme. Déjà, elle entre dans la lumière. C'est Cobb lui-même qui referme la porte.

Il a la sensation pénible d'avoir subi une pression. Par une fente, il regarde s'éloigner la haute silhouette noire. Il passe sa main sur sa nuque, raidie par la tension.

Sa soif le reprend aussitôt.

Soméca-Buick

A Paris-sur-métro, merde, si tu danses dans la rue, mon vieux, on te fout en tôle.

A Paris-pommes-frites, merde mon vieux, nègre ou Algérien, c'est pas la force. Et li communistes, j'y comprends rien. A Pantin, à Saint-Maur, à Vitry et Bagnolet, ils ont fait des boulettes. Des boulettes de chagrin.

Renvoyé tous les Africains des foyers.

J'habitais, N'Doula-Buick, 12 rue de la Smala,

pendant vhouit ans. Travail, travail. Li rues, tu balaies. Ta pièce tu récoltes. SMIC. Comme ci comme ça, un peu d'argent.

Le nègre dort sur un matelas, ferme sa gueule. Bon. J'allais bien.

Un jour, le syndic arrive avec les bulldozers. Bon. On me vire ? Bon. Ji m'en vais, pas d'histoires. Tu balaies à ma place, moi ji m'en vais. Ji m'en vais. Ji m'en vais. Sans rire, ji le fais.

Mercredi d'après, je vois missié Mircieca, li maire de Vitry. M'a couru après dans le jardin public. M'a tendu une cigarette. « Cibiche ? » M'a dit : « Ti restes ? J' ti reloge. » Ji dit : « Buana, Tarzan, c'est fini. » Et N'Doula parti. Ses fringues dans un panier. Tu marches et tu t'en vas. Il pleut et tu pleures. Soleil sur la région parisienne ? Ti sèches et ti rigoles.

Ji suivi le caniveau. Ji suivi les trottoirs. Ji suivi mon idée. Tout di long di long de la route. Tout di long des glissières. Trente kilomètres déjà. Loin de Paris, l'Africain. Après, on verra.

Les flics-motards ont dit : « Où ti vas ? Vos papiers ! Ti mains sur ta tête, je vous prie. » Je te fouille. Je te retourne. T'es une crêpe, N'Doula. T'i pas en règle. T'as pas d' boulot ? T'es pas gigolo. T'es tout négro ? Je te frappe dans le dos.

Di emmerdiments de séjour.

Et puis un jour N'Doula, c'était la campagne. La campagne à tout le monde. Un air di liberté. Des arbres à la belle étoile. Des fleurs, ti peux les couper. Et un papillon sur mon cœur quand je dormais.

Li pouliciers avaient disparu. Juste des chiens. Du vent. Ça sentit bon la merde !

De la paille ? Ti dors.
Di gens ? Ti t' réveilles.

Lui : « On t'embauche ? » Ti ris.

Elle : « T'as des bras au moins ? » Ti dis oui. Oui, oui, oui.

Travail dur. Gens pas commodes. Nègres jamais vus. Mais dans le fond, ti t'habitues. Ti perds l'accent. Ti trouves tes mots. Les machines, c'est rigolo. Moteur sous le cul, c'est déjà vivre comme les Blancs. Les mêmes pédales. Tractoriste, c'est la machine qui t'obéit. Tu t'élèves.

Soméca-Buick est né.

Maintenant, Soméca-Buick, natif Kouilou, a une salopette. Et des économies sous la pierre de l'abreuvoir. Il rit sous le soleil. Quatre sous pour s'acheter des costumes.

Et tous les samedis soirs, la Lune !

Tu t'habilles chic esprit. Cravate à palmiers sur chemise blanche. Et tu es King-souverain, mon vieux ! Tu règnes ! Tu règnes sur la danse. C'est ton corps qui est ta chance.

Vas-y nègre-bouge ! Danse ! Salsa, reggae, funky ! Prends ta Buick ! Va à Paris-pommes-frites ! Paie soixante balles l'entrée du dancing ! Vas-y, King-N'Doula ! Invente-toi des princes et des parents ! Archi-babas, les blancs-becs. T'écoutent raconter ton Afrique. Prends les clefs du royaume. Lasers et fumée, dactylos-skaï et Zorros paranos, eyeliner et peau nylon-léopard, jusqu'à l'aube et baskets boom, c'est le nègre masculin-congolais, si bien fort, si meilleur que les Blancs, qui tire son coup le premier. Wahooouh ! Danse au finish ! Patricia, les jambes tendues de folie sous son slooghie hyperextensible, Soméca-Buick, le sexe-fort et le rire à paillettes qui dégouline sur la piste, whaaaah, c'est tant bien mieux dans son sexe !

Tu visites et tu repars à la campagne. Tu laisses l'idée d'un prince. Toi tu ris, parce que t'es rien.

Et maintenant, là, plein soleil, le cul sur le tracteur, tu remontes vers les champs du haut. Faut mettre du pesticide sur les herbes Maltravers.

Missié Horace, il est un con. Missié Socrate, il est un bon. Maâme Jessica, j'y comprends pas. La Ségolène, le pire, c'est son haleine.

Et le négro, maintenant content, il se met au boulot.

Tiens. Tiens, tiens.

Qu'est ce qu'il voit, Soméca? En croit pas ses yeux qui roulent à billes. La truie Proserpine! La truie de maâme Jessie! Mais dans quel état! Toute roseur perdue, Proserpine. Caguée de terre. Une robe. Elle file grand vent. Rebondit sur les mottes. La queue en tire-bouche-muche et foldinguecric, elle défend ses arrières et jambons contre les menaces sexuelles d'un grand sanglier mâle.

Soméca saute de son tracteur. Ecoute que son courage. Intervient. S'interpose. Bras en croix sur le trajet.

« Hé Ho! Va-t'en vilain phacochère de mes deux! Hi! Ho! il crie. Il veut chasser l'intrus. Le verrat revient. S'arrête. Se retourne.

— Allez va-t'en! Brrou! Brrra! Sale bête à brosses à dents! »

Le sanglier réfléchit. Il plante ses petits yeux dans ceux de l'homme. Fait un bruit avec son nez. Groin groin, un truc comme ça.

Soméca-Buick agite sa casquette. Au lieu de s'effaroucher, le phaco méchant charge. Tête baissée et les jambes tam-tam sur la terre sèche.

Vite fait les mandibules à son tour, Buick se calte à grande eau. Tout sueur et bersingue, il remonte sur son char BM Volvo 650. Faudrait pas prendre la Beauce pour la savane. Vlam! Le sanglier fait connaissance avec l'acier suédois. Ça le déguerpit.

Voilà, Soméca craint plus rien.

De loin, il regarde. Regarde s'éloigner la truie civilisée et son cochon des fourrés. La blanche et le sauvage.

S'enfoncent dans un maïs. Ont l'air déterminé. Soméca-Buick s'essuie les yeux où lui viennent des larmes de rire.

« Hi hi! il fait en ouvrant sa grande bouche pour laisser passer sa joie, hi hi! Eh ben, mon vieux! Si p't'être ces deux-là vont baiser, c'est qu'en France du moins, les cochons sont pas racistes! »

En rit aux larmes, Soméca.

Nelly Rojinski

L'inspecteur de 2e classe Rojinski lève la tête vers le septième étage. Il s'essuie le front. Il regarde son copain Brambilla.

Il dit :

« Cette femme, Noémie Blue, elle est splendide, tu ne trouves pas, Ray? Non? Hein? Elle l'est. Et ses dents, tu as vu? Elle doit bien faire les pipes. Les Noires, ça doit bien faire les pipes. »

Brambilla ne répond pas.

« T'aimes ça qu'on t'en fasse, Ray? Hein? T'aimes? »

Brambilla ne répond pas. La connerie de Rojinski l'effraie sincèrement.

Rojinski consulte sa montre. Il devient nerveux.

Il dit :

« Bientôt quatre heures. Nelly devrait pas tarder à rentrer. »

Brambilla sait qu'il ment. Sa foutue radasse doit être en train de lire une saleté de magazine à quinze blocs de là. Au fond de son propre pageot.

Il dit :

« Ouais. Tu devrais aller appeler ta femme, Jo. Sinon, elle va se faire du mouron sur ton compte. »

Bon. Le soleil continue à jeter ses baquets de plomb en fusion sur tout ce qui bouge.

Et Rojinski s'éloigne. Il court vers son whisky.

Brambilla traverse la rue.

Il aime bien être seul. Dans le fond, ça le fait même chier de faire équipe avec Rojinski. On s'habitue. On s'attache. Et on devient con.

Jo Rojinski n'est qu'une merde. Une merde pas très sûre d'elle-même. Et sa femme est une pute. Il la virera demain. Brambilla n'a besoin de personne. Et surtout pas de Rojinski qui l'oblige à parler de Nelly. Et surtout pas de Nelly qui parle sans arrêt de Jo. Merde.

Les Rojinski n'arrêtent pas de dire des conneries. Au sujet du bonheur. Au sujet du loyer de l'argent qui est cher, des trucs comme ça. Et au sujet d'avoir ou de ne pas avoir d'enfant.

Brambilla n'a jamais eu personne. Seulement la damnée femme de Jo dans les bras. Ou sur les bras. Il ne sait plus très bien. Et quand il a accepté que Nelly vienne s'installer chez lui, c'était juste pour son cul. Il ne pouvait pas prévoir qu'elle viendrait aussi avec son nouveau-né. Merde, il ne pouvait pas prévoir que ce lardon serait une crevette rose avec une tête de vieux Jo Rojinski. Rigoureusement Rojinski. Jo Rojinski dans son lit. Et qu'il chialerait sans arrêt. Et pire que tout, qu'il tripoterait les seins de sa mère, chaque fois qu'on aurait envie de s'en servir. Merde.

Merde aux Rojinski.

Brambilla descend du trottoir.

Il franchit le pas qui le sépare d'une plaque d'asphalte qui fond au soleil. Il y imprime sa chaussure droite. Celle où c'est écrit Woodmilne en dessous. Et quarante-deux, la pointure. Il attend. Et il pense à ce salaud de fumier de Cobb.

Il se fout aussitôt son billet que le Ricain ne se pointera jamais chez la négrotte du septième. Un type comme ça n'a pas d'attaches. Il ne reviendra jamais se faire épingler pour le beau cul d'une gonzesse.

Brambilla crache par terre.

Il est persuadé au fond de lui-même que cette planque pourrie qu'il fait avec Rojinski est, une fois de plus, une façon imbécile de regarder passer le temps. Brambilla pense qu'à part baiser la femme de Jo et avoir décidé de ne plus fumer, tout ce qu'il fait au monde est totalement inutile.

Il soulève son pied.

Il se sent si nul et crasse et con, qu'il est presque surpris d'avoir laissé des traces sur l'asphalte. Comme quoi on peut n'être rien et marquer sur du goudron.

En fait, pour exister, il faudrait que Brambilla tienne Cobb au bout d'un revolver.

Et c'est pas demain la veille.

L'araignée

Cobb a soif.

Par les interstices, entre les tuiles, la lumière dessine des rais éblouissants. Le soleil est tapi derrière chaque solive du grenier.

Cobb a retiré sa veste grotesque. Et aussi sa chemise. Il est assis au sol. Son holster est à portée de sa main. Sa peau ruisselle sur place.

L'absence de bruits l'endort. Ses membres pèsent de plus en plus lourd. Il s'oblige à rouvrir les paupières. A s'intéresser à quelque chose d'autre qu'à sa soif.

Il marche à quatre pattes jusqu'à un coin situé près d'un ancien conduit de cheminée. Il y a des gravats. Des flocons d'avoine séchés. Une vieille boîte à biscuits. Un calendrier de l'année 1925.

Le dessin de couverture représente une petite dame sous une ombrelle rouge. Elle fait signe à un canotier qui rame en maillot rayé. La légende dit : « Promenade sur la berge. »

Cobb lit qu'il y a eu une éclipse totale de soleil le 21 janvier, en partie visible à Paris. Que le département de Seine-et-Oise comptait 921 673 habitants. Qu'une lettre ordinaire s'affranchissait à vingt-cinq centimes. Et qu'à Etampes avait lieu un marché aux bestiaux et à la filasse.

Il trouve aussi un très vieux journal. Il en déplie les feuillets jaunis. Il essaie de concentrer son intérêt sur ce qu'il lit. Il s'agit d'une page de mode :

« De gauche à droite, spencer en gabardine de coton, blazer en bourrette de soie, blazer ceinturé, en lin... »

Une araignée très noire et très velue sort d'un trou du mur.

Dès qu'il la voit, Cobb décide qu'elle s'appellera Marilyn. Marilyn fait quatre pas au-devant de Cobb. Elle lève les deux pattes de devant. Menace? Signal? Coquetterie? Peur? Soudain, elle recule. Rentre dans sa grotte. Ressort aussitôt. S'immobilise.

Le fugitif aimerait qu'elle reste là. Parce qu'elle est vivante.

Son regard se pose sur une autre page du journal. Une réclame propose un séjour à Hammamet à l'hôtel Aladin. Le voyage se poursuivra par Kairouan, Sousse et Monastir.

Cobb a si soif qu'il ne fait plus la différence entre sa langue et ses dents.

Après, on pourra gagner Carthage, Sidi-Bou-Saïd et l'oasis de Tozeur. La spécialité de l'hôtel de Gafsa est le « chorba ».

Le chorba est une soupe violemment épicée.

Cobb s'endort à nouveau. Le poids de son corps l'emporte sur la prudence. Ses mains s'abandonnent. Marilyn, rassurée, rentre dans son trou. Un pied de Cobb s'affaisse lentement en direction du sol. Un insecte vibre longuement entre deux tôles.

Dehors, le soleil jette son dernier assaut.

La Britiche Pétroleum

En arrivant fond la Deuche par la D 21, en vue de sa foutue pompe à essence, Socrate se dit qu'avec la chaleur, son pantalon doit enfermer de bien profondes odeurs.

Quand vous avez la castapiane, vous avez l'impression d'être pourri jusqu'à la moelle. Une mauvaise impression schlingueuse, décuplée par le dégoût de soi ordinaire. Une personne sans hygiène, avec en sus, une satanée gueule de bois.

Le plouc-et-trois-boulons se tire la langue dans le rétro. Le miroir automobile lui renvoie l'image exagérée d'une sabure épaisse. La langue carrossée comme une planche à voile. Et pas de vent, s'il vous plaît.

Mais le pire a lieu en abordant le carrefour de la D 21 A.

Socrate a comme une prémonition. Ça sent le

malheur dans l'air. Ça le sent à l'état brut. Rien que de l'insolite qui lui saute aux yeux. Un étrange malaise, bien qu'il ne réussisse pas à le définir.

Le plouc multigrade stoppe sa bouzine dans un nuage de poussière.

Ah ! bien sûr, la pompe à benzine est toujours là. Une borne à super. Et l'autre à l'ordinaire. Et aussi la celle-à-gazoile. Pas le feu à la turne. Rien. Mais quelque chose, n'empêche, manque à l'appel. S'est volatilisé. Ouais, ouais. On a enlevé quène chose.

Socrate, les mains sur ses bourrelets-hanches, s'arrête devant sa station. Contemple. La regarde comme si jamais vue.

Voyons.

C'est pas le panonceau qui dit BP. C'est pas le nhangar qui fait garage. C'est pas les distributeurs automatiques.

M' alors, c'est quoi ?

Y regarde. Y regarde. Louque. Relouque.

Bon Dieu ! Quoi que c'est-y qui manque ?

Et d'un coup, d'un seul, se dit :

« Ah ! mais ! c'est moi ! C'est MOI qui manque ! J'ai plus d'image ! Je suis pas dans ma devanture ! Reflet perdu ! »

S'avance, Socrate, ventre au avant. Bidoche sur son 41.

C'est bien ça. La vitrine est plus qu'un trou noir. Sans expression. Plus un gramme de verre à la devanture. On l'a descendue carrément. A coups de caillasses. Mille tessons qui jonchent le parkinge. Une sauvagerie jamais vue, jamais envisagée sur la Beauce. Un coup d'une violence ! Merde. Un acharnement.

Et, plus que tout, la motobécane exposée en « Affaire exceptionnelle » qu'a disparu !

La première idée de Socrate, c'est tout de suite que c'est un coup du Cobb. Sûr que le Ricain a abandonné son vélo de facteur que pour prendre une occase de garagiste. Attention ! Une meule quasi neuve. Bécane que venait d'acheter Arthur. L'Arthur de la ferme de Mamonville. Çui qu'a cassé sa crosse d'aorte au bal-parquet. Y a pas plus de quinze jours. A trop souffler dans son tuba. C'est sa veuve qu'a amené la centicube, deux jours après l'enterrement.

« Il a fait qu'un aller-retour jusqu'à Auneau, en veux-tu pas, Socrate ? J'ai même pas le cœur à le garder, son engin. Autant qu' ça t' profite ! »

Socrate se l'était pas fait dire.

Après un air de circonstance, deux trois sima-grées de condoléances et une visite au cimetière, l'avait étiqueté le prix de la mobe en devanture.

Deux mille cinq cents balles d'aujourd'hui. et un pernod pour Arthur.

Et maintenant, là ! C'te gâchis d'infortune !

Socrate ouvre la porte fermée à clef et pénètre dans le bureau-magasin. Du pied, il repousse ces mille verres.

Incrédule, il s'approche d'une lettre qu'est mise bien en évidence sur le buvard Michelin.

C'est écrit : « ONC' SOC, personnelle. »

Sûr que c'est bien à lui que ça s'adresse.

Et que je te décachette.

C'est signé tremblote. De la main de c't' enflure de neveu. Le Chim à Jessica. Morpion de merde. Et une grosse bite pour son âge.

A première vue, y a une bafouille. Et des billets de banque ci-joints.

Socrate lit :

« Mon Onc' Soc, j'ai pas eu le temps de demander la permission. D'ailleurs, je la

demanderai plus jamé à personne. J'
m'achète ton traîne-con.

« Avec le plein pour qu'il marche, la vitrine
que j'ai pétée forcément et les 2500 balles
que tu vœux de la mobe à Arture, ça doit fer
tout comprix dans les 3500 bien payés. Les
v'la, cache. »

Socrate a tout de suite un réflexe. Un coup de
salive sur l'index. Y r'compte. Sept billets. Y a
bien sept billets de cinq cents. Le compte est bon.
C'est qu'après en être sûr qu'il finit le mot d'écrit.
Ça dit des choses cruelles et vraies pour la
plupart :

« Plus con que c'te famille qu'est pas la
mienne, je chercherai longtemps. Sans char,
depuits que j' connai mon presque-père, j'ai
pris que des coups et j'habite une douleur.
C'est pour ça que je me tire vair l'Oueste.
Lâché moi les basses quètes, question pour-
suite de mineur. D'autan qu' c'est pas
l'amoure qui vous pousserait à maître la
main sur moi. Juste l'un térêt passe que j'ai
du frique à pas savoir quoi fer. Bon soir !

« Vot' dévoué Ogino, et rien que des bras
d'honneur,

« JOACHIM. »

« P.S. Dites à ma mère que je la contacterai
dès que possible pour fer son bonne heure.
Dites à mademoiselle Brun qu'il y a que son
cul que je regrette. »

Socrate soulève son chapeau. Il en fait le tour
intérieur avec son mouchoir. Il recompte ses billets. Il pense. Il pense. Il pense que tout ce fric
dans les pattes de son neveu, c'est bizarre. Et à ce

moment-là, pile quand il allait avoir une lumière de déduction, comme un fait exprès, il y a un klaxon qui bitonne sur la piste.

« Voilà, voilà! » qu'il fait Socrate.

Il range le pognon dans le tiroir-caisse. Il s'esclavage fissa sur ses escalopes raidies par les box-calfs. Il déboule pleine lumière. La réverbère lui fait fermer les yeux.

Il hume l'air chaud pour s'habituer à la fournaise. Quand il rouvre les bonnettes, il en croit pas son imagination qui chancelle.

Dans les vapeurs-mirage de la piste à octane, il y a comme une apparition qui volatile.

Echouée devant les pompes de la Britiche Pétroleum, une vraie bagnole-paquebot semble attendre. Elle a des chromes étincelants. Des ailes arc-en-ciel. Et longues. Longues comme des ponts-promenades.

Le plouc s'avance avec circonspection.

Roméo Fabrizzio

Au début, le client, c'est qu'un dos. Un dos en complet blanc. Avec un panama de voyage. Des cheveux bouclés dans la nuque. Et une irritation dans les doigts de la main droite. Preuve, ils tambourinent sur la carrosserie. Une impatience qui danse comme une pie sur un tambour. A part ça, le gars, immobile.

Juste les chevalières qui giguent sur la tôle.

« Bonjour, monsieur, dit l'aimable Socrate en prenant les clefs que la main gauche du quidam lui tend par-dessus l'épaule.

— Celle du milieu. La clef carrée », fait l'imperturbable. Et toujours pas de regard pour le Beau-ceron-indigène.

Socrate contourne la General Motors. Ça lui prend un certain temps. Et d'ouvrir le bouchon à essence aussi.

« Le plein ? qu'il fait. Super ? Les niveaux, ça va ? J' vous fais le pare-brise ?

— Commencez par le plein.

— Vouais m'sieu. Sacré beau temps, n'est-ce pas ?

— Temps de merde.

— Vouais vouais. C'est bien vrai. Pas bon pour le maïs. A peine sorti de terre, y va flamber.

— Rien à cirer.

— Vouais vouais, j' comprends, dit Socrate en surveillant le volucompteur qui débite à tout va. Et puis c'te chaleur, vous, dans les villes, vous êtes pas touchés.

— Mon cul. Et l'impôt sécheresse, il est pas pour nos pommes ?

— Question d'inflation qui galope, à c' qui paraît.

— Tous des cons.

— Vouais. Y savent pas quoi inventer pour juguler. »

Une conversation qui culmine, comme on voit.

Et puis, la situation se débloque dès que l'étranger fait mouvement. Vachement ridère, il se dirige vers les distributeurs automatiques de Socrate. Rien que de l'automation rurale conçue par le plouc. Sa fierté d'inventeur qu'est en cause.

Le gars se plante devant le zinzin le plus chromé. Un appareil que Socrate a retaillé et reboulonné dans un tableau de bord de Jaguar, riche en moulures. Il introduit ses cinq francs comme demandé sur la notice. Il fait basculer le levier de vitesse sur le côté.

Et dans sa main, y récolte.

« Vous êtes pêcheur ? » s'étonne Socrate pour se renseigner.

L'aut' se retourne. Visage pour la première fois. Des lunettes impénétrables et une moustache qui dégouline.

« Non, qu'il fait sans rire. Je suis maquereau. » Et il considère, fâché, ça se voit, sa main déconte-nancée.

Il y gigote une bonne mesure d'asticots. Des qui tortillent, issus de mouches incertaines. Vraiment dégueugueu.

« Y sont bien gras, hein ? fait Socrate. Et à côté, c'est pour ceux qui veulent des vers de vase. Le troisième distributeur, c'est pour les trains de bûche. Et le dernier, pour les sauterelles. »

Le type au complet blanc est trop sonné pour réagir. Socrate prend ça pour de l'intérêt. Y se met à faire visiter :

« C'est pratique, surtout le dimanche. Et jamais fermé, vous comprenez ? Comme qui dirait le premier self-service de l'halieutique parpagnarde. »

Socrate est épanoui. Plastronne, le rustre. Ronds de jambes en souliers jaunes. Tout. Un vrai paon à lui seul.

« Et en plus, ça vous fait marrer ? » demande le type en retirant ses lunettes. Il a les yeux comme des mèches lentes. « J'ai failli les bouffer, moi, vos bestiaux ! Je croyais que c'était du zan ou des cacahuètes !

— Ah ! non, dit Socrate, moi j'fais pas confise-rie. Ici, ça marcherait pas. Juste blé et maïs... Les distributeurs d'en face, comme vous pouvez voir. »

Le type laisse tomber les asticots dans la pous-sière. Y s' tordent de chaleur.

« On peut s' laver les mains, au moins ?

— Vouais bien sûr ! En face... dans l'atelier. »

Socrate, serviable et mis en quatre, s'élance sur ses moltegommes.

Il court en tête. Clopine cloporte. Tire la porte à coulisse.

Le garage apparaît dans tout son foutoir. Des pièces partout. Bains d'huile. Crics. Masses. Clefs. Tubes. Des squelettes. Et puis, plein mitan et rutilante, le chef-d'œuvre de sa vie. Propre. Propre. Propre.

« Qu'est-ce que c'est que ça ? fait l'homme au complet blanc.

— Ma fierté d'homme, dit Socrate. Un prototype.

— Merd'alors, convient l'homme des villes en perdant sa morgue et sa colère, une bagnole en porcelaine !

— En faïence, le corrige le plouc. Avec housses-fourreaux Customatic. Celle-ci est décorée en vieux Quimper. J'en prépare une autre en Nevers. »

Il entraîne l'étranger dans sa grotte.

« V'là les fours. La carrière d'argile est pas loin. Et l'entretien est nul. Lavage avec Solivaisselle ou Paic citron, vous rincez à grande eau, et c'est pesé.

— J' vois pas l'intérêt.

— L'intérêt, dit Socrate sérieusement, c'est qu'il y en a pas. C'est un luxe, comme qui dirait. Sauf que ma voiture est pas gourmande, vu que c'est une carcasse de Deuche. »

L'autre commence à le regarder autrement.

« En cas d'accident ? il fait, pour voir jusqu'où va une folie pareille.

— Je livre avec un gros tube de colle, y dit le plouc. Vous collez, vous séchez et vous repartez.

— Vous habitez dans le coin ? demande l'homme au complet blanc, en se rinçant les doigts loin du robinet.

— J'habite la ferme, en bas. »

L'étranger paraît plus attentif. Il dit :

« Vous avez du talent sous le chapeau, monsieur... Monsieur ?

— Maltravers Socrate, répond l'inventeur en passant un chiffon graisseux à son hôte.

— Il se trouve que j'ai quelques capitaux qui dorment, dit l'homme des villes d'une voix négligente. Peut-être que je pourrais vous aider à commercialiser vos idées...

— Ah ! voui ? qu'il fait le garageot. Dans un but lucratif ?

— Fifty-fifty.

— Vous êtes dans quoi que vous m'avez dit ? interroge le plouc, excité comme un pou.

— Import-export, il fait l'autre. Et il sort une carte de visite en relief de sa petite poche du haut. C'est écrit : Roméo FABRIZZIO. Et import-export, forcément. »

Au tour de Socrate d'être fasciné. Il se voit déjà à la tête d'une usine. Pendant qu'il rêve sous son galurin, l'autre le guette.

« Vous... vous devez voir passer du monde, vous, ici, dit l'homme important.

— Plein, qu'il fait, Socrate. Personne m'échappe. C'est un emplacement, comme on dit.

— Justement, fait Roméo Fabrizzio, vous auriez pas vu passer un drôle de type avec un costume noir et des souliers vernis ?

— Un costume de marié ?

— Exact. Vous l'avez vu ?

— Non. Mais tout le monde cherche après. L'est introuvable à c' qu'on dit. Pire qu'une aiguille en Biauce.

— J'ai quand même bien envie de vous laisser mon numéro de téléphone », décide l'étranger.

Il écrit un numéro sur sa carte.

« Vous pouvez me toucher là. C'est un hôtel. A tout moment, ils feront la commission. »

Il fait trois pas vers le départ, récupère ses clefs dans la main de Socrate. Il dit :

« Si vous aviez un tuyau sur ce type, ça pourrait drôlement faire avancer nos affaires. On peut même dire que notre association est au bout de ça...

— Les capitaux, vous voulez dire ?

— C'est exactement ce que je viens de dire. Le fond de ma pensée », dit gravement Fabrizzio, alias Torontopoulos.

Et il se dirige vers sa guinde.

Socrate galope les pieds en dedans à côté de son commanditaire.

« On pourrait en sortir trois par mois pour commencer, il dit. A mon avis, ces voitures propres, ça devrait plaire aux écologistes... »

Il ouvre la portière de l'américaine.

Roméo Fabrizzio répond pas. Il se cale sur les mousses de sa voiture à rallonge. Le plouc referme la portière. Roméo baisse la vitre électrique. Il tend trois cents balles pour le plein. Un signe désinvolte pour gardez tout.

« Allez, à bientôt partner », il fait.

Et il tend une main molle ornée d'une gourmette.

Socrate retire son galure. Son crâne plus blanc qu'un derrière de pucelle du troisième âge apparaît. Gancé d'un cercle rouge, il se constelle de gouttes de transpiration. Prêt à l'insolation. Sent plus le Phébus, l'ingénieur. Frais comme pas.

Il lève un pouce triomphal, tout gercé de travail manuel :

« J'suis sûr que vous tenez une affaire terrible, il dit à son mécène. Et pas habituelle !... J'ai aussi un projet de modèle Luxe. En faux Delft.

— Faut pas rêver, dit l'autre en remettant ses

lunettes. C' qui faut d'abord, c'est retrouver le type en noir. »

Il appuie sur une pédale. Et il laisse que de la poussière.

Quand elle est retombée, Socrate se frotte les yeux.

Il relit la carte de visite. C'est drôle, tout de même, le numéro de téléphone lui paraît du dernier familier. En y repensant mieux, y mettrait sa queue à couper que. Que c'est çui de *L'Ange Bleu* à Chartres. C'est même dans c' foutu bouic de merde qu'il s'est fait plomber, Socrate. Pas plus tard que la veille au soir. C'est dire si c'est frais dans sa mémoire.

Quatre, neuf, six, encore deux chiffres et le seize avant, il suffit de composer.

Il compose.

L'Ange Bleu

« Allô Lily ?

— Non, c'est Maggy.

— J'voudrais parler à Aphrodisia.

— L'est en main et c'est pas l'heure. C't' à quel sujet ?

— C'est personnel.

— Bien sûr que ça l'est ! Mais c'est d'la part à qui ?

— A son tonton joli.

— Çui qu'a un chapeau rigolo ?

— Voui. Et qui sait faire la danse du dos.

— Qui les a belles comme des mandarines ?

— Voui voui. Et qui boit du picon-citron-syphon par les narines.

— Quitte pas, bijou-précieux ! J' vais t' quérir ta famille... »

114

Une mouche bleue passe et s'en va pondre sur le bonhomme Michelin.

L'attente est qu'une tromperie du temps qu'en finit pas. Socrate replonge un moment dans ses souvenirs de stuprc. Ah! Il les a bien fait marrer les petites femmes de *L'Ange Bleu*! Rêveur à ce propos, et machinal en somme, il allume le transistor.

Une voix à la radio dit que la croissance vers une société de bonheur passe par le fatalisme de la science. Que la conjugaison des technologies de pointe, telles que l'électronique et la biologie génétique, donne naissance à de nouvelles formes de vie et de télécommunications. Que leurs effets sur les structures cognitives et sensorielles sont immenses...

Socrate pense à un tas de fric et à des voitures en porcelaine. La mouche bleue décolle et se pose sur sa braguette. La rançon des odeurs de l'humiliation. Socrate chasse le diptère et regarde dehors.

Une lumière insoutenable.

Une voix contre son oreille fait soudain :
« Allô, onc' Soc?
— Allô Lily?
— 'Scuse moi, j' suis tout en nage et essoufflée...
— T' étais sous quelqu'un, ma puce? Je te dérange?
— Pas! Mais j' suis habillée en fouetteuse. Le noir, tu tiens pas dedans par ce temps-là, tu tiens pas. »

Socrate éteint la radio qui sert plus qu'à dalle.

« Ecoute, il fait, j'appelle pas pour rien, tu t'en doutes?

— Tu veux parler aux « deux mamelles d'Adenauer » ?

— Non. La Chleuh, j' m'en tape !... Je veux des renseignements concernant un gars que j' viens de voir. Y m'a donné votre numéro de téléphone... »

A l'autre bout du fil, il y a un silence prudent.

« Moui... » elle finit par dire, Aphrodisia.

Et après un foutu silence encore, elle ajoute :

« ... Et comment tu l'appelles, ton gars ?

— Roméo Fabrizzio. Import-Export à ce qu'il prétend.

— Ah ! Marcel, tu veux dire ! Mon Marcel à moi ! T'as vu Marcel ?... Maggy ! Tonton a vu Marcel !...

— Marcel ?

— Marcel Bouzagran. Çui qui m' protège et me drive à main ferme. C'est mon homme, et j' lui dois tout. »

Au tour de Socrate de se taire. Il soulève son galurin et se gratte le chauve de la tête.

« Ah ! qu'il fait, déçu, je me doutais bien qu'il me prenait pour un con, ton proxo.

— Crois pas ça, Tonton. Si Marcel est dans vos contrées, c'est passe qu'il est en mission. C'est par force qu'il doit rester inconnoblé.

— Pourquoi ? Y a de l'espionnage sur nos terres ?

— Tu comprends rien ! S'il est par là-bas, mais garde-le-pour-toi-tonton, c'est passe qu'il agit pour le compte de Snake.

— Snake ?

— Ben oui, Banana Snake, quoi.

— Qui c'est celui-là ? Une marque de hamburgers ?

— Non. C'est François Giblin, si tu préfères. Le lieutenant à Jimmy Cobb. François, c'est nous qu'on l'a recueilli, à *L'Ange,* depuis la fusillade de samedi. Mais ça non plus, c'est pas à dire autour de toi. »

Le plouc commence à cogiter. Turbine comme une marmite norvégienne. Tuff tuff, se met en route. Prêt pour l'ébullition.

« Mais..., il fait perplexe, il a encore un lieutenant, le Cobb ? J' croyais qu'il avait flingué tous ses associés ?

— Tu lis pas les journaux, hein ?

— Pas récemment. Ça va trop vite.

— Eh bien, si t' avais lu, t'aurais su. Cobb, il a raté Snake. Et Snake, c'est pas le genre de loulou qu'il faut rater. Maintenant, il est après le Ricain. Et il le lâchera plus.

— Y veut récupérer le magot ? C'est ça, hein ?

— Pas seulement. Y veut tuer le gars par obsession. Alors y s'est mis dans le citron de le retrouver avant les poulets.

— Dis-y qu'il a aucune chance. Des flics, il y en a partout sur la Beauce. Un épi de blé, un gendarme. C't' hiver, c'est pas du son qu'on mettra dans le pain complet, c'est des poils du cul de gars de la Corrèze.

— T'occupe. François sait c' qu'il fait. Il a mis tous les demi-sels et les harengs du coin sur l'affaire. Trente bagnoles qui furètent aux renseignements. C'est pour ça qu' t'as vu Marcel.

— Ben dis donc ! Y z'ont pas intérêt à franchir les lignes jaunes.

— Y f'ront gaffe. Et puis dis, Snake leur a promis la moitié du milliard. Ça donne envie de vivre longtemps.

— C'est vrai, ça, ressasse le plouc. Ça fait une montagne d'argent à gagner.

— Une montagne, onc' Soc. Avec Marcel, on a déjà fait des projets. Y parle d'aller sur la côte.

— J' vous l' souhaite, dit Socrate. Mais à mon avis, faut pas rêver. »

Y s' gratte encore le dôme du crâne.

« Faut pas rêver, il répète... à moins d'impondé-rables. Au fait, il dit, il ajoute mine de rien, vous auriez pas vu mon n'veu ? Le p'tit Chim à Jessica. Un bien bel enfant pour son âge... ton demi-frère, par le fait...

— Non. Pourquoi ? On aurait dû le voir ?

— Pas forcément. Une idée comme ça. Le p'tit s'a payé une mobylette. Je m' disais qu'il aurait pu profiter de la grand-route pour venir prendre un cours d'appétit sexuel chez vous. »

L'Aphrodisia répond pas. Y a juste la friture des pététés qui fait sa cuisine. Et puis finalement, la radeuse reprend la parole pour dire avec une petite voix pas ordinaire :

« Faut qu' j'y aille, onc' Soc. Y a mon maso qui m' tambourine à la vitre. J'ai encore un chapitre à lui lire avant qu'il prenne son pied.

— Ah ! bon ? Y fait ça sur commande ?

— Recta. Page 117. A la virgule près.

— Ah ! Faut surtout pas changer le monde, dit Socrate, il est trop divers pour qu'on y touche. »

Et y raccroche, émerveillé.

Les journalistes

Noémie Blue suit les murs. Un labyrinthe. La chaleur qui raidit ses gestes.

Elle se rend pour la centième fois du piano à la salle de bain. Elle fait couler de l'eau fraîche sur un gant de toilette. Elle le passe sous ses aissel-les. Elle le garde sur sa nuque. Elle revient dans le living.

Une voix à la radio dit que chaque Américain rejette quatre kilos d'ordures par jour. Que les prochains champs de bataille seront totalement automatisés. Une histoire de satellites bourrés de microprocesseurs. Ou quelque chose comme ça.

Et que, maintenant, voilà les titres de fin d'après-midi. Après une page de publicité.

Une musique fait zim boum boum et deux trois galipettes au synthétiseur à trompe-son. Une jeune femme prend une voix gaie. Elle dit que si vous souhaitez construire un studio pour deux cent cinquante mille francs seulement, il faut pas vous gêner. Elle donne le nom du magicien. Son adresse aussi. Et son numéro de téléphone.

Ensuite plusieurs personnes des deux ou trois sexes chantent en chœur qu'elles sont une radio périphérique.

Et Noémie pense devenir folle : la voix du speaker dit que le roman noir d'un ennemi public va bientôt s'achever.

Jimmy Cobb, après le hold-up sanglant de samedi est actuellement traqué par la police. Il semble que le repris de justice se déplace maintenant sur un quadrilatère d'une dizaine de kilomètres carrés situé sur le plateau beauceron.

On voit mal comment un homme seul, sous un soleil torride, dans une région totalement déboisée et ne bénéficiant aucune aide locale pourrait échapper longtemps aux forces de l'ordre.

Quatre hélicoptères du G.I.G.N. placés sous le commandement du lieutenant Le Barrec participent aux recherches.

Ces hommes surentraînés tirent plus de douze mille cartouches par an. Ils sont dotés du fusil FRF 1 de 7,5 mm, équipé d'une lunette APXL. Le FRF 1 tue à huit cents mètres.

Le speaker dit aussi qu'il faut écouter cette courte déclaration du lieutenant Le Barrec lui-même.

En régie, un technicien envoie un bobineau

pré-enregistré. Il consulte sa Seiko à quartz. Il dit
à son collègue :

« Plus qu'une heure à tirer, mec. » Il bâille.
L'air sec qui fait ça. Il dit aussi :

« Faut que je pense à acheter de la bière avant
de rentrer à la maison. Je bois toujours de la
bière quand j'ai tiré mon coup. »

En système Dolby, la voix de Le Barrec sort
d'une console. Elle dit :

« ... C'est exact. A trois cents mètres, mes gus
peuvent blesser quelqu'un où ils veulent. A deux
cents mètres, ils groupent dix cartouches sur dix
dans une pièce de cinq francs. »

Le speaker enchaîne. Il dit que mes chers audi-
teurs, il se tourne vers un invité de marque : le
ministre de l'Intérieur en personne.

L'invité a les cheveux coupés en brosse. Les
oreilles décollées et un costume tropical. Des petites raies bleues sur un fond blanc. Il repose son
verre de Coca. La bouche encore pleine de bulles,
il appelle le journaliste par son nom. Il dit que
cher ami, vous savez bien que le cas de Jimmy
Cobb nous fait de plus en plus penser à celui de
Jacques Mesrine.

Il ajoute sérieusement :

« Vous vous souvenez de Jacques Mesrine ?
Non, je dis cela parce que nous vivons à une époque, n'est-ce pas, où l'on oublie si vite... »

Il poursuit en disant qu'il voit d'ici les esprits
chagrins s'interroger : va-t-on laisser resurgir
l'image d'une société répressive ? D'une société
qui, au travers de ses policiers, fait justice « à
chaud » ? Une société qui ne donne plus sa
chance ? Une société qui n'hésite pas à éliminer
purement et simplement celui qui a bafoué les
règles du jeu ?

Le ministre de l'Intérieur dit que voyons,
soyons sérieux. Il s'enflamme à mesure :

« A ceux-là, dit-il en regardant ses admirables mains, à ceux-là répète-t-il, à ceux qui s'interrogent, les tenants de la fermeté, dont je suis, auront beau jeu de rappeler qu'il y a tout de même seize morts, n'est-ce pas? Seize morts, seize victimes innocentes entre Cobb et la société. Eh bien, c'est un contentieux très lourd, n'est-ce pas... et je le dis nettement : la société et M. Cobb sont irréconciliables. »

Le speaker dit :

« Vous voulez dire qu'on tirera à vue? »

Le ministre répond :

« Je veux dire que nous agirons en conséquence. »

Jessica

La porte de la grange s'ouvre et grince à peine.

Des pas furtifs empruntent la voie dallée. Ils s'immobilisent à hauteur de la trappe.

L'échelle a été relevée.

Cobb surnage au-dessus d'un sommeil épais.

Il marche à reculons sur un toboggan. Aspiré vers l'arrière, il reprend sa place, comme un nageur dans un spot publicitaire, tout en haut du goulot d'une gigantesque bouteille de carton-pâte.

Une voix lui intime d'écouter le bruit que fait une goutte tombant au fond d'un puits. Il voit distinctement tomber la goutte. Hyperréaliste, elle met une éternité avant d'atteindre la surface de l'eau.

Cobb remue les lèvres. Sa langue cherche un peu de salive au fond de sa gorge.

Il se réveille en sursaut.

Il a entendu un bruit. Un frottement d'étoffe. Il met la main sur son arme. Il s'approche doucement de la trappe.

Il voit la femme aux yeux bleus. Au tablier de finette. Au chignon strict sur la tête. Elle le regarde. Elle ne cille pas. Elle a les traits réguliers. L'autorité lui fait tenir le cou droit.

Elle désigne le plateau de nourriture qu'elle a apporté.

Elle dit :

« C'est pour vous. Il y a aussi à boire. Je n'ai rien dit à personne. »

Elle ajoute :

« Je ne sais pas pourquoi je fais ça, mais il y a sûrement une raison. »

Elle le fixe attentivement. Elle dit :

« C'est vrai tout ce qu'ils disent à votre sujet? Que vous avez une pierre ponce à la place du cœur? Rien que du rêche? Ils l'ont dit aux actualités. »

Il demande :

« Qu'est-ce qu'ils ont dit encore?

— Que vous étiez foutu. Toute la région est cernée. Des barrages partout. »

La femme sourit presque. Elle dit :

« Je reviendrai ce soir. A la nuit tombée. Ne bougez pas. Je vous répète : les gendarmes sont partout. Et mes chiens sont dehors. »

Elle s'en va comme elle est venue.

Cobb a l'impression désagréable qu'on vient de le capturer une seconde fois. Il regarde dehors. La lumière est toujours là. L'angoisse est dans son cœur.

Il se précipite sur l'échelle. Il la laisse glisser par la trappe. Il dégringole les échelons. Il se jette sur la bouteille de piquette.

Il boit comme un animal. Retenue aucune.

Il boit. Sans s'arrêter.

Quand il rebaisse la tête, à bout de souffle, il sursaute. La femme l'observe. Elle est revenue sur ses pas.

Elle dit :

« Si je vous aidais à vous en sortir, est-ce que vous me rendriez un service ? »

Il demande :

« Quel service ? »

Elle dit très vite :

« Tuer mon mari. »

Leurs yeux se cherchent. Se rencontrent en un point de l'espace où ils semblent s'être mystérieusement donné rendez-vous.

L'homme et la femme se rejoignent. S'étudient froidement. Nulle complaisance.

Elle ne baisse pas les paupières. Il ne dit rien. Elle tient bon. Il se raidit.

Elle finit par dire :

« Ne me regardez pas comme ça. D'ailleurs, je suis exactement le genre de personne dont j'ai l'air. Complètement anachronique.

— Pas seulement, dit Cobb. Vous êtes sèche. Je regarde vos lèvres, par exemple. Vous n'en avez plus. »

Elle hausse les épaules.

« C'est parce que la joie n'est pas protestante, monsieur Cobb.

— C'est vrai, il y a du mormon dans votre cas.

— Vous ne vous trompez guère. Je suis presbytérienne, figurez-vous... Et j'ai toujours refusé l'idée de mon corps.

— Mais... si vous êtes ce à quoi vous ressemblez, comment faites-vous pour vivre ici ? Avec ces... avec ces porcs ? »

Un mince sourire traverse la bouche de la femme sans s'y arrêter.

« Au début, j'avais mes roses, dit-elle. Je veux dire ce que m'avait laissé mon père. Je croyais qu'une éducation convenable suffisait à vous abriter des éclaboussures.

— Holà, dites ! Est-ce que vous n'étiez pas foutrement naïve ?... Je... »

Il laisse tomber sa phrase. Il hausse les épaules. Du revers de sa manche, il essuie le goulot de la bouteille. La porte à nouveau à ses lèvres. S'abandonne à sa soif. Tant pis pour les apparences.

Elle le regarde faire. Attend. Il finit par tousser. Le reste du liquide retombe au fond du litron avec un bruit aigrelet. Il porte la main à son estomac et reprend son souffle.

« J'ai été intacte pendant longtemps, monsieur Cobb. Je ne savais pas que les êtres s'abîment. S'usent comme les objets. S'émoussent. Perdent leurs couleurs. »

Soudain, la femme avance dans la lumière ses mains durcies par les travaux. Gercées. Rougies. Elle les montre. Les retourne. Les frotte l'une contre l'autre.

Elle dit avec dérision :

« Horace ! Vous imaginez ! Voilà la vie que le boucher m'a faite !

— Pourquoi l'avoir épousé ? »

Les yeux bleus de la femme se posent instantanément sur lui.

« Monsieur Cobb, à force de retenir son souffle, on n'a presque plus besoin de respirer. »

124

Elle sourit presque.

« Petit à petit, j'ai éliminé tout ce qui était inutile... Tout à l'heure, vous demandiez... eh bien, c'est comme ça que j'ai oublié mes lèvres...

— A votre place, j'aurais choisi la révolte.

— Là ! Vous parlez comme vous êtes ! Vous parlez pour vous !

— La violence est mon seul refuge, dit-il.

— Moi, dit-elle, je n'avais pas encore choisi. »

Le petit marchand de glaces

L'inspecteur Brambilla descend du trottoir.

Il a pris ses habitudes. Il franchit le pas qui le sépare d'une plaque d'asphalte qui fond au soleil. Il y imprime sa chaussure droite. Toujours celle où c'est écrit Woodmilne dessous. Et il attend. Un jeu qu'il a instauré chaque fois qu'il a envie d'en griller une. Troisième jour sans fumer. Pourvu qu'il tienne.

Jo Rojinski est parti boire une bière. Toujours son baratin au sujet de téléphoner à sa femme. Brambilla pense qu'il sera soûl avant la fin de la journée. Une manière d'estourbir son chagrin.

Brambilla ne comprend toujours pas que son copain Jo Rojinski puisse flipper pour une gonzesse comme Nelly. Bon, elle est le genre de plénitude qu'on aime baiser. Mais la conversation, pourrie. Vraiment pourrie. Tout le temps des considérations au sujet de s'élever dans la vie. Et le mysticisme. Et croire en l'Homme. Des conneries. Mais des conneries. N'empêche qu'elle est arrivée à le foutre au régime.

Elle lui a dit : « Si tu veux t'arrêter de fumer, Ray, plus avoir peur à cause de ton chat dans la gorge, il y a qu'un truc : c'est le régime N° 10 de

Monsieur Oshawa. Tu bois pas, et tu mâches cent fois avant d'avaler. »

Bon. Deux jours qu'il emporte sa gamelle de millet et gomasio. Dégueulasse.

Et franchement, sur l'humeur, un désastre. Un vrai désastre. D'ailleurs, tout ce qui est Rojinski est un vrai désastre. Jo Rojinski, la femme Rojinski et les sept enfants Rojinski. Un désastre.

Brambilla soulève son pied.

Il a laissé une chouette empreinte. Sa plus réussie. Il se baisse pour l'examiner.

Soudain, une présence le fait sursauter. Un petit marchand de glaces, qu'il n'avait pas entendu arriver, le contemple. Brambilla l'encourage pas à rester. Prend l'air furieux.

Le petit gars pousse son triporteur plus loin. Il dépasse le flicard. Trois tours de pédalier après, comme s'il avait un remords, il se retourne. Se cale le long du trottoir. Avance son menton vers sa pancarte signée Motta. Lui pose une question muette en quelque sorte.

« Non, fait Brambilla. Je suis au régime Zen.

— Citron ? Pistache ? Fraise ? Fruits de la passion ? s'entête le mitron.

— Non, dit Brambilla. Je bouffe que des graines.

— Comment vous faites pour tenir le coup par ce temps-là ? » dit le glacier. Il regarde ce con en costume en train de faire des dessins dans le goudron.

« Vous transpirez même pas, il constate.

— Je m'intériorise, dit Brambilla.

— Et ça vous met à l'ombre ?

— Exact. C'est frais à l'intérieur de moi », dit Brambilla sans rire.

Exactement ce qu'aurait dit Nelly dans un cas pareil.

L'autre se casse pas pour autant. On le sent décidé à tailler la bavette malgré la chaleur.

Brambilla lui tourne le dos. Il s'apprête à regagner sa planque à l'entrée du hall de l'immeuble.

D'un seul coup, il donne pas suite à son projet. Il vient de voir passer quelqu'un dans son dos, en réflection dans les baies vitrées. Quelqu'un qui se planquait. Quelqu'un qui allait vite. Quelqu'un qui détale et vient de s'engouffrer dans l'immeuble Bluo.

Brambilla l'a tout de suite reconnu à sa silhouette inimitable : c'est ce fumier de type avec une machine à écrire. Trois fois pourtant qu'il le refoule depuis ce matin.

Furax, le poulet se tourne vers le petit glacier :

« T'étais chargé d'amuser le tapis, hein ? Combien y t'a filé c't' enfoiré ?

— Cinq cents balles et j' vous emmerde, m'sieur », dit le mitron. Et il lance sa mécanique dans la descente.

Brambilla lève vaguement la main pour lui foutre sur la gueule. L'autre prend le large.

Au sujet de rattraper l'homme à la machine à écrire, merde à Rojinski, pense Branbilla. Si avec ce régime à la con et cette chaleur, il faut en plus courir, merde. Il laisse tomber.

Il s'assied sur place. Il se sent les jambes en coton. Le Zen qui fait ça.

L'homme à la machine à écrire

A la radio, le journaliste fait carpette avant devant son micro.

Il remercie monsieur le ministre. Triste affaire, en vérité. Il rappelle le pedigree de Cobb. Le nombre de balles qu'il a tirées dans les genoux des flics. Il cherche son papier. Il a le nombre exact sous les yeux.

« Ah ! qu'il fait, en jetant un coup d'œil vers la cabine pour voir s'il lui reste bien vingt-cinq secondes avant de donner la météo, ah ! qu'il répète pour bien montrer qu'il est le plus rapide autour d'un lieu commun, ah ! qu'il pérore, étrange cavale pour un homme seul ! Etrange course du lièvre à travers les champs de notre paisible campagne d'Ile-de-France... Voici un fait divers qui sonne comme un film noir... Un dénouement inéluctable sous un soleil de plomb... Cet après-midi, il a fait 33° à Paris, 35° sur la Beauce et, tenez-vous bien, presque 40° à Bourges et à Clermont-Ferrand... Inutile de dire que les Français ont vécu au ralenti...

No coupe la radio.

Noémie court dans l'appartement.

Noémie Blue passe devant la porte d'entrée.

Un coup de sonnette la cloue sur place. Elle serre les poings. Elle mord ses lèvres. Elle ouvre le verrou. Elle entrebâille la porte.

Un homme sous un feutre gris lui sourit sans qu'elle le sache. Il a sa veste italienne sur le bras gauche. Une machine à écrire au bout du bras droit. Un appareil photo pend à son cou. Il ne cherche pas à le cacher.

Il dit :

« Hello ! Hello ! Miss Blue, I presume ? Je suis le vautour de service ! »

Elle cherche à refermer la porte. Le pied de l'homme la retient. Il a une grimace d'excuse. Un hoquet de dégoût soulève l'estomac de No.

Elle abandonne.

Elle dit :

« C'est dégueulasse ! Tout le monde profite de la situation ! »

Elle reprend sa course. Elle se cogne à tous les meubles. Elle se jette la tête la première au-dessus du lavabo. Elle sent se déchirer son ventre.

Elle vomit à en mourir.

L'homme entre dans l'appartement. Il tire la jambe. Il referme la porte à clef derrière lui. Il s'avance dans le living. Il détaille les objets. Rien que de l'utilitaire. Il retire son chapeau. Il pose sa veste en vrac sur un fauteuil. Il arme son Pentax. Il laisse errer son regard sur les murs nus.

Sa drôle de grimace le reprend. Son nez qui part sur le côté et revient.

Il demande d'une pièce à l'autre :

« Vous êtes aveugle de naissance, Miss Blue ? Ou bien c'est un accident ? »

Les mains devant elle, Noémie apparaît dans le chambranle de la porte du cabinet de toilette.

L'homme prend une photo. Puis une autre. Objectif 50 mm. Ouverture à 5,6. 125e de seconde sur pellicule Fujicolor.

L'homme fait sa drôle de grimace. Le matériel japonais est excellent.

Il dit :

« Mon nom est Harry Peebles. Why don't you call me Harry ? »

Harry Peebles

Harry Peebles se laisse tomber dans l'unique fauteuil.

Il étale devant lui sa jambe gauche. Une jambe dont le genou ne plie pas. Le téléphone est à portée de sa main. Ses yeux sont mobiles, attentifs derrière les verres de ses lunettes métalliques. Il tire sur ses chaussettes grenat.

Il dit :

« Ecoutez-moi, Miss Blue. Bien que je sois persuadé au plus haut degré que vous allez me battre froid pendant la première heure de notre vie en commun, autant vous annoncer tout de suite que je vais m'installer ici.

— Ça m'étonnerait », dit Noémie Blue.

Elle tord le Kleenex qu'elle tient entre ses doigts crispés. La direction de son regard est trop haute.

Elle dit à celui qu'elle croit toujours debout :

« Sortez ! Sortez, qui que vous soyez !... Ou j'appelle la police !

— A votre place, je ne proférerais pas ce genre de menaces, Miss Blue. Et je n'irais pas non plus à la fenêtre, ou Dieu sait quoi, pour appeler les voisins. Mais je m'explique toutefois complètement votre premier réflexe. Une violence tout à fait motivée par le sacré cafard que vous impose la situation actuelle... »

Harry Peebles se tait. Il emploie son temps à allumer une cigarette. Il cherche un cendrier des yeux. Il n'y en a pas. C'est vrai, Cobb ne fume pas.

Il dit avec un ton d'une réelle sincérité :

« M. Cobb est bien mal parti, n'est-ce pas ? J'en parlais ce matin encore au téléphone à Mrs. Peebles, ma mère. Et je lui répétais, au cours d'une longue conversation overseas, que vous et moi avions toutes les raisons de lui en vouloir... »

L'incroyable langage du bonhomme désamorce quelque peu l'agressivité de No.

« Nous ? interroge-t-elle.

— Nous », confirme Harry Peebles.

Il jette son allumette éteinte derrière lui et sourit.

« Vous, à cause de votre amour blessé. Et moi, pour ce livre à peine ébauché, dit-il.

— Vous écrivez un livre, mister Peebles?

— Oui Miss Blue. Un damné livre pour Doubleday. Un livre totalement objectif. Entièrement factuel. Et qui relatera pas à pas la vie exemplaire de M. Cobb.

— Oh! nooooo! soupire Noémie Blue. Dans quel monde vivons-nous? »

Et elle se laisse tomber de découragement sur les coussins entassés près de l'électrophone.

Elle tire brusquement tous ses cheveux vers l'arrière.

« Les gens n'ont même pas accompli le cours de leur vie qu'on la leur vole déjà! Est-ce que c'est juste? Est-ce que... »

Elle ne trouve pas la réponse. Harry Peebles ne lui en fournit pas. Il tire de sa poche un crayon et note une phrase sur un carnet.

Noémie se tourne approximativement dans sa direction.

« Est-ce que vous connaissez Jimmy Cobb, mister Peebles?

— Assez bien, ma foi », sourit Harry Peebles.

Il termine la phrase qu'il notait. Il tire sur sa cigarette. Il promène sa main dans ses cheveux taillés en brosse. Il dit en regardant par-dessus ses lunettes :

« Surtout le début de sa vie, si c'est ce que vous voulez dire. Je peux naturellement vous raconter son enfance malheureuse. Et comment il a giflé sa mère à quatorze ans, parce qu'elle regardait un homme d'une étrange façon...

— Non. Je vous demandais si vous aviez déjà rencontré Jimmy?

— Assurément, Miss Blue. La première fois que j'ai vu Jim, il était à la tête d'une mutinerie de convicts. C'était dans un pénitencier du

131

Canada. Je suis allé le trouver parce que j'avais déjà cette idée de bouquin en tête...

— Et alors?...

— Eh bien, mais, c'est à cette occasion qu'il m'a tiré ma première balle dans le genou.

— Pourquoi? Il en a tiré d'autres depuis?

— La deuxième fois, c'était à Acapulco. Parce que j'avais trouvé un éditeur...

— Il a vraiment tiré encore?

— Oui. Mais le pistolet était vide. Je ne lui ai rendu son chargeur qu'après que nous en ayons ri. Et c'est ce satané jour-là que nous avons fait affaire.

— Quel acharnement!

— Oh! vous savez... je ne suis pas un saint! Je travaille dans mon propre intérêt. Je suis un homme d'argent. Aussi. Un écrivain qui vend du réalisme à ses contemporains. Un best-seller, comme on dit. »

Il jette sa cigarette à ses pieds. Il l'écrase sur place. Il relève la tête. Son drôle de tic le reprend.

« Et mon dernier livre a tiré à plus d'un million six cent mille exemplaires. Plus que Norman Mailer! Plus que Thomas Thompson!

— Est-ce que Jimmy Cobb sait cela? N'a-t-il pas l'impression que vous allez faire de l'argent sur son dos?

— Oh! si. C'est ce qui m'a valu mon surnom de vautour. Et aussi une troisième balle dans le genou.

— Non? Noémie pouffe de rire malgré elle.

— Si, dit Harry Peebles. C'était à Montréal. Cobb venait juste de s'évader. Il était très nerveux. Il a tiré encore une fois dans mon genou gauche. »

Harry Peebles fait son inénarrable grimace.

« Un manque de mémoire tout à fait salutaire, je dois dire. Cette rotule-là était déjà en plastique.

Quand il s'en est aperçu, Cobb a signé tout ce que j'ai voulu. »

Son nez revient en place. Noémie Blue regarde approximativement de son côté.

« Mister Peebles ? Quel sorte d'homme êtes-vous ?

— Oh ! Mon aspect n'est nullement effrayant !... Je mesure cinq pieds dix pouces pour un poids total de cent soixante livres. Ma digestion est souvent difficile depuis le Viêtnam. Je lis tous les journaux. Je boite de la jambe gauche. Je vis avec ma mère. Et je pense assez peu au sexe.

— Mister Peebles ?

— Oui, Miss Blue ?

— Pourquoi êtes-vous là ?

— Pour le dernier chapitre, Miss Blue. Pour écrire le dernier chapitre. Jimmy m'avait envoyé une lettre dans ce sens. Sa lettre m'est parvenue vendredi à L.A. sur Iboga, 7324 Woodrow Wilson Drive. Et le temps que j'arrive à Paris-pommes-frites, voyez-vous, il avait déjà commis l'ignoble bêtise de ce hold-up à la noix. »

George Washington

Cobb vient de finir son repas. Il repousse le plateau. Douze heures qu'il n'avait rien pris.

La bouteille de piquette était fraîche. Mais elle n'a pas étanché sa soif. Ici, boire, c'est boire du vin. Il a trop bu et trop vite. Maintenant, ses tempes lui font mal.

Il pense confusément que c'est la campagne, cette ferme, qui continuent à le capturer. A se refermer sur lui. Il pense à la femme aux yeux bleus. Il chasse son image dès qu'il entend le bruit d'une voiture qui se rapproche.

Il bondit juqu'au chien-assis donnant sur la grand-cour.

Par le porche ouvrant sur la plaine apparaît une drôle de guimbarde toute peinturée. Dans un nuage de poussière, elle se couche et prend un virage acrobatique. Elle disparaît derrière la ligne des écuries. Cobb se déplace rapidement. Il traverse le grenier. Il va à la fenêtre qui domine la petite cour.

La drôle de voiture avec des bretonneries partout s'est immobilisée en plein soleil.

Un plouc écarlate sous un chapeau sans forme, couleur aucune, gicle par la portière gauche.

Il court lourdement sur ses souliers jaunes. Les mains en battoirs, il gifle l'air chaud comme du linge. Il s'engage sur l'échelle de meunier qui conduit à la chambre du gosse.

Socrate fait irruption dans la piaule à son neveu.

Bon Dieu de bonsoir de nom d'une bite, ses petits yeux furètent partout.

C'est bien le diable si le minot a pas laissé avant son départ quelque indice de sa bonne fortune. Le regard du plouc se pose sur une affiche de James Dean. Sur James Dean avec un chat siamois. Et sur une photo d'Humphrey Bogart assis sur un banc. C'est marqué Trésor de la Sierra Madre. L'acteur a l'air triste. Il a deux allumettes plantées dans le ruban de son chapeau troué.

A part les murs, il y a un globe terrestre et une genette empaillée posés sur une commode.

Socrate se précipite sur le meuble.

Il ouvre tous les tiroirs, les uns après les autres. Sifflets, canifs, clefs, pointes Bic, bidules, ressorts, boutons, foutaises, il n'y a rien que des conneries. Du linge sale. Des épaulettes de l'armée. Un revolver en plastique. Des dents de vampire. Et un harmonica.

Fumasse comme un brandon plongé dans l'eau froide, force est au plouc de s'avouer qu'il a fait chou blanc, question perquisitoche. Déjà, y s'apprête à repartir gros-Jean, quand, sur la porte, lui crevant les yeux pour ainsi dire, il déchiffre le signe de la révolte !

Archimilleu du chêne plein, un poignard scout est planté dans un billet de banque tout vert. Un dollar amerlicain !... Et une bulle d'illustré est dessinée. Elle sort de la bouche à George Washington. Le grand homme exprime le fond de la pensée de ce satané moujingue : « Merde à celui qui le lira ! Et vive l'anarchie ! Je pars ! Gardez la monnaie ! »

Socrate s'empare de cette preuve irréfutable. Le môme a bien mis la main sur le trésor ! Ou alors, c'est qu'il a rencontré Cobb et que le gangster s'est attaché son concours moyennant pourliche.

Déjà, Socrate dévale l'escalier. Dans sa tête, ça se précipite. Ça s'apoplecte. Pense plus à sa castapiane. Aïcha, remisée. Y se fourre le derche sur ses customatic et pose ses mains sur le volant chauffé à blanc par le soleil.

Mais alors, voyons voir. Si le gamin, a pêché le gros, c'est que le bandit est parmi nous. Ah ! mais, c'est que ça devient une grosse affaire ! C'est plus du ressort d'un homme seul !

Le garageot de la D 21 tourne sa clef de contact. Sans douceur, embraye son vieux Quimper.

Ça hoquette, ça poudroie et, fond la porcelaine, ça prend la direction de la plaine.

Cobb voit s'éloigner la voiture.

Ses yeux dérivent tout naturellement vers la maison de maître. Il lui a semblé que le rideau de la petite fenêtre située à droite de l'entrée venait de retomber. La porte s'ouvre d'ailleurs presque instantanément.

La silhouette de la femme en noir s'encadre sur le seuil. La main en visière, elle suit des yeux le tracé de poussière que laisse la voiture de Socrate ferraillant vers la plaine.

Machinalement, elle laisse retomber sa main. L'essuie au coin de son tablier. Elle tourne lentement son regard du côté des écuries. Un peu en l'air, ses yeux bleus. Vers le grenier. Vers l'endroit où se terre le fuyard.

Instinctivement, Cobb se rejette en arrière.

Quand il avance de nouveau la tête, il la découvre occupée à dénouer son tablier. Franchement, il lui semble qu'elle lui sourit. Elle relève une mèche.

Ségolène sort de la maison à son tour. Elle passe dans le dos de sa belle-mère. Dit quelque chose entre ses dents.

Le visage de la femme se durcit aussitôt. Quand elle se tourne vers la boiteuse, elle l'invective. Lui montre la maison du doigt. Comme si elle lui ordonnait de rentrer.

Cobb n'entend pas ce qu'elles se disent.

Ségolène recule. Elle claudique arrière. Se campe devant la femme en noir. Met ses mains sur ses hanches. Approche son visage de celui de Jessica.

Elle dit...

Quand on s'approche, elle dit :

« Ne me parle jamais comme ça, vipère ! Vipère au sang froid ! Je le dirai à mon père !... C'est comme le travail que tu m'envoies faire, c'est rien qu'une invention ! Je suis pas idiote, tu sais ! Tu veux aller à la grange !... Secret pour personne ! Aooouh ! Tu veux juste aller le retrouver ! Baver sur nous !... Ou lui montrer ta robe ! P't'être bien même plus ! »

Elle détaille Jessica qui ne répond rien.

« La chaleur est sur tout le monde... Avoue que t'es pas épargnée !... Avoue ! Tu perds ton suint dans tes dentelles ! »

Jessica semble tétanisée. Le sang s'est retiré de ses joues. Elle remue négativement la tête. Aucun mot n'arrive jusqu'à sa bouche.

Juste ce mouvement de refus, dévidoir du dégoût qui la submerge.

« Alors ? Alors, insiste la boiteuse, pourquoi que t'as retiré ton tablier ? Pourquoi que t'as mis des talons en plein jour ? Hein ? Pourquoi ? Dis-le ! Mais dis-le donc, cul-béni ! R'connais ! Avoue ! Calanche ! Pleure ! »

Cobb n'entend pas ce que disent les deux femmes. Alors pourquoi, soudain, la femme en noir frappe-t-elle la boiteuse ? Ses coups ont la force de la colère. Elle tape. Ecrase. Gifle encore. Et les poings, maintenant.

La tête de Ségolène heurte plusieurs fois la pierre. Heureusement qu'une vieille arrive en piaillant et les sépare.

Jessica reste seule dehors. En refaisant son chignon, elle regarde à nouveau du côté des écuries.

Le cœur de Jessica déroute. Un afflux de sang désordre sur tout son visage. Ses tempes bruissent comme une ruche renversée. Mille abeilles de colère qui s'échappent de sa peau.

Elle retrouve sa respiration graduellement. Elle lève les yeux vers l'homme qui l'observe.

Sa présence l'obsède. L'obsède.

Elle pense :

« Qui de nous y a gagné ? Je ne sais. Mais maintenant, c'est un fait, la violence est en moi. Elle m'habite tout entière. Comme une contagion. »

Le tiers monde

Soméca-Buick est en pleine vaporisation de tue-herbes sélectif quand y voit arriver Missié Socrate avec le feu au cul. Un vrai orage de chaleur.

Sans égards pour sa voiture prototype que d'habitude il traite avec plus de respect que n'importe quel Africain au monde, le v'là, incroyable, qui quitte la route à goudron et s'aventure tout terrain. Pire, fait attention à rien. Mépris pour le blé. Les épis fauchés vifs. Et pour le maïs naissant, pareil. Holocauste de verdure. Un massacre sur cinq rangs. Vraiment timbré, mon vieux. Et coupant au plus court.

Un rugissement de moteur. Un couinement de freins. Et y sort la tête de sa bouzine.

Il hurle quelque chose que Soméca comprend pas. Faute à son propre moulin, Volvo 650 qui tourne. Et à un peu de mauvaise volonté aussi. Le tiers monde peut bien faire chier un peu l'habitant hexagonal. N'Doula se tire une bonne gueule qu'on attend de lui. Sourire évangélique. Babouine et tout et tout. Il dit :

138

« Vous vinez pour Proserpine, Missié Socrate ? Elle est par là, dans li maïs... avec un g'oos sanglier ! Il lui fait son affai', mon 'ieux ! Houla la, la, ça fe'a sû'ment des ma'cassins ! »

Mais Socrate fait un geste agacé. Le plaisir solitaire, il en a rien à foutre. Son obsession, lui, c'est les événements qui se précipitent.

« Bon Dieu de négro, y fait, dis-moi ouxé qu'est mon frangin ?

— Quisse ti dit ? fait répéter Soméca-Buick par plaisir extrême.

— Mon frangin !... HO-RA-CE ! » vocifère Socrate.

Cette fois, l'Africain désigne l'autre bout de la plaine.

« Juste à l'opposé !... y fait des simag'ées d'app'oche avec li touristes... vous pouvi pas l'manquer. »

Dans un grand bruit de vaisselle, le garageot est déjà reparti.

La Beauce

Horace est tout congestionné. Il a bâclé son travail. Maintenant, la tête battante, il est en train de refaire une nouvelle approche du camp.

Faut dire qu'il y a une raison à ça. Il a vu de loin la grande Outre-Rhin à nattes se tirer sur son vélo. Partie faire des courses, peut-être ? Ça laisserait au moins une heure, ça. Horace est tout émoustillé.

Les bras écartés sur un bâton qu'il s'est passé derrière les omoplates, il progresse par déplacements rapides et subits. Six pas en courant bien dans l'axe des tentes. Un arrêt pour étudier le terrain. Et un nouveau bond en avant. Persuadé que, privée de ses lunettes, la blonde est plongée dans un univers sans contours, l'affreux a choisi, cette fois, l'approche à terrain découvert.

Il progresse dans un champ de blé tendre, protégé par la complicité mimétique d'une armada d'épouvantails.

Socrate, déboulant à tout va, est tout étonné de découvrir son frère figé dans une posture d'arbrisseau.

« Tu te fais des branches ? » il demande atterré.

Horace, casqué d'un vieux gibus et loqué de hardes malgré l'incroyable chaleur, reste tout à son affaire. Moufte pas.

Socrate descend de prototype et n'ose pas interrompre.

L'autre, immobile, les bras en croix, lui fait un signe imperceptible pour le chasser.

« Ben qu'est-ce qui t'arrive ? réitère le garageot à cette apparition soudaine.

— Tu ne le vois pas assez ? répond l'exacerbé qui parle entre ses dents. Je gode, moi, monsieur ! »

Socrate fixe les chausses de son cadet. C'est pourtant vrai. L'étoffe de coutil s'épouvante à hauteur d'attributs. Là-bas, auprès des tentes, la blonde étend du linge. Elle est nue comme le commencement.

Socrate s'éponge le front. Un papillon passe en premier plan. Il essaie de remettre un pied dans la réalité. Las ! Horace est si tant loin que tout est hors de proportions.

« Je bande à deux cents mètres ! informe le laboureur en déformant la bouche pour pas l'ouvrir trop. C'te fille m'a rendu fou ! Il faut que je la baise !...

— C'est que si ça pouvait attendre, risque Socrate, ça ne serait pas plus mal...

— Va ! Casse-toi ! Passe ton chemin ! Laisse-moi faire l'animal !

— Mais c'est qu'il se passe des choses graves... » tente Socrate en chuchotant lui aussi.

L'épouvantail ne bouge pas.

« Des choses essentielles... nous avons peut-être le Cobb caché à la maison... »

L'épouvantail est impénétrable. Il gode.

« Nous sommes peut-être riches à millions... »

L'épouvantail tourne les yeux.

« Le Chim a mis la main sur le magot. »

L'épouvantail baisse les bras.

« Où est ce chenapan ? demande-t-il aussitôt.

— Disparu, dit Socrate. Volatilisé. Parti sur les routes.

— Vois, je débande », annonce l'épouvantail.

Et il se met à courir jusqu'à la voiture. Une fois derrière le volant, il s'installe commodément. Socrate le suit.

« Un mineur, ça se retrouve, dit Horace. Et en dix coups de ceinturon, il nous dira où est le milliard.

— Faut pas rêver, dit sentencieusement Socrate, pour toucher au trésor, faudrait déjà flinguer le brigand des Amériques. Ces gars-là sont durs à cuire. »

Horace réfléchit.

« Le Ricain, il finit par dire, y faut l'accommoder avec les plats du pays. Des mecs comme nous, oublie pas, on est son exotisme. Y connaît pas jusqu'où on peut aller. »

Horace prend l'air vraiment braque. Exactement son air de boucher quand y va pour tuer une bête. Socrate baisse la tête.

Horace dit :

« Ce type-là, Cobb, je sens que la terre de Beauce va s'entrouvrir sous lui. Jamais on le retrouvera. »

Et il démarre à fond la caisse.

« T'as pas peur que les aut' parlent ? demande

Socrate en cahotant sur les mottes. La plaine, ici, c'est transparent. Une vraie passoire. Tout le monde voit au travers de c'que fait son voisin.

« T'occupe, répond Horace. Les secrets, c'est comme le vent. Ça s'enferme entre quatre murs. »

Des paroles de paysan. Des mots qu'ont pas d'âge. Pas une ride. Rien.

Et la chaleur, une sauvagerie supplémentaire.

La rage

Sculpté par la lumière qui vient d'en haut, le visage de la femme apparaît par la trappe.

Cobb l'aide à se hisser. C'est lui qui a dressé l'échelle. Elle prend pied dans le grenier.

Dès qu'elle l'a fait, elle s'écarte du corps de l'homme. De sa chaleur. Un refus. Une répulsion incoercible.

« Nous avons peu de temps, dit-elle. Ils vont venir. Ils vont venir et vous chasser. »

A cela, il ne répond rien. Elle cherche à interpréter son manque de réaction. Elle se disculpe. Elle dit :

« Ce n'est pas moi qui ai parlé. Je veux que vous le sachiez.

— Je vous crois », dit Cobb.

Il se déplace sur le côté. Elle pivote aussitôt. Lui fait face.

« S'il en est encore temps, je connais un endroit où vous pourriez vous cacher.

— Pourquoi m'aider ? Par bonté d'âme ?

— Par intérêt. »

Elle le fixe. Elle le défie. Elle dit :

« Parce que j'ai besoin de vous. »

Elle ajoute :

« Vous verrez, moi non plus, je n'ai pas le cœur tendre. »

Cobb cherche à la déchiffrer. Il pose son regard sur son corps de lutteuse. Sur ses formes pleines. Sur ses hanches. Ses seins. Sur sa chair, éclair laiteux à l'échancrure de la blouse, et cuir tanné, partout où frappe le soleil du travail.

« Mais qui donc êtes-vous donc? demande-t-il tout haut. Je n'ai jamais rencontré votre sorte, auparavant.

— Je vous l'ai dit. Je suis quelqu'un qui s'oblige à avoir les yeux bleus. A regarder les gens en face. A parler brusque.

— Vous êtes malheureuse, voilà ce que vous êtes! »

Elle a un geste nerveux. Angoissé, presque. Elle essaie de reprendre sa main qu'il vient de saisir dans la sienne.

« Lâchez-moi!... C'est... C'est conventionnel. Et ça ne me fait pas plaisir.

— Plaisir? Vous avez peur qu'on soit trop près de vous? »

Elle se raidit.

« Je ne veux être redevable à personne. »

Il étouffe un rire sans gaieté. Sa propre dérision l'effraie. Il s'entend dire :

« Avec moi, vous ne risquez rien! Dieu sait si le chemin serait court! »

Il jette malgré lui un regard dehors.

« Cinq minutes de parenthèse avec un mort en sursis, voilà bien de quoi liquider la morale, vous ne trouvez pas?

— Non. Pas moi. Je ne suis pas prête pour ces sortes d'abandons.

— De quoi avez-vous peur?

— La déraison m'épouvante. Depuis peu, elle m'attire.

— Vous envisagez réellement d'assassiner votre mari? »

Elle frissonne.

« Je n'ai pas dit cela, monsieur Cobb. J'ai dit que c'est vous qui le feriez. C'est la raison pour laquelle je veux vous sauver. »

Brusquement, elle s'écarte de lui. Il ne cherche pas à la retenir. Il la suit des yeux. Elle se rend à la fenêtre.

« Le tumulte est en moi, dit-elle avec gravité. Je n'y étais pas préparée. »

Soudain, elle se penche un peu plus vers l'extérieur.

« Les voilà, dit-elle d'un ton neutre. Il faut que je parte. C'est en restant près d'eux que je peux vous être utile. »

Elle repasse devant lui. Se retourne pour aborder l'échelle. S'apprête à descendre.

Il la saisit brutalement dans ses bras. L'attire contre lui, malgré elle. Elle résiste. Cabre son corps. Le maintient écarté, ses mains crispées sur le torse de Cobb. Dans son geste pour se défendre, elle froisse la peau de l'homme, luisante de transpiration. Leurs souffles se mêlent. La colère, la révolte nouent, gonflent, congestionnent le cou de la femme. Ses veines, ses muscles, tendus comme des câbles. Elle lutte. S'acharne.

Des images violentes alternent avec son envie de crier son dégoût. Le passé qui remonte. Fulgurances intactes. Mémoire indélébile. Viol. Ecorchures. Humiliation.

« Pas la force !... Pas la force ! »

Elle supplie. Elle frappe. Griffe. S'arrête. Laisse aller son buste contre celui de l'homme. S'inscrit d'un coup dans la forme de celui qui l'oblige. De celui qui la moule.

A son insu, une fatigue bienheureuse s'installe jusqu'au fond de ses viscères. Une impression de plénitude infinie qui la terrasse. Comme si, justement, l'harmonie consistait à prendre totalement les contours d'un autre être. A les accepter. A consentir d'être si proche, si malléable, si passive, que le moindre tressautement de l'autre devient une secousse personnelle.

Soudain, elle est à bout. Sans ressort. Perdue.

Mon Dieu! pense-t-elle. Donnez-moi le sursaut! Délivrez-moi de ce bonheur dont je ne veux pas. Pourquoi faut-il que mon corps soit en contradiction avec le flux de tout mon être, tel que je l'ai fabriqué, aguerri depuis si longtemps?

Mon Dieu! Mon Dieu! Et maintenant, quelle faiblesse! Voilà les sentiments qui reviennent!

Sans qu'elle y puisse rien, un hoquet, un sanglot sec, la submerge.

Elle se rend.

« Si quelque chose doit se passer entre nous, monsieur Cobb..., ne vous y trompez pas, souffle-t-elle, c'est moi qui choisirai l'heure. Et les modalités. »

Elle se sent une fragilité de convalescente. Elle remue lentement la tête contre lui. Se raidit. Elle sent son cœur. Elle touche sa peau. Elle lutte contre son emprise grandissante.

Sans qu'il ait rien à faire.

Elle s'entend dire faiblement :

« Sinon... sinon, monsieur Cobb... rien... rien n'arrivera... »

Il cherche ses lèvres. Il l'embrasse. Elle le sent. Elle le rêve. Brusquement, elle devient lourde et s'abandonne. Toute.

Elle lui rend son baiser. Leur baiser. Maintenant, c'est elle qui l'embrasse. Ses lèvres gonflent à vue d'œil. Elle se désaltère avec du feu.

Le temps se roule en boule.

Soudain, Jessica écarte son visage. Ses grands yeux bleus cherchent la vérité de cette situation étrange.

Dehors, des chiens aboient.

Cobb la scrute à son tour. Il pense que dès que les regards se touchent, les gens sont différents. Il apprend à reconnaître ce visage en gros plan. Une géographie. Des pentes inconnues. Pour lui, la femme n'a plus la même apparence.

A ce moment même, elle lui paraît si belle.

Une odeur de paille sommeille entre eux.

« J'ai fait cela uniquement parce que nous étions vivants, chuchote-t-il. C'est moi, je le jure, que j'ai voulu rassurer...

— Je ne suis pas dupe, dit-elle en touchant ses propres lèvres, vous avez fait cela parce que vous voulez vous servir de moi. »

Elle se dégage. Reprend son poignet qu'il tenait encore serré. Elle lui donne l'impression d'avoir une attitude plus fragile qu'auparavant. Elle se détourne. Elle dit avec une voix qui fait la harpe avec ses nerfs :

« Ça n'était pas la peine de m'embrasser, monsieur Cobb ! Vraiment pas la peine !... Vous aviez déjà installé la fureur dans mes veines... Pas la peine ! »

Une impuissance de larmes lui brouille soudain les yeux. Elle n'y peut rien. Les chasse. Tremble. Se précipite vers la trappe. Commence à descendre.

« Vous feriez mieux d'essayer de vous en sortir ! hoquette-t-elle. Moi, je suis forte ! Autant ! plus ! plus que vous !... »

Avant de disparaître, elle lève la tête. Cobb enregistre son front bombé. Ses pommettes. Ses yeux sauvages. Tout son visage bouleversé.

« Moi aussi, maintenant, j'ai la révolte dans le sang, dit-elle. Et puis, débrouillez-vous ! Chacun pour soi ! »

Sa voix se fend. Déraille dans l'aigu. La trappe

mange et emporte d'un coup la pâleur de son teint.

Cobb s'avance au bord de la trappe. Elle est arrivée en bas. Vue du haut, sa jupe, en tournant, dessine un éventail autour de sa tête levée vers lui. Elle chasse un insecte qui s'acharne à boire sa sueur.

Il relève l'échelle. Leur séparation s'accentue. L'espace les reprend. Des chiens aboient à nouveau.

« Bonne chance, dit-il.

Bonne mort », dit-elle.

Et l'éventail se referme sur son visage happé par un coin d'ombre.

Marilyn

« Haooouh! Haooouh! »

Quelque part à l'extérieur, le cri abominable de Ségolène vient de retentir.

Cobb se dresse brusquement.

Marilyn l'araignée se laisse tomber en rappel le long d'un fil qui la relie à sa toile. Elle atterrit sur le parquet poussiéreux et attend.

Les pas de Cobb ébranlent le sol. L'araignée rentre dans son trou. Dans sa grotte. Elle en ressort aussitôt.

Cobb risque un œil sur la petite cour.

Le plouc aux chaussures jaunes et le plouc tortionnaire d'enfant sont occupés à libérer tous les chiens. L'une après l'autre, ils ouvrent les grilles des chenils. Les bêtes se précipitent dehors en aboyant sauvagement. Chiens de chasse et chiens de berger. Tous mêlés. Ils sont plus de trente. Une meute.

Ils tournent en rond.

Les deux hommes ont des fusils de chasse. Ils gueulent des ordres. Aussitôt, les chiens se mettent à chercher. Nez au tapis, ils suivent les murs. Ils sont après toutes les odeurs...

« Haooouh! Haooouh! »

Le cri de Ségolène se joint aux jappements des bêtes. Cobb la repère dans un coin d'ombre. Juchée sur une pierre, elle désigne sa direction.

« Il est là! Il est là! Dans la grange! » crie-t-elle. Et elle mord ses doigts pour refréner un nouveau cri.

Le plouc aux souliers jaunes lève sa trogne éblouie de soleil. Il referme son fusil.

Le plouc au ceinturon en fait autant. Robust 254 à éjecteurs automatiques. Il lance ses chiens vers le bâtiment. Il gueule :

« Ah t'es là, mon gars? Ben va falloir t'montrer! Allez! Drrra, drrrra, les chiens! Ahi, ahi, ahi! Drrra! Chopez! Chopez! »

Les aboiements deviennent immédiatement plus agressifs, plus aigus, plus sauvages aussi. C'est la promesse du gibier.

« Il est bien là, hurle Ségolène. Y m'a mis la main au cul! Haooouh! »

Une vraie dinguerie dans les yeux. Ses cheveux jaune paille. Et sa robe à fleu-fleurs. Une autre planète.

Cobb ne voit plus les chiens.

Maintenant, ils sont sous lui. Exactement sous le plancher. Guidés par les chasseurs, il les entend haleter, flairer et piétiner l'écurie en tous sens.

Cobb bouge imperceptiblement vers la trappe.

Il voit deux gros bouviers passer puis revenir. Soudain, l'un d'eux gueule un appel déchirant. Il lève la tête et se met à aboyer furieusement. D'autres chiens arrivent. Vingt têtes levées. Vingt paires d'yeux que la colère rend rouges. La haine.

Cobb a toujours été angoissé par les chiens.

« Ah! Oh! Ah! Les chiens! Ils ont trouvé? Il est là?... »

La voix d'Horace se rapproche. Il pousse ses fauves à coups de pompes. Il lève les yeux.

« T'es là, le Cobb? Oh! Si t'es là, dis-le. Tu peux plus rien. T'es pris! C'est fait! »

Cobb ne répond pas.

« J'veux t'parler d'argent, money! reprend la voix sous l'épaisseur des planches. Toi, j'te veux pas de mal... »

Cobb ne répond toujours pas. Il recule insensiblement jusqu'au conduit de cheminée.

A ses pieds, Marilyn se livre à son étrange ballet. Trois pas en arrière. Trois pas en avant. Elle lève les deux pattes de devant.

Elle est vivante.

D'un coup, Cobb l'écrase. Il ne sait pas ce qui l'a pris. La rage. L'impuissance. L'impression que depuis qu'il est là, tout se referme sur lui. Un piège. Bêtes et gens. Cette ferme qui le boit comme du sable. A petits grains.

A nouveau, il lève son talon. Il foule l'araignée. Sans ménagements. Le bruit n'a plus d'importance.

Aussitôt, une déflagration double rugit sous ses pieds. Les planches mordues par une grêle de plombs de chasse se soulèvent. Elles laissent béer deux trous noirs par où passe le gros de la charge. Sur les bords, des plombs plus isolés soulèvent des échardes qui se dressent comme des becs. La poussière centenaire et l'odeur de la poudre se mêlent dans les bronches de Cobb. Il se plaque contre le conduit de la cheminée. Il est moins exposé là que vers le centre du parquet.

Un rire, une voix montent :

« Alors?... Comment qu'c'était, mon gars? A ton goût, j'espère?... Calibre 12. Plombs N° 2.

44 grammes de médecine! Ah! dame! Pour aller au gros!... Et maintenant, j'vais t'foutre une balle à ailettes... « Brennecke », tu vas voir ça... Essprès pour le sanglier! »

Un silence. La mâchoire du fusil claque et se referme.

« Alors?... Tu veux toujours pas dire où qu't'es? Pas avancer au rassemblement? D'accord... »

Et de nouveau, le fusil couvre deux fois de son grondement la voix hystérique des chiens.

Le plancher s'ouvre plus loin. Moins large. Mais plus franchement. Deux yeux noirs comme ceux de la mort. Presque aussitôt, plus loin, cinquante centimètres à peine, deux autres trous au travers desquels rit le soleil font leur chemin avec emportement vers l'enfer.

« Ça, c'est mon frangin, dit la voix. Socrate, y s'appelle. Et moi, c'est Horace!... Imagine, mon gars... On a des cartouches à pas savoir quoi faire... Et quand y en aura plus, y en aura encore... Chez nous, on les fabrique... Alors imagine qu'on te fasse ce cirque-là toute la nuit. Tous les cinquante centimètres, un trou... faudra bien qu'tu descendes... Et qu'tu marchandes.... Et pis, dis donc, t'auras rien à boire, rien à manger... une vie pas durable... »

Cobb passe sa langue sur ses lèvres sèches. Il se déplace petit à petit...

Horace lève la tête.

Il essaie d'imaginer là-haut ce qui se passe. Les chiens l'empêchent d'entendre.

« Y faudrait pas qui file en sautant par dehors, il chuchote à son frère. Fais gaffe à ça.

— Il le ferait pas. C'est trop haut. Et pis y a des cadors partout... et Ségolène. Elle crierait.

— Vas-y quand même. On sait pas... »

Horace se déplace un peu vers l'avant.

Et ça lui sauve la vie.

D'un coup, le plancher s'ouvre dans son dos et à deux reprises, sous la poussée Magnum, le bois vole dans tous les sens. Une écharde grosse comme un crayon se plante dans le gras d'Horace qui fait un bond instinctif. Les chiens qui se sont tus aboient de plus belle.

Horace, au sol, fait traîner sa grosse bidoche jusqu'à plus loin. Il se range derrière une moissonneuse. Il regarde son côté droit qui saigne. Il retire l'écharde.

« Oh! qu'il fait, tu t'rebiffes? Tu fais l'Américain?... J'vas t'montrer, moi... Chicago-les-blés-durs! durs! »

Il se lève et comme un possédé, tout courant, il traverse l'espace devant lui. Au passage, pam pam, deux fois, il décharge son arme à l'endroit d'où est parti le coup de revolver.

Cobb reçoit une pluie de bois au travers du visage. La charge est passée juste devant lui. Elle a frappé les tuiles. Elle s'est ouvert un passage dans le toit. Cobb essuie ses yeux. Son front est douloureux. Il s'est réfugié à plat ventre le long de la ligne de pente.

En rampant, il refait peu à peu le chemin qui le sépare de sa veste. Il fouille dans la poche à l'aveuglette. Ses doigts s'emparent de la grenade. Il revient, chemine, le tout pour le tout, vers le centre du parquet. Vers la trappe. Si le plouc envoie sa charge de ce côté, il sera foutu. Il prend le risque.

Il entend à nouveau monter la voix d'Horace :

« J'te veux pas vraiment de mal, tu sais. C'est d'argent que j'veux t'causer!... Tu causes? »

Pour toute réponse, Cobb dégoupille la grenade. Il la jette par la trappe. Au milieu des chiens, la pelote meurtrière roule au sol. Plusieurs cadors s'écartent. L'un, plus hardi que ses congénères, se rapproche. Y flaire l'objet. Les autres suivent en remuant la queue.

La déflagration est précédée par le bruit de course de Cobb qui se remet à plat ventre contre la pente du toit. Horace lève la tête et, brusquement, toute la grange semble se soulever de terre. Gravats et poussière. Planches et paille. Les chiens changent de voix. Y font tous subito dans l'aigu. Cinq d'entre eux sont couchés. Eventrés sur place. Du sang partout. Et les autres, dont plusieurs en boitant, sont partis dans tous les sens.

Horace, pelotonné sous la moissonneuse, en revient pas. Malheur et dévastation. Il se regarde les mains, incrédule. Sa ligne de vie est intacte. Toute sa viande est bien là. C'est juste qu'il est couvert de sang qu'est pas à lui.

Il retire le plus gros des barbaques étrangères qui le constellent et se dresse sur ses cannes.

Tout fonctionne comme par le passé.

La voix de Socrate lui parvient, chevrotante et lointaine :

« Nom d'une bite, Horace ! Quoi que c'est-y qui s'est passé ?... Tu bouges encore ?... »

Incertain, le garageot met le pied dans la grange. Y s'apprête à rechercher son frère parmi les bas morceaux. Le retrouve en bonne santé qui court partout avec de la paille enflammée entre les mains.

« Qu'est-ce que tu fais ? » il s'exclame aussitôt sur les injonctions frénétiques de son cadet. Et y répète plus fort :

« Mais qu'est-ce que tu fais, malheureux ? »

Horace lui répond tout haut ce qu'il veut qu'on lui fasse dire :

« J'fous l'feu à la grange ! Voilà c'que j'fais !...

T'entends, l'Ricain ? J'fous l'feu à la baraque ! Tu m'as rendu névropathe ! Tu vas cramer comme un con ! Grillé vif et y en a pas pour long ! »

En plus de ça, il a l'air complètement chabraque. Les yeux plus sortis qu'un tringlot retour des tranchées. Choqué, Dingo. Pyromane à tout va. Boutant le feu aux quatre coins des meules.

Socrate essaie de le retenir. Bernique ! Balpeau ! Que dalle ! Y s'prend un chtar entre les sourcils. Tombe cul par-dessus tête, l'inventeur, en plein dans les entrailles d'un chien courant.

La grange a plus son aspect ordinaire. Avec la fumée, l'odeur de la poudre, les vociférations, les cadavres et le combat qui fait rage, Jessica, en entrant a comme un haut-le-cœur.

« J'en ai rien à foutre de tout perdre, fait le Beauceron en folie, j'suis assuré contre l'feu ! Et la grêle ! Et les mauvaises années !... Tu vas griller comme un barbecul, l'Amerlo ! »

Cobb suit au travers de l'un des trous du plancher les activités incessantes du pyromane. Son entreprise prend tournure à vue d'œil.

Déjà, y a des tas de paille qui commencent à flamber gaiement. Ça crépite même avec détermination.

Cobb sent déjà la chaleur du brasier qui monte vers lui. En sueur, immobile, il sent ses forces morales l'abandonner.

Tant de sauvagerie qui n'est pas la sienne.

« Ça va, il fait. Je me rends... Ne tirez pas. »

Horace se bloque aussitôt sur ses grosses targettes. Il laisse échapper un grognement de triomphe. Il donne un coup de coude dans la brioche à son frangin qu'en revient pas.

« Qu'est-ce que j't'avais dit ? grimace ce fumier

d'Horace. Rien qu'avec des produits régionaux !... »

L'échelle surgit par la trappe.

Horace braque son Manufrance sur la silhouette qui descend dans la fumée.

« Jette ton flingue, l'Amérique !... » il aboie.

Cobb balance son revolver. Aussitôt, Socrate s'en empare.

« Ségo ! Gusta ! Jessie ! Tout le monde la main dessus ! » hurle le plouc beauceron.

Aussitôt, les femmes font leur apparition dans les volutes. Elles ont des gants de caoutchouc, des serviettes humides autour des cheveux. Et chacune un extincteur à grande capacité.

A renfort de Sicli, elles balancent la neige carbonique sur les foyers d'incendie. Socrate se joint à elles. Horace exulte en surveillant sa proie.

« Rien que des produits régionaux, il répète. Et le coup de la paille mouillée, j'étais sûr que ça marcherait ! »

Il se tourne vers Cobb.

« T'as vu ça, hein ? En Beauce, y a pas d'arbres, mais y a de l'inspiration. »

Le feu des trois tas de paille préparés s'éteint dans des nuages suffocants. Socrate réapparaît dans ses souliers jaunes. Soulève son galurin. Montre son caillou comme un genou.

« Y a que la grenade qu'était pas prévue, il dit. Et pis manque six chiens. Et cinq autres abattus. C'est un manque à gagner.

— C'est bien c'que j'dis, propose Horace en montrant la sortie, c'qui faut maintenant, monsieur Cobb et nous, c'est discuter. Aller autour d'une tab' de négociations. Et causer dédommagements, indemnités et primes de risque. »

Il met le museau de son flingot dans les côtes de l'Amerlo.

« Allez hue ! il fait. Avancez, monsieur Cobb. On va boire un coup d'blanc ! On l'a pas volé ! »

Les pourparlers

Les v'là dans la grand-salle.

Au début, on se dit rien. Les préparatifs. Les chaises qui raclent. Les femmes qui s'affairent.

Cobb remarque la fraîcheur du carrelage. Le carrousel des mouches. Les mains des hommes posées lourdes devant eux.

Comme le silence est une gêne, Socrate bouge un pied jaune sous la table. Il lui arrive une mauvaise odeur de lui en plein nez. Y s'gratte. Ça meuble.

« Alors ? Ça vient c'canon d'blanc ? » il fait.

Horace enchaîne :

« Grouille-toi, Gusta ! Grouille-toi les miches de nous donner ça. Et attention !... J'veux pas de l'honnête ! J'veux du mieux qu'ça ! Du 63, Meursault de chez Perrault ! Pas ton Chablis de Lignorelles ! Y rend méchant ! »

La vieille arrive avec les verres à invités. Du cristal sur un plateau. Tout bien propre. Elle veut être à la mesure. Elle pose la bouteille pleine de poussière de noblesse. Le tire-bouchon, tout est là.

« Est-y frais, au moins ?

— Température de la cave.

— S'il est chaud, j'te fais responsable. T'iras chez les P'tits Vieux à Ablis !

— L'est à température de la cave », répète la servante.

Socrate débouche. Horace goûte.

Y tape sa langue contre son palais. Glotte. Salive. Exhale. Dévisage l'Américain tout le temps qu'il avale le bon Dieu de pinard. Façon dégustation. Comme à la foire de Ventôse, au stand Piper Heidsieck.

« Y a pire, finit-il par déclarer après longtemps. C'est que j'voudrais pas que monsieur Cobb ait mauvaise impression de nous. Surtout pour discuter négoce.

— Je ne bois jamais, dit Cobb.

— Porte-nous les p'tits gâteaux secs », commande le plouc à Gusta.

C'est là sa seule réponse.

Il verse à boire. Il verse un grand verre à Cobb.

« Si vous buvez pas, il dit, comment on peut parler négoce ? »

Un silence a lieu. Il se partage en six coups d'horloge. Horace se retourne vers la comtoise, puis vers Jessica et les femmes.

« Déjà six heures. On n'a pas toute la vie devant nous pour discuter, il dit. Les ouvriers vont pas tarder à rentrer. Jessie, les autres, allez me r'mettre la grange à peu près propre. Les chiens clamsés, dans l'trou à chaux vive. Les planches éclatées, au bûcher. Et l'entonnoir d'grenade, soigneusement r'bouché. »

Il boit un gorgeon. Les pas s'éloignent. Il remet sa casquette d'aplomb. Il regarde dehors.

« Sacré temps chaud pour la saison, il fait. Au moins vingt ans qu'c'était pas arrivé ! »

Un nouveau silence se faufile. Socrate échote :

« Ça ! Vous avez pas choisi vot' époque pour venir visiter l'coin ! A part Morsang, y a pas d'ombre dans l'secteur ! »

Le silence se creuse. L'Américain relance pas la balle. Horace refait dans l'aimable. Il dit :

« Vous êtes né dans quel pays d'Amérique, vous ? Côté wouesternes ou côté Love Story ?

— A New York.

— Ah ! Alors vous êtes né dans un buildinge ?

— Non. Dans une ambulance.

156

— Vot' maman qu'était pressée, sans doute ?...

— Oui. Elle n'avait pas de temps à perdre avec moi. Ils étaient déjà six à la maison.

— Et qu'est-ce qu'il faisait vot' papa ?

— Flic. »

Horace se marre en regardant Socrate puis le fond de son verre.

« Sûr que c'est tout ça qui vous a donné des idées d'indépendance, il fait. Et pourquoi donc qu'vous buvez pas ?...

— Mon père a bu pour moi. Il a bu pour la terre entière. »

Les ploucs apprécient la finesse. Horace ferme son poing droit. Il le laisse retomber sur la table. Tout vibre.

« Cré Dieu ! Si vous voulez qu'on cause, va falloir quand même boire vot' compte ! Allez, j'vous montre l'exemple... cul sec ! »

Les deux Beaucerons éclusent leur verre. Le Ricain bouge pas. Il jette un coup d'œil aux deux fusils de chasse. Les ploucs les ont gardés à portée de main. Le Smith & Wesson a été jeté dans un tiroir du vaisselier, derrière Horace.

Ce dernier repose son godet. Ses petits yeux noirs se posent sur son vis-à-vis. Il dit, l'air vexé :

« Si vous buvez pas, y a pas de dialogue ! On vous livre aux poulets. »

Cobb demande :

« Qu'est-ce que vous voulez, exactement ?

— Vous r'mettre en liberté, fait Socrate. Ça je l'jure ! Vous r'mettre en liberté, même qu'on d'mande que ça, hein, Horace ?

— Oh ! oui. On vous r'tient pas ! C'est plutôt vous qui pouvez pas partir.

— Vous voulez le fric ? C'est ça ?

— Ben... C'est l'esprit !

— Combien ?

— Tout. »

On entend les mouches voler.

« Sauf vot'argent de poche, bien sûr, tempère Socrate. Y vous faut un p'tit quène chose pour aller plus loin, quand ça sera calme.

— Vous êtes gourmands, à la campagne.

— C'est plutôt que les occasions sont rares.

— Et pis, metttez-vous à not'place... Vu l'armée française que vous avez au cul, on estime que notre hospitalité a pas d'prix.

— Horace a raison. Y veulent vot'peau. »

Cobb pose la main sur son verre. Envie de dégueuler. Ces gens-là continuent à le digérer. Il lève les yeux sur eux. Deux têtes de pains trop cuits. Une inertie jamais vue. Pas de pouls. Pas de nerfs. Le temps qui compte pas. Des sourires imbéciles.

Le cerveau de Cobb lui commande un geste irraisonné. D'un coup, il boit tout son vin.

« A la bonne heure ! » dit Horace.

Si sec, il remplit à nouveau le verre.

Zyeux noirs noirs. Défi. Ricanement.

En fermant les paupières, Cobb assèche encore son verre. Une sorte de brutalité. Rage. Comme lorsqu'il a tué Marilyn. Une pulsion de révolte.

L'alcool prend immédiatement possession de son cerveau.

« J'aurai besoin d'une voiture, dit-il soudain.

— Ça pose pas de gros problèmes, dit Socrate. Y a ma Deuche.

— Dame, elle va pas bien vite, mais y a sa Deuche.

— Pas assez rapide. »

Les deux ploucs se regardent.

« Ben alors, il y a « l'américaine », fait pompeusement Horace. Ça, « l'américaine », elle trace... y a pas d' pétard. »

Il se détourne un bref instant vers son frère qui fait l'étonné.

« J' parle de la Stude à Soméca, il précise. Elle sort de révision. Et l' bamboula r'fusera pas ça. Il a pas intérêt...

— T'as raison, dit Socrate. Pis elle est graduée en miles. Vous serez pas dépaysé, question tableau de bord. Nous, on lui remboursera.

— J'ai aussi besoin que quelqu'un fasse deux choses pour moi.

— C'est pas trop difficile au moins ? » demande Horace en reversant du pichtegorne bourguignon à l'Amerlo qui vient d'assécher son glas pour la troisième fois.

Cobb ne répond pas. Horace fait une diversion. Y revient au terre à terre. Il boit un coup.

« Il est bon, hein ? Y s' laisse boire. Y en a une aut' au frais. »

Socrate prend le relais.

« C'est quoi, au juste, vos commissions ?

— Il faudrait aller porter une lettre à Orléans.

— C'est pas insurmontable, dit Socrate.

— Et aller voir quelqu'un à Paris.

— Tout ça a l'air possible, dit Horace. On enverra ma bonne femme. Y a pas plus discret.

— Voui, dit Socrate. Ça serait mieux que ce soye Jessie qui s'déplace. Passe qu'ici, faut pas qu'on manque de bras.

— De bras ni de fusils, confirme Horace. On tient à vous garder. »

Tout le monde réfléchit.

« Bon, finit par dire Socrate. Eh bien, les choses ont l'air de s'mettre en place... C'est pas encore un accord définitif, mais c'est les préliminaires... »

Il boit un coup à la santé de la société. Il réfléchit plus. Il s'abîme. C'est que c'est lui le cerveau. Au bout d'un moment, il soulève son galurin.

« Y a qu'un hic, il fait doucement. C'est que j'ai un doute...

— Voui, confirme Horace, le frangin, il a un doute.

— Voilà, y dit Socrate. Etes-vous bien sûr d'avoir toujours le magot ? »

Les yeux de Cobb bougent rapidement.

« Qu'est-ce que vous voulez dire ? Bien sûr que j'ai l'argent.

— On pourrait pas l'voir, des fois ?

— Pas avant que mes courses soient faites.

— Mais... on pourrait pas même l'apercevoir ? insiste Horace.

— Pas avant que la route soit libre. Pas avant que votre femme soit revenue », tient bon l'Amerlo.

Tout le monde se regarde par en-dessous. Ça fait pas des amitiés sincères.

« J'comprends bien vot' position, dit Socrate. Mais y a c'te foutu doute qui revient. Rapport à mon neveu.

— Expliquez-vous.

— Auriez-vous pas rencontré un enfant à nous ? »

Cobb reste sur la défensive. Il n'exprime rien.

Socrate dit :

« Un gamin qui vous aurait vu.

— Personne ne m'a vu. Personne ne sait où est l'argent.

— Un gamin à qui vous auriez fourni un peu d'argent pour qu'il vous débarrasse les pattes ? »

Cobb pense qu'il faut gagner du temps. Il baisse la tête. Socrate dit :

« Avouez qu' c'est bien vous qui lui avez payé la mobylette pour qu'il s'en aille... Y vous aura mis l' marché en main. J'veux partir de chez mon presque-père, ach'tez-moi un traîne-con et j'dis rien...

— Bon, c'est vrai », reconnaît Cobb.

Et il a un grand accès de sincérité.

Là-dessus, tout s'interrompt. Les pourparlers et les doutes.

Y a la Gusta qu'arrive tout en ébullition, suivie par Ségolène qui bulle farouchement. Le laideron fait son cri. La cuisinière agite son tablier comme un drapeau.

« Cré Dieu ! Qu'est-ce qu'il y a ? rugit Horace, en talochant la souillon. J'te fous chez les P'tits Vieux ! Tu partiras dès d'main !

— Y a les gendarmes qu'arrivent ! postillonne Gusta.

— La licoptère qui revient, confirme Ségolène.

— Houla ! Faut qu' j'aille me débarbouiller, moi ! déroute Horace qu'est plein de sang caillé.

— J'vous conduis à la grange, dit Socrate à Cobb. C'est là qu'vous avez vos habitudes.

— Faut lui lier les mains, dit Horace.

— J'vais au-devant des gendarmes, dit Ségolène. Haooouh !

— J'veux pas aller chez les P'tits Vieux à Ablis, dit Gusta. Sans ça j'me zigouille.

— Ils sont déjà au petit bois », dit Jessica en entrant.

Son regard se pose sur Cobb à qui les deux ploucs sont en train de lier les mains derrière le dos. Elle relève une mèche qui barre son front. Elle rajuste son chignon. Elle a peut-être un sourire. Allez savoir avec sa bouche qui est si fine.

« J'veux pas aller chez les P'tits Vieux à Ablis, répète la servante. J'irai jamais. »

Le chef Marceau

A cloche-godille et vive allure, Ségolène va au-devant des gendarmes.

Le rotor de l'hélicoptère tourne encore quand elle arrive.

Deux silhouettes noires se glissent sous les pales. Elles courent et abordent à contre-jour la voûte du grand porche.

La boiteuse s'immobilise sur sa jambe la plus longue. Elle lance son cri :

« Haooouh ! »

Et les deux hommes viennent à elle.

L'adjudant salue par habitude. Il dit :

« Je vous laisse le chef Marceau pour qu'il passe la nuit ici. Un homme dans chaque ferme isolée et la liaison radio. C'est les consignes du lieutenant. »

Ségolène bulle pour réponse. Elle regarde et lâche pas le blondinet à moustache.

« Alors vot' nom, c'est Marceau ? elle dit avec extase et sentiment. C'est gentil d'êt' revenu. »

Elle se frotte les hanches de la paume de ses mains moites. Il y a un parfum d'aisselles. Son air dingo la reprend. L'œil qui chavire et son ongle rouge qui monte entre ses lèvres. Elle tâte les biceps de Marceau sans prévenir.

Le blond fait la gueule. Son collègue se marre. Il redevient supérieur hiérarchique et dit quand même :

« Vos parents sont pas là ? Dans le secteur ?

— Si. Y doivent bien y être, dit Ségolène, qui s'en bat. Mais c'est lui qui m'intéresse. »

Elle pose son index cutex et salive sur le cœur du gendarme.

« Haooouh ! elle fait, pour plus de précision.

— Merde, j'veux pas rester là, dit Marceau. Elle va m'faire chier toute la nuit.

— T'as été désigné, dit l'autre. Et puis, c'est pas parce qu'une couverture est trop courte qu'on a fatalement froid. »

Il salue réglementairement et corrige le maintien qui s'était relâché.

« Mes hommages, madame », il fait à Jessica

162

qui s'avance en robe et distinction. A même mis un soupçon de rouge à lèvres.

Il réitère sa chanson :

« Je vous laisse le chef Marceau. Il veillera sur les abords. Il sera en rapport avec nous. Pouvez-vous l'héberger ? »

Jessica fait signe que oui.

« Bon. Salut, Eugène, dit l'adjudant à Marceau. On te reprendra demain matin, dès que possible.

— Eugène avec ça ! Et le nez en trompette ! Haooouh ! claironne Ségolène.

— Bonne nuit, vieux, dit l'adjudant. Et oublie pas, on fait un essai radio dès qu'on sera en l'air.

— Salut. J'vais m' boucler dans ma piaule et plus sortir », dit Marceau.

Il ramasse son fusil contre le mur. Son barda. Son casque et le frusquin. Il s'éloigne dans un bruit de gamelles et de militaire.

« Vous en faites pas, dit Jessica à l'adjudant. Ici, il sera comme chez lui.

— Je crois que c'est ce qui l'inquiète ; au revoir madame.

— Au revoir, monsieur. Et au fait... »

Jessica revient un peu en arrière. Elle relève son chignon. Y reglisse une épingle. Les bras nus en l'air.

« Au fait, rien de nouveau ? Vous ne l'avez pas attrapé ?

— Non, dit l'adjudant. Rien. On espère seulement qu'il a pas glissé au travers du dispositif.

— Comment ça se pourrait, une chose pareille ? Vous le teniez presque...

— Faute aux particuliers. Ils le voient partout. Ils nous appellent sans arrêt. Les média qui font ça... Ils veulent tous passer à la télé. »

Jessica fait un geste vague. Elle s'éloigne. L'adjudant reste un moment sur place pour lui guetter les fesses à son insu. Il se forge une image érotique. Essaie de l'emprisonner sous son calot.

Et revient en courant vers les siens.

Une fois grimpé dans l'hélico, le pilote lance le rotor. L'Alouette III décolle et grimpe à la verticale au-dessus de la ferme.

L'adjudant jette un coup d'œil sur la grande cour rectangulaire. Tête levée vers eux, Ségolène fait des gestes de sémaphore. Elle est tout environnée d'un tourbillon de poussière qui monte. Plus loin, toutes ailes déployées, une ribambelle d'oies bat retraite. Au bout d'un moment, la boiteuse se trousse complètement et montre la lune aux aviateurs.

« Vilain cratère à trois heures dix, annonce le pilote flegmatique.

— Allô, allô, dit aussitôt après la voix de Marceau dans la radio. Allô, autorité ? A vous, parlez !

— Je vous reçois clair et net, dit l'adjudant. N'oubliez pas les consignes. Signaler tout mouvement suspect. Et si Cobb se pointe vraiment, tirez à vue. »

Il a un petit sourire sous sa moustache. Il appuie de nouveau sur le bouton de son micro d'ordres. Il ajoute :

« Bonne bourre, Eugène !... Terminé. »

Retour de grange, Socrate déboule dans la cour. Il passe près de Jessica, restée sur le pas de la porte.

« Ouf, ça y est, il dit, le Cobb est rangé dans la paille. On va pouvoir s'occuper de not' invité... »

Jessica lui désigne du menton le gendarme qui attend au fond de la cour avec tout son attirail à ses pieds.

Le garageot s'élance sur ses sorlots jaunes. Chemin faisant, il soulève gracieusement son galurin. En s'approchant tout à fait de l'homme d'élite, il salue avec déférence.

« Bonjour mon 'ieutenant, il fait avec considération accrue, j'ai bien envie qu'on vous mette dans la chambre de la p'tite cour... C'est celle à mon n'veu, qu'est justement parti en vacances... Y a une belle vue sur la plaine. Et vous serez pas dérangé... »

Chim

Un trille, un bond. Surgie d'entre les jambes d'un pylône à haute tension, une alouette monte au ciel.

Par rafales et escalades, elle emprunte un escalier invisible. Elle gravit par degrés l'air encore chaud et rebondit à force de volètements et cabrades sur l'haleine sucrée des mille fleurs écloses pendant le jour.

Là-bas, un bruit mécanique, harcelant comme un retour de moustique chassé pour la centième fois, apparaît, s'estompe, puis revient. Finalement, il monte et grandit, canalisé par le ruban de la route.

Penché sur sa motobécane, Chim s'écrase sur son guidon afin de gagner bien trois kilomètres à l'heure. N'importe, grisé par la sensation de vitesse, il boit tout l'air du soir. Ah! la liberté.

A plus de 47,550 kilomètres à l'heure, il fonce vers le but de son voyage. S'il relevait la tête, il verrait déjà Chartres, fléché en gothique tout au bout de la plaine.

Tandis qu'il s'éloigne, Aniello della Croce plein la ciboule, l'alouette, rivée elle aussi à son idée fixe, s'élève encore. Encore et encore. Plus haut, bien plus haut que le pylône survolté.

Ce n'est que lorsque Chim est un point sur un *i* minuscule, que l'oiseau semble toucher enfin le terme de sa course. Il consulte longuement le cadran du soleil qui transpire encore et affiche sept heures du soir environ.

Surpris qu'il fasse encore si fournaise là-haut et terriblement orange pour ce qui est de la couleur, l'oiseau-myope semble se décourager. Son trille s'accentue et s'affole.

Soudain, il se tait et se laisse tomber comme une pierre.

La terre l'accueille.

Harry

« Mister Peebles ?

— Oui, Miss Blue ?

— Pourquoi avez-vous débarqué ici ?

— Parce que Jim m'avait dit de venir chez vous, miss Blue.

— Vous voulez dire que Jim vous fera contacter forcément ?

— A condition que Jim ne perde pas ses deux oreilles en courant, certainement, Miss Blue. Vous et moi sommes tout à fait en droit d'attendre des nouvelles du héros... D'autant que la journée s'achève.

— Oh !... et, mister Peebles... oh !...

— Qu'y a-t-il encore, Miss Blue ?

— Est-ce que je vous gêne vraiment si je joue encore une fois ce blues ?

— Ne pourrait-on pas changer de glues, miss Blue ? Que penseriez-vous de *When your lover has gone* ? Ou d'un quelconque sirop dans ce goût-là ?

— D'accord, mister Peebles. Merci pour votre patience.

— Quelle patience, Miss Blue ? Est-ce que je

vous ai demandé si le chant de la machine à écrire vous énervait ?

— Franchement, tout l'après-midi, il m'a mise à bout de nerfs, mister Peebles.

— Très bien. J'arrête. J'ai à peu près fini de noter les détails de cet appartement ainsi que vos principaux traits de caractère... Que penseriez-vous d'une poignée de spaghetti jetés dans l'eau bouillante ?

— Oh ! quelle bonne idée, Harry ! Est-ce que vous feriez la cuisine pour nous deux ?

— Certainement, Miss Blue...

— Oh !... Harry ? Moi qui ai d'abord cru que vous étiez le pire sale type que la terre puisse porter !

— Mais je *suis* ce pire sale type dont vous parlez. Et bien d'autres vices encore.

— Non. Vous êtes un type comme on n'en invente plus. Votre mère a une chance folle de vous avoir à elle.

— Justice soit rendue à la vieille dame, elle a tout fait pour me garder !

— Je suis sûre que votre maman est une femme radieuse.

— Ma mère est juste une ménagère de Californie avec une grosse poitrine, un accent impossible et des doctrines possessives.

— Toutes les femmes sont doctrinaires. N'est-ce pas leur défaut de le devenir dès qu'elles se marient ?

— Ça. Et de vouloir des enfants blonds.

— Mais alors, quelle conception avez-vous du bonheur ?

— Oh ! nous ne sommes pas sur terre pour être heureux, Miss Blue. Seulement pour être dans le sens de la marche.

— Où êtes-vous ?... Quel pessimisme ! Où êtes-vous donc ? Dans quel coin de la pièce ?... Vous bougez sans cesse. Je vous cherche et je ne vous trouve pas...

— Ici, Miss Blue. Ici... »

« Oh ! Harry ! Pardon ! Je ne savais pas que vous étiez torse nu... je...

— Il n'y a pas de mal à ce que vous ayez touché ma peau, Miss Blue. On ne peut pas toujours se marier entre hommes. Où sont ces spaghetti ? »

Proserpine

Sur la Beauce, il fait encore bien clair. On est dans les jours les plus longs. En ce lundi 29 juin, le soleil se couchera à vingt et une heures cinquante-six.

Soméca-Buick replie les ailes de son pulvérisateur à pesticide. Il détache l'engin du tracteur. Il envisage de rentrer. Quitte à repartir après dîner. A la fraîche.

Il appuie sur l'accéléro et repasse devant le champ de maïs où il a vu Proserpine prendre du plaisir, cet après-midi.

Tiens, tiens. Présentement, mon vieux, boulala, le chambard, y en a. De la terre retournée. On jurerait champ de bataille. Pas champ de maïs. Di zamours pareilles, ti penserais jamais que ci possible.

Le sanglier est par-dessus la truie, et Proserpine, mon 'ieux, elle pousse di cris di joie, comme pour acclamer la République. Lui, le goret, i travaille si en force qu'il a li groin aplati. Plati plati sur li dos de sa cochonne.

Di temps en temps, la fatigue, il ritourne sur ses pattes. Se roule par terre. Et, croyez, croyez pas, c'est la salope toujours, qui vient li recher-

168

cher en marche arrière. Vice, ça, quand même. Et ainsi di souite. Pas di raison que ça s'arrête. P'oserpine est une insatiab'.

N'Doula-Buick, grand observateur nature, en reste sur son siège. Bouge pas. Fasciné-perplexe. Pas cou'ant, mon 'ieux, di voir sur l' continent une bête encore plus compétitive que son grand-oncle Abraham-Buick, capab' pourtant, l'exemplaire, di sauter deux nuits entières à soixante-dix-neuf ans.

Mais, tout état di cause, les bonnes choses ont une fin. Le gros solitaire, sentant faiblir ses forces, prend li premier prétexte pour dibander, on vous demande. Y fait semblant di voir Soméca-Buick pour la première fois. Y pousse un cri de détresse, il file des coups de tarbouif dans la terre, déloge un gros paquet, fouille avec ses défenses, et finalement, détale.

Proserpine encore ensuquée d'amour le suit à distance.

Soméca-Buick s'approche du champ de bataille. A force, toute la journée, de se rouler sur le flanc, de fouiller la terre, de se passer la moindre excitation ou rage d'appétit sexuel sur les mottes, les deux bestiaux ont complètement retourné le maïs sur trente bons mètres carrés.

Et justement... Justement, le négro-tractoriste en croit pas ses yeux qui voient. Mi quisse qui c'est qu'ça ? Quisse qui c'est ? Di billets, di billets, di billets ! Y en a, y en a d' l'argent ! Di quoi faire di feu pendant six mois !

Le négro saute du tracteur. Une frénésie le saisit tandis qu'ici, là, partout à la fois, travers mottes, travers champ, il se penche, usine, se plie, s'araigne à grands pas pour ramasser le pactole sorti d'un sac éventré.

Oulala dis ! Li sous ! Li sous, dis, li sous que ça fait ! Soméca, une fois sa chemise pleine de fortune, remplit ses poches. Et après ses poches, il se rue vers le tracteur. Il renverse la caisse à outils. Li marteau, li pinces, rien à b'osser, mon 'ieux! Il remplit toute la satanée boîte de biffetons. Encore. Encore. Y en a toujours. Empile. Force. Ecrase. Mon 'ieux! Mon 'ieux, j'en pleure, y en a, y en a, partout des cinq cents! Et faut pas en oublier.

Quand c'est fini, autour de lui, Soméca regarde. Personne l'a vu. Personne, c'est sûr. Cit' argent, il est à lui. Il va le cacher. Il sait déjà où. Son coffre-fort, c'est sa bagnole. Dans la Studebaker, tous les sièges, il va rembourrer.

Jusqu'à samedi pas un mot.

Faut fire semblant d'êt' négro-force, tout comme d'habitude. Partir au bal comme si di rien était. Pas donner l'ala'me inutilement. Et aller s' faire ditrousser par kék 'equin, salaud d'Ho'ace p'emier servi.

Et samedi soi'? N'Doula-malin, y mit li complit blanc, si pompes à bouts blancs, si ç'avate à pois blancs, si chimise à jabot blanc, i, finis li p'tits crèmes, adieu, li pitits Blancs!

L'a'gent change di mains, l'Af'ique aux Zaf'icains!

L'angélus

Le dîner est consacré à la diplomatie.

Débarbouillé de frais et rubicond, Horace continue à pinarder.

Avec Socrate, ils ont entrepris le siège du chef Marceau. Ils l'ont invité à leur table.

Spartiate aux entrées, encore méfiant aux entremets, le gendarme sent son impassibilité se déchirer à l'usure des fumets.

Il salue très bientôt les boutanches qui défilent

devant lui comme un retour de 14 juillet. Allumé à bout portant par un Volnay, l'homme à l'œil de lynx sort définitivement de sa réserve coutumière. On a pris soin, pour ne pas l'effaroucher, d'éloigner Ségolène.

Maintenant, pris en confiance et porte-à-faux entre les deux Beaucerons, il canote sur les rapides de la Bourgogne vinicole avec une assurance de vieux briscard.

A l'issue d'un Chassagne-Montrachet, il devient intarissable sur les gilets pare-balles, les poignées lacrymogènes individuelles, les épandeurs de gaz et les torches-laser. Mis au pied d'un Châteauneuf-du-Pape, il s'embrouille à propos d'une histoire d'endoscope qui permet une vision de cent vingt degrés par un trou de serrure.

Personne ne lui en tient rigueur.

« L' principal, c'est d' trouver l' trou », simplifie Horace dans un élan vulgarisateur.

Le gendarme répond par un hoquet sur place.

Pendant ce temps, les femmes mises à la tâche assurent patiemment la chaîne des mets qui se succèdent aussi régulièrement dans les assiettes des convives que des seaux d'eau sur un incendie de broussailles. Civets, rôtis, volaille, pommes de terre à l'ail. Rien n'est oublié.

A l'angélus, le gendarme se rend.

Il prie pour son propre repos. On le porte sur son lit. Le grabataire de la gendarmerie part à la ronfle. Le soleil tombe de sommeil.

La nuit s'installe enfin, comme une délivrance.

LA NUIT DE LUNDI À MARDI

Vingt-deux heures

Au septième étage de l'immeuble Bluc, Harry Peebles regarde la nuit. Cent mille idéogrammes lumineux reflètent la Ville. A l'intérieur des cages uniformément moulées dans le béton, les hommes et les femmes se penchent sur leurs télés.

Lucarnes ouvertes sur le monde, elles effritent des bruitages barbares et des cris de terreur. Ailleurs, elles diffusent des images qui mâchent les idées.

Emportés par leur fatigue du jour, cent mille travailleurs viennent de perdre leurs dernières dents avec Léon Zitrone. A tous les étages, immeubles de garnison prolétarienne, sur des assiettes de carton, des aliments surgelés nourrissent à leur insu des familles entières qui regardent se marier les rois.

Noémie Blue est enfermée dans sa nuit personnelle.

Elle est étendue sur un matelas de polyester recouvert d'un patchwork. Elle aime vivre au ras du sol.

Harry Peebles se retourne et la regarde.

La robe de chambre de la jeune femme laisse apparaître ses cuisses. Un pli creux dans l'étoffe accentue la profondeur d'une caverne mystérieuse, surgie au bas de son ventre.

Harry Peebles pense à la grotte humaine. Il pense à sa mère qui lui attachait les mains s'il s'avisait de regarder sous les jupes des dames. Quel âge avait-il donc, déjà ? Six ans, peut-être, se répond Harry Peebles. Et il boit un nouveau whisky.

Il dit :

« Je ne suis pas vraiment inquiet au sujet de Jimmy Cobb. Je suis sûr qu'il m'appellera pour que nous puissions écrire ensemble le dernier chapitre de sa vie. »

Il sort son chéquier. Il dit :

« J'ai déjà libellé la somme ! Cent cinquante mille dollars pour avoir le droit de recueillir ses derniers mots. Qui résisterait ?

— Achète-t-on la mort, mister Peebles ?

— On achète tout, Miss Blue. A condition que les choses aient une certaine valeur. »

Il montre les cent mille fenêtres de la Ville. Il dit :

« Derrière ces vitres, il y a cent mille vies ordinaires, Miss Blue. Aux yeux de mes éditeurs, elles ne valent rien ! Not a cent ! »

Vingt-deux heures deux

Jessica est dans sa salle de bain. Elle inspecte son visage. Elle déchiffre sa peau. Elle escalade ses rides.

Elle ne s'est jamais regardée de cette manière-là.

D'un geste brusque, elle tend la main vers un petit pot cylindrique. Il est de couleur blanche, avec un couvercle doré. Et les lettres aussi, en or. C'est écrit « *Supplegen* », *firming action cream*. Et en dessous, *crème raffermissante*. C'est signé Germaine Monteil. New York, Paris, London. La crème est blanche. Grasse. Intacte jusqu'alors.

Avec une sorte de détermination, Jessica y imprime trois de ses doigts réunis. A force de touches concentriques, comme pour effacer ce qu'elle a vu, elle répartit toute cette blancheur, elle la force à entrer par tous les pores de sa peau. Elle y met le même acharnement que pour récurer un sol. C'est comme si elle entreprenait une tâche ménagère de plus.

Elle s'arrête.

Elle s'observe dans la glace. Tout son visage brille. Surtout son front bombé. Ses pommettes. Et l'arête de son nez.

Elle déchire un Kleenex et se frotte les mains.

Brusquement, elle éteint et plonge la maison dans le noir.

Sans le secours d'aucune lampe, elle repasse par la grand-salle. Elle se glisse entre les fauteuils disposés sous leurs housses comme des personnes assises.

Elle s'arrête sous la véranda où luit une étrange transparence liquide.

Elle regarde du côté de la grange. Elle pense au prisonnier.

Dehors, sous la lune et l'ennui blafard, bien à plat sur ses tiges, le pays beauceron attend.

Vingt-deux heures cinq

C'est l'heure des exhalaisons soudaines. Au moindre souffle de la brise, les odeurs voyagent à dos de pollen ou de petit lapin. Chiendent, blé tendre, coquelicots, fleurs neuves, les senteurs de la nuit sortent de terre. Elles remercient le soleil.

Cobb s'est assoupi.

Sonné par les heures de tension qu'il vient de vivre, les bras entravés par les cordes, le corps jeté sur le côté, le fugitif dort d'un sommeil lourd. La nuque disloquée par un reste d'angoisse, il repose, happé par la poigne invisible qui le terrasse.

A une main de distance à peine de son souffle, sèche le cadavre de Marilyn.

Vingt-deux heures six

A deux chambres de là, Soméca-Buick est à quatre pattes.

Enfermé double-tour, la lumière éteinte pour faire croire à sa ronfle, le nègre-joie compte et recompte son fabuleux trésor.

Il envisage de lever une armée de mercenaires et de renverser le régime en place dans son propre pays. De l'état insouciant de danseur-braise, il est soudain passé au stade autrement plus palpitant d'opposant politique.

Sérieux-sérieux, il envisage d'acheter sa première battle-dress. Dans un miroir de papier-chocolat, il essaie des lunettes-glaces. Genre Hissène Habré. Tout à sa parano du pouvoir, dans sa bouche immense, il plonge sa lampe-torche.

Deux auréoles roses apparaissent sous ses yeux, en transparence de sa peau.

A cette minute même, N'Doula-Buick se sent boomerang-revanche et totem-force.

Il veut l'Afrique aux Africains.

Vingt-deux heures dix

Dans la cour, Horace a lâché les chiens. Il ne faut pas que Cobb ait la moindre possibilité de filer.

Pour l'heure, l'haleine plus volatile qu'un transport d'hydrocarbures, le plouc émiette et répartit sur le compost toute la longueur d'un jet d'urine torrentiel. Cette station si longue, les jambes écartées, lui fournit matière à réflexion. Toute la journée, il n'a fait que s'échauffer. Par le vin et par la colère. Par les femmes et par la cupidité. Par la violence et par le ventre.

Il a été barbare.

Il rentre brusquement son tout dans sa culotte. Il décide d'aller enfoncer sa queue dans Jessica.

Il retrouve sa conjointe à tâtons. Elle est déjà blottie au fond du lit-bateau. Le cerveau tout en ébullition sybarite, le rustaud pose sa main sur elle.

La bonne femme lui paraît plus sèche qu'un gant de toilette qui n'aurait jamais servi. En cinq six attouchements sans équivoque, il essaie d'en tirer quelque chose.

La voix grave de la femme réduit ses ambitions à une poignée de cendres.

« Fiche-moi le camp, sale type ! Ote tes pattes ! Ne me touche pas !

— Mais ma mie... juste un petit viron d'affection...

— Arrête ou je miaule ! La terre entière va savoir !

— Entrouvre ton ventre, Jessie... Me laisse pas

dans le besoin... Tiens, je m' cale dans toi et je m'endormirai juste...

— Saute ! Va-t'en !

— Mais mon âme !... Ha !... Vois... je te sens l'œil de bronze !

— Descends de là. La paix ! Tu es plus soûl qu'une bourrique !

— Un peu chaud, simplement, plaide le poivrot. D'ailleurs, où est le mal ? Suis-je pas ton époux ?... Je voudrais juste trouducuter en justes noces.

— Va faire tes saletés ailleurs. Entre tes mains ! Avec tes grues du camping ! N'importe ! Mais ne me demande rien ! »

Superbe, ventru, à deux pans dans sa chemise, le maître de Morsang rallume l'électrique.

« Cette fois, tu avoues l'Etrangère ! s'exclame-t-il avec une peine exagérée. Tu te dérobes ! Tu te refuses ! Tu n'aimes plus ton gros boucher ?

— Je te déteste ! Tu me dégoûtes ! Va cuver ton vin dehors ! »

Il y a un répit.

Horace descend du lit. Soudainement pâle, il se tient un moment immobile, oscillant sur la carpette. Ses yeux noirs se concentrent autour d'une mauvaise petite lueur rouge.

« Je ne me vexe pas, prévient-il. Mais si tu ne me permets pas de caleçonner, c'est bien qu'il y a anguille... »

Il s'en va au bout de la pièce sur ses jambes sans soleil. Il se retourne d'un bloc, équilibriste incertain.

« C'est le Ricain qui t'a détournée, dit-il. Ton sang ne jure plus que par lui. Ségolène a raison. C'est flagrant. Sans arrêt, tu te recoiffes en sa présence. Je suis donc pas assez bien pour toi ? »

Il enfile ses fesses et sa chemise dans ses bleus.

« Je m'en vais, il menace. Tant pis si je fais des bêtises ! »

L'envie de faire mal à quelqu'un vient d'envahir son cœur.

Vingt-deux heures trente

Horace repasse par la grand-salle. Il trébuche dans un pied de banc. Il donne la lumière. Il grogne en voyant Gusta Mangetout. Il l'avait oubliée, celle-là.

Elle dort comme à l'accoutumée, l'avant-corps posé sur la table. La tête calée sur ses bras croisés. Une boule de chiffons. A peine un être. Elle n'a jamais eu de chambre. Elle a toujours dormi ainsi. Et le lendemain, à l'heure du coq, à peine dressée dans ses sabots elle sera prête. Toute sa chienne de vie, elle a été prête. Prête à trimer. Prête à servir. A rallumer le feu. A faire le café au lait pour commencer. Jamais un geste à soi. Toujours donner ses mains aux autres. A peine si le soir, un secret bien gardé, elle s'est permis une passion : boursicoter. Un journal prévu pour faire les carreaux et un crayon sucé, cachés dans la huche. Paraît que Gusta Mangetout a un portefeuille d'actions au Crédit Agricole.

Horace regarde la nuque de la servante.

Il ne l'avait jamais fait auparavant. Il est étonné de voir que c'est une nuque de garçonnet. Telle qu'elle apparaît, là, au travers des vieux cheveux pisseux, elle a la même fragilité. Un coin de pureté qui serait resté. Jamais touché. Jamais exploré. Jamais aimé. Pas un seul baiser d'amour. Rien.

Horace qu'avait pourtant envie de pousser plus loin sa soûlerie, sait pas pourquoi, mais il reste là planté. Il reste là, à regarder la vieille.

Pensif, il jette une main machinale vers la bouteille de Meursault qui fait sa jaune pâle à l'autre bout de la table. Il s'en enfile un godet sans le sentir.

D'un coup, le rustre ne sait toujours pas pourquoi, voilà qu'il avance la bouche. Voilà qu'il se penche. Voilà qu'il embrasse doucement la nuque de la vieille.

Il est effrayé. Il pense : cet endroit a la douceur d'un nid. Il reste un moment, le nez perdu dans ce vieux duvet d'enfant.

Puis il se relève.

Le sens commun lui revient lentement. Aussitôt, il s'en veut. Le vin blanc s'en mêle. Horace n'aime pas ce qu'il ne comprend pas.

Son agressivité lui remonte à la tête.

Y pose sa pogne sur l'épaule de la souillon. La secoue dans son sommeil. Elle dresse le col. Le voit. Marmonne. Se dresse. Se remet les linges dans le bon sens.

Horace la regarde dans le fond des yeux rougis. Il se marre.

« T'as eu peur, sac à puces, hein ? il fait.

— J'ai eu sursaut », dit Gusta. Et aussitôt : « Qu'est-ce que je peux faire, not' maître ?

— Tes malles », dit Horace.

Il pose à nouveau sur elle ses petits yeux méchants.

« J' veux plus d' toi ! C'est dit ! T'es plus bonne à rien !... Usée, tu sers plus. Alors, tu t'en vas demain ! A la réforme ! A la casse ! Aux P'tits Vieux, comme j'ai dit ! »

La servante répond rien.

Elle se met à trembler, juste. Un étrange balancement des épaules qui la transporte jusqu'à l'âtre. Elle s'entoure le corps maigrichon de ses mains. Et elle reste là. Reste là, pendante. Un tas devant des cendres.

Horace se lève et ne la regarde plus. En trois pas, il sort.

« J'irai pas à Ablis chez les P'tits Vieux », dit Gusta.

Machinalement, du coin de son tablier, elle enlève un rang de poussière sur le dossier d'une chaise.

« J'irai pas », elle répète.

Elle sort une lettre tout écrite de sa poche. Elle la pose sur la table.

Elle défait son tablier. Elle le range où c'est sa place le dimanche. Et pas ailleurs.

Elle ouvre la porte de l'escalier qui monte au grenier.

Et elle croit bien qu'elle pleure un peu.

Vingt-deux heures quarante

Harry Peebles ouvre toutes grandes les trois fenêtres du studio. La chaleur fade de l'asphalte remonte vers les étages. Des odeurs de poussière et de crasse. Des odeurs de ville.

Il fait encore très chaud sur le métal et sous les verrières.

Dessinée par l'abat-jour, une tache sombre mange le visage de Noémie Blue.

Son corps est emporté par l'oubli de soi. Elle dort. Elle dort sur le dos. Elle dort abandonnée. Sa pose est celle d'un enfant qu'aucune morale n'aurait encore jamais alerté. Pas de honte et pas de mal. Pas de bien et pas de faux-semblants. Pas de dissimulation et pas d'autocensure. Offertes à la lumière bleutée, les jambes de Noémie Blue s'écartent de leur centre. Ses mains sont ouvertes. Ses paumes se tendent vers le haut. Elle tourne lentement son visage. Ses lèvres sont gonflées.

Harry Peebles la regarde.

Elle a les jambes d'un adolescent de treize ans.

L'homme à la machine à écrire éteint l'unique lampe. Un coup de pouce, et pour lui, le monde change. Change de vibration. Pour Noémie Blue, rien n'a bougé.

Doucement, Harry Peebles s'étend près d'elle. La fatigue l'enveloppe immédiatement. Une raideur imprécise qu'il essaie de dissiper. Muscle après muscle, il s'y attache. Les muscles oculaires, la nuque, se rendent en dernier.

La voix de Noémie Blue le surprend dans son premier sommeil. Il était en train de faire une chute interminable. Il sursaute. Il rouvre grand les yeux.

« Vous vous rappelez, mister Peebles ? Vous vous rappelez votre première question ?

— Oui », dit Harry. A tâtons, il cherche ses lunettes. « Je vous ai demandé si vous étiez aveugle de naissance.

— Et je ne vous ai pas répondu. Eh bien, sachez que je le suis. »

Elle se tait. Au bout d'un moment, elle dit :

« Je n'ai jamais vu un homme de mes yeux, comme on dit. »

Harry regarde passer un cheval de néon mauve sur le tableau du ciel. Le destrier sous tubes galope sur la terrasse de l'immeuble d'en face. Il le fait pour le compte et la gloire d'une compagnie pétrolière et se dissout dans l'espace. Toutes les dix secondes, il reviendra.

« Confidence pour confidence, Miss Blue, dit Harry Peebles, je n'ai jamais connu de femme. Seulement les très jeunes garçons. »

Elle lui prend la main. Elle la pose sur elle. Il sent son ventre couvert de transpiration. Il a un léger mouvement de recul. Elle le retient. Elle pose sa propre main sur sa cuisse.

Elle dit :

« Je vous touche parce que j'aime Cobb. Ne vous y trompez pas. J'ai besoin de sentir quelque chose de vivant. Dès que le sommeil me prend, depuis deux jours, j'entre chez les morts.

— Vous n'avez pas besoin de parler, Miss Blue. Il y a comme ça des choses qu'on n'a pas intérêt à expliquer.

— Et pourquoi donc, Harry ?

— De peur d'y arriver, Miss Blue. Et que la réponse nous effraie. »

Comme la main de Noémie touche à nouveau sa cuisse, Harry Peebles sourit dans le noir. C'est la première fois qu'une femme le fait bander.

Dehors, le cheval de néon prend à nouveau son élan vers le ciel.

Si Harry ne ferme pas les yeux, toutes les dix secondes, il reviendra.

Vingt-deux heures quarante-deux

Brambilla lève la tête vers le septième étage. Il constate que les trois fenêtres du studio Blue sont ouvertes. Il crache devant lui. Il prend congé des deux jeunots venus le relever. Il les connaît à peine. Des gars en blousons.

Ils sont arrivés avec des airs consternés parce que Borg venait de perdre contre McEnroe à Flushing Meadows. Brambilla leur a demandé où en était l'opération Cobb sur le terrain. Ils ont fait la grimace. Le Ricain aurait glissé entre les pattes des gendarmes que personne n'en serait surpris. Du coup, il risque de se manifester chez sa petite amie.

Brambilla a haussé les épaules. Il a ramassé sa

gamelle et sa cuillère rangées dans l'angle de la porte.

Un des gars s'est marré. Il a regardé Brambilla comme s'il était un vieux cousin de province. Il a fichu un coup de poing sur le biceps de son copain. Il a dit :

« Viens, Max, on va s'installer chez la gardienne. »

C'est comme ça que Brambilla a appris qu'on avait décidé de mettre la ligne de Noémie Blue sur écoute téléphonique.

Il a regardé les deux mecs s'éloigner vers une camionnette pour décharger leur matériel. Celui qui avait reçu un coup de poing avait un walkman sur les oreilles. Il ne marchait pas. Il dansait.

Brambilla avait craché sur le trottoir.

Vingt-deux heures quarante-cinq

Une fois tourné le coin de la rue, Brambilla se redresse. La nuit lui plaît.

Il fait un crochet par le café-tabac. Il n'est pas obligé de le faire. Mais il sait que s'il ne le faisait pas, Nelly lui ferait une sacrée scène en rentrant. Il sait pertinemment que c'est là qu'il trouvera Jo Rojinski.

Il y a une heure environ, Jo a dit qu'il allait essayer de joindre Nelly chez sa mère. Et il n'est pas revenu. Chaque soir le même topo.

« Salut patron. »

Le bistroquet ne répond pas. Il est physionomiste. Du pouce par-dessus l'épaule, il indique l'arrière-salle.

L'inspecteur Jo Rojinski est plein comme une huître montée sur canapé skaï. Son visage boursouflé s'anime quelque peu en voyant Brambilla.

Il dit :

« Ray! ah! Ray. Qu'est-ce que tu penserais de prendre une bonne grosse bière bien fraîche, hé? Après toutes ces heures, hé? Et même toutes ces années, hé?... »

Il fait un clin d'œil pitoyable. Il dit :

« Et tu sais, Ray, rien ne nous presse de rentrer... Nelly est chez sa vieille mère, avec tous les enfants, vu? Toi et moi, on a vraiment toute la nuit devant soi, hein, Ray? Comme au bon vieux temps? Hein?... »

Brambilla soupire.

« Allez, debout, Jo. Viens. Je vais te raccompagner. »

Vingt-trois heures

Deux tours de yale et Brambilla pose un pied prudent dans l'entrée de son deux-pièces-cuisine.

Il entend tout de suite la voix de Rojinski junior. Elle vagit à fond les cornemuses dans la chambre.

La lumière s'allume. Nelly paraît. Elle est pieds nus. Elle fume. Elle est défaite.

Elle dit :

« Il est tard. D'où viens-tu? Je me faisais du souci. »

Elle découvre avec stupeur le revers du veston de Brambilla qui est plein de vomi.

« Mais... tu as bu? »

— Non. C'est Jo Rojinski qui a bu pour moi. Et j'ai trinqué. »

Elle passe à la cuisine. Elle revient avec une serviette trempée dans l'eau chaude.

Elle dit en frottant :

« Je me fais du souci pour Jo. »

Elle frotte. Pendant qu'elle, Brambilla peut pas

s'empêcher, il lui regarde le sommet de la tête. La racine des cheveux. Tiens, en plus elle se teint.

Elle frotte. Elle dit :

« Et puis, je me fais du souci pour le gosse. Il pleure. Est-ce qu'il aurait pas la rougeole ? »

Brambilla dit :

« Ah ! bon ? Tiens ? Il pleure ? J'entends rien. »

Il va dans la piaule. Il s'arrête au pied du lit. L'autre Jo Rojinski miniature bat l'air de ses menottes boudinées. On lui voit le fond des amygdales. Un filet de bave relie ses deux mâchoires sans dents.

Nelly revient dans la chambre. Elle est à poil, les seins en bandoulière. Brambilla retire ses chaussures. Sa veste. Son holster. Maintenant, c'est un type en bretelles. Il les abaisse sur son froc.

Nelly dit :

« Je t'ai fait du riz complet pour demain. »

Elle met les bras autour de son cou.

Elle dit :

« Tu n'as pas fumé, au moins ? »

Elle lui décerne un gros baiser humide. Elle minaude. Elle suggère :

« Voyons si t'as du souffle ? » Elle l'emprisonne. Prête à la galipette. Et après, elle parlera de son mari. Et elle dira qu'il faut s'élever dans l'échelle sociale. Brambilla la dénoue. Il se lève. Il dit :

« Tu vas mettre tes miches dans un corsage, tu vas prendre ton babouin sous le bras et tu vas retourner chez Jo voir si j'y suis. »

Elle dit :

« Mais Ray... »

Elle ouvre la bouche. Et même ça, c'est trop. Il la calotte. Ça fait un bien fou à Brambilla. Elle devient toute rouge. Et elle pleure. Ça fait deux Rojinski qui pleurent.

188

Brambilla remet ses bretelles pour être sûr de pas se couvrir de ridicule avec un bénard qui descendrait au milieu des décisions cruciales.

Il se penche sur le lit. Il prend le nourrisson dans l'état où il est. Et il va le porter sur le palier.

Quand il revient, il trouve la grosse sur son chemin. Il la fait pivoter dans le sens du départ. Il la propulse sur le tapis-brosse, pareillement. Il referme la porte. Ça tambourine. Ça gueule au charron. N'en a cure. S'en branle.

Brambilla se précipite au fond de l'apparte.

Il rassemble tout ce qui lui tombe sous la main. Les vestiges, les layettes, le chauffe-biberon, des jarretelles, trois slips rouges, un bouquin sur le zen macrobiotique, des playtex renforcés et le projet socialiste. Au fond d'une valoche, il rajoute à l'arsenal, une brosse à dents, une à cirage et toutes les jupes à mi-cuisse de la mère Rojinski. Il fait un grand pas en direction de l'entrée et il entrebâille assez pour jeter le colis sur le palier.

Une mamelle essaie de passer, il la repousse comme une méduse. Il claque la porte sur son amour et il entend des sanglots.

Il se sent dans une forme éblouissante.

Il va direct au frigo et s'ouvre une boîte de pâté pur porc. Il trouve du pain. Il tartine. Il tartine vachement épais. Plein de pâté. Il rajoute du beurre dessus.

Il se dégote une boutanche de vin d'Irancy qu'il s'était réservée en cas. Il la décollette. Il boit deux verres coup sur coup.

Il se déloque intégralos.

A poil, il se termine la bouteille. Une forme d'enfer lui bat derrière les oreilles. Son hypertension qui radine à vue d'œil. Ah ! c' que c'est bon de rentrer dans ses meubles !

Il prend son élan depuis le fond du couloir. Il se paie un roulé-boulé à mi-parcours et, toujours lancé, youpee, en saut périlleux avant, il atterrit sur son page.

Ha !

Vingt-trois heures quinze

Le gendarme Marceau se réveille en sursaut.

C'est sa tête qui lui fait mal en premier. Aussitôt après, la mauvaise conscience le remet sur ses pieds.

Bon Dieu ! Il s'est laissé prendre par ces connards de paysans. Toujours à la campagne, cette bonne vieille plaisanterie qui prévaut. Mettre l'invité à l'épreuve de l'alcool.

Bon, il se passe la tronche sous l'eau. Ça le ravive. Il ouvre la porte. Dehors, l'air est encore lourd. Il sort sa chemise de son pantalon. Il délace ses rangers. S'étire. Scrute la nuit noire.

D'où il est, en haut de l'échelle de meunier, il peut deviner les contours des bâtiments. Dans la cour, à ses pieds, il a l'impression d'un va-et-vient. Des silhouettes grises qui marcheraient vite.

Sans bruit, il revient dans la chambre. Il défait les sangles de sa sacoche. Il en tire des lunettes intensificatrices de brillance. Il les met devant ses yeux. Les règle. Elles lui permettent de se déplacer la nuit comme en plein jour.

Il revient se poster sur le bout de palier.

Maintenant, il distingue parfaitement les chiens qui vont et viennent à ses pieds. Il distingue aussi la boiteuse. Elle se tient exactement en face de lui, de l'autre côté de la cour. Elle est calée sur une pierre. Elle le regarde, dans sa robe à fleurs.

« Haooouh ! » Elle pousse son cri ignoble.

Tout aussitôt, les chiens accourent et aboient à l'unisson. Marceau rentre dans la piaule.

190

Il se barricade.

Vingt-trois heures vingt

Cobb sursaute.

Les voix des chiens se taisent un moment, puis reprennent leurs aboiements.

Il est ankylosé. Il essaie de remuer ses poignets pour faire revenir le sang. Les cordes sont si serrées qu'elles le meurtrissent davantage.

Les chiens se taisent.

Cobb repose la tête au sol. Il a l'impression d'être bouffé par la vermine. Une sensation de démangeaison générale. Il ne faut surtout pas qu'il cède à l'obsession de se gratter. La chaleur du jour ne s'est pas retirée de la paille. Le vin n'a pas désaltéré Cobb. Il a vraiment l'impression de subir la pression d'un monde pour lequel il est totalement inadapté.

Sous lui, il a brusquement la certitude que quelqu'un marche.

S'il s'agit du gendarme, il sera incapable de se défendre. Son revolver est resté en face, dans le tiroir du vaisselier. Sa veste est quelque part à sa gauche. Dans une des poches, il reste une grenade.

Cobb opère un bref mouvement de translation avec sa hanche. Un bruit franc ébranle le parquet du grenier. Il s'immobilise. C'est l'échelle qu'on vient d'appliquer au rebord de la trappe.

Maintenant, quelqu'un monte doucement. Echelon après échelon. Cobb se recroqueville. Il monte ses genoux contre sa poitrine, prêt à se détendre pour frapper des deux pieds lancés vers l'avant. Sa seule arme.

Une tête apparaît. Un corps prend territoire sur le sol.

« Haooouh ! fait Ségolène en étouffant un cri. C'est moi ! »

Cobb se détend quelque peu.

La boiteuse claudique pendant un pas ou deux. Elle s'arrête. Elle chuchote :

« Où êtes-vous ?

— Je suis là », dit Cobb.

Ségolène s'approche. Elle est près de lui. Il sent son odeur. Elle rit. Elle dit :

« Je me suis parfumée. »

Elle dit :

« J'ai apporté à boire. »

Elle dit :

« Il fait noir. Je n'ai plus de formes. Je ne suis plus laide. Haooouh ! »

Elle dit :

« Je vais vous embrasser avec ma langue. »

Il sent son souffle chaud le chercher. Un goût rance fait le tour de sa bouche. Elle le mouille comme un animal.

Elle rit. Elle dit :

« Je vais poser ma main sur vous. »

Elle la pose sur son sexe. Une coquille chaude. Et puis, d'un coup, elle referme ses doigts. Elle tord pour faire mal et plaisir.

« Haooouh ! fait-elle, Jésus d'Estramadure avait peur de moi. Toi, tu n'as pas peur ! »

Elle se tait. Elle se tait. Elle se tait.

Elle dit :

« Je te donne à boire. »

Elle fait un geste dans le noir. Cobb sent le goulot d'une bouteille de plastique contre ses lèvres. Il boit avidement.

« De l'eau du puits, dit Ségolène. Elle est fraîche, non ? »

Elle retire la bouteille de la bouche de Cobb. Elle attend, immobile dans l'obscurité. Il sent sa respiration rapide.

Elle dit soudain :

« Jimmy ? J'ai vingt-deux ans. Et je n'ai que ça. Me faire tringler. »

Elle dit :

« Si je te détache les mains, est-ce que tu seras gentil avec moi ?

— Oui, dit Cobb. Tu peux être sûre. »

Minuit

Jessica se lève.

Elle est différente avec ses cheveux dénoués sur les épaules. Elle porte sur la peau une chemise de nuit de coton rude. Des restes de sa mère. Son père avait su garder intact le contenu des armoires à linge. Et l'odeur ne meurt pas avec ceux à qui elle a appartenu.

Pour Jessica, sa mère est un médaillon. Ou bien encore, cette blondeur pâlotte, figée les mains jointes, au creux d'une bible. Elle est aussi la vedette candide de deux douzaines d'instantanés Kodak pris dans les années 30. Un rire avec un bandeau autour du front. Une femme en crêpe de Chine, la propriétaire d'une paire d'escarpins posés sur le capot d'une voiture Ariès. Une femme en gaine Charmereine, regardant l'objectif avec un sourire crispé. Et cette adolescente sépia, courant sur la plage d'Ostende.

Minuit sept

Jessica marche pieds nus sur la tommette.

Sa dureté la reprend. Ses dents se serrent. Ses cheveux libres la gênent. Vite, un peigne. Qu'est-elle sans sa force ? Qu'est-elle sans son chignon qui la retient ? Sans sa netteté qui la protège ? Qui

193

sont les hommes qui ont traversé sa vie ? Qui sont-ils, les rustres ? Qu'ont-ils été, à part des corps acharnés à la souiller ? Où est la pureté tant souhaitée ? Tant redoutée aussi ? Où est Dieu, dans cette affaire ? Où est le Dieu de son père ? Pourvoyeur d'équilibre.

Jessica regarde ses bras blancs. Sa chair de poule, si elle se caresse. Elle n'est pas encore vieille. Elle est déjà sans espoir.

Elle gagne la véranda. Elle s'assied dans le fauteuil bleu. Les formes du rocking-chair la guident comme un tuteur. Elle se raidit. Elle reprend ses forces. Elle s'installe pour la veille.

Elle se balance. Elle se balance.

Au-delà de la véranda, la cour. Au-delà des murs, la terre. Au bout de la plaine, le rêve.

Ce soir, pour Jessica, le rêve est un homme qu'elle n'aura jamais en sa possession. Un fugitif qui la touche parce qu'il est démuni. Et seul. Et qu'il ne dispose plus du choix de ses routes.

Jessica ferme les yeux. Au creux du fauteuil, elle se balance.

Jessie où es-tu ? Ton rêve t'emporte, Jessie. Ni souvenirs, ni futur. Comme morte, Jessie. Un livre te remonte aux lèvres. Les mots d'un écrivain. L'écrivain disait qu'on n'inverse pas le temps à moins de vivre les yeux fermés, et les oreilles sourdes...

Ferme tes yeux, Jessie. Et balance ton cœur. Arrête, pour voir.

Tu vois, il ne bat presque plus.

Minuit quinze

Au-dessus de la véranda, à la minute même, Gusta Mangetout monte sur une chaise.

194

Elle se jette dans le vide. Elle a une corde au cou.

Sa nuque d'enfant se rompt.

Minuit seize

Léopard-Buick N'Doula est derrière le hangar.

La mentalité totalement tam-tam-force et gué-rillo-command-car, il vient de planquer neuf cent quatre millions de centimes dans le capitonnage arrière de sa Stude.

P'ésentement, enco' une ca'esse, un 'egard à la belle ame'icaine, futu'e voitu'e P'ésident, il remet soigneusement en place la housse imperméable qui la protège contre la rouille.

Plus qu'à attend' samdi, mon 'ieux, ap'ès tu bats la 'oute.

Soméca-Buick, la tête fourmillante de projets politiques, repasse en douce et catimini devant l'ancienne forge. Brusquo, il croit entendre un gémissement. Râle. Sorte de.

S'immobilise sur ses cannettes.

Prend ça pour un animal. Tend l'oreille. Ecoute. Rien. Rien plus. Tiens?... Non. Alo's çi sù'cment un rêve, li nerfs qui jouent di tou' de con.

Repart, l'Africain. Y, en avant la g'impette, rimonte jusqu'à sa chamb'ette, do'mi' en rêve i domination su' un matelas d'o'i de 'ichesses.

Dans l'ancienne forge transformée en atelier, Horace marche comme un somnambule. Ce qu'il ressent lui échappe. Une sorte de nécessité contuse qui gonfle tout son être. Une violence plus forte que la raison.

De temps à autre, comme s'il était en proie à quelque douloureuse migraine, il porte la main à sa tempe et pousse un grognement.

Il se rend jusqu'à un placard ripoliné et en ouvre la porte soigneusement cadenassée. Hébété, il regarde, exposés sur des étagères, les trésors qu'il détient. Rien que des objets orphelins. Rien que des objets doubles. Jumelles, lorgnons, salières, burettes à huile, ciseaux, soutien-gorge, chaussures à talons — objets déroutés, piratés, sans que personne sache. Son secret. Son obsession à tête double.

D'une main tâtonnante, comme s'il retardait un plaisir, il va chercher sur l'étagère la plus haute les lunettes cerclées de plastique rouge qu'il a dérobées l'après-midi même.

Il les chausse. Les branches en sont reliées à une chaînette dorée. Il la passe autour de son cou. Les maillons giguent autour de ses oreilles.

Le monde devient myope. L'atelier devient aquarium. Il assure l'équilibre des verres sur son nez, puis, les bras tendus devant lui, il s'avance. Poisson aux yeux étonnés, il traverse ainsi la forge, contourne une enclume au sang froid, et s'arrête contre un mur.

Le souffle raccourci, au travers d'une meurtrière, il fixe obstinément la plaine.

Là-bas, au-dessus des lunettes qui glissent imperceptiblement, il y a le camp.

Il y a une lueur.

Il y a la blonde.

Minuit trente

Ségolène a délivré Cobb.

Elle s'est jetée contre lui. Elle s'est mise à crier son envie. A pleurer, à rire, à menacer. A se livrer toute. Elle a dit que si elle voulait, elle pouvait appeler le policier.

Sans qu'il y puisse rien, il a eu ses seins plein les mains. Son haleine contre lui. Sa bave. Son ventre. Et sa motte.

Elle se trémousse. Elans sans suite. Front brûlant. Fièvre sans répit. Dans l'obscurité, elle répète :

« Je voudrais tant qu'on m'aime... Je voudrais tant... »

Cobb pense au flic, quelque part dans la ferme.

Minuit quarante-cinq

Maintenant, Ségolène dit :

« Baise-moi, baise, sans quoi, je crie! Gaule-moi toute! Soulève-moi avec ton foutre! Prends-moi vive! Vois, je suis gonflée comme une outre! Mange! Mange-moi, broute! »

Il l'arrête. L'étreint. La maîtrise.

Elle se cabre.

A mots bas, tout doux, en américain, il l'apaise.

Trop tard. Elle se tend. Le ventre offert. Arquée sur les épaules. Elle est dépassée. Hystéro. Elle ne l'entend plus. Elle met trop de force à sortir de son corps. A être plus qu'elle-même. A être tout ce dont elle a rêvé.

Soudain, elle jaillit de sa laideur. Elle casse le triplex de sa maison de verre. Elle crie toute sa maboulite.

« Haooouh haooouh ! »

Et les chiens aboient derrière elle.

Cobb roule sur elle pour essayer de la mainte-nir. Pour l'empêcher de crier. Son ventre, son poids sur elle. Il la terrasse. L'autre folle hurle. Elle se dégage.

Dans les ténèbres, elle dit, elle a recours, elle ne trouve plus que ça, des obscénités bouleversantes :

« Cloue ! Cloue-moi jusqu'aux roustons ! Bou-che-moi ! Perce ! Fends ! Vide ! Saigne ! »

Tout ce qu'elle peut trouver de plus bestial. De plus fort. De plus sincère. Une sorte de ferveur ordurière. Un besoin d'être aimée comme rarement atteint.

« Ah ! elle suffoque, enfonce-moi bien ! Enfon-ce-moi, ou alors, j'appelle ! J'appelle le flic ! J'appelle ! Défonce-moi ou Ou. OU. »

Doucement, Cobb l'étrangle.

Doucement, il la tue.

Une heure du matin

Il y a une heure à peine, Socrate est retourné à la station-service pour remiser sa bouzine.

Maintenant, Solivaisselle dégraissant et spon-tex extrafine, il rince son prototype avec amour et grande eau.

Tout contus sur ses sorlots jaunes, il astique la belle porcelaine avec un soin de ménagère. Aïcha dans son froc est remisée en veilleuse.

L'inventeur de la voiture propre échafaude des projets d'avenir. Il est branché sur l'élaboration d'un très joli modèle de voiture-théière qui relan-cerait le Chine de Canton, quand le téléphone se met à grelotter.

Socrate fixe l'ébonite. Ose pas décrocher. La peur de l'inconnu qui fait ça.

Finalo, il plonge :

« Voui ? fait-il. Ici garage de l'Industrie, j'écoute...

— Allô, onc' Soc ? »

Une voix familière. Sa nièce, il croit bien. Y a du brouillamini de juke-box plein la ligne.

« Voui ? il fait encore. C'est toi ma puce ? T'as rangé ton p'tit fouet ?

— Houi, tonton. La journée s' tire enfin. Plus qu'un passage de strip-tease à deux heures et après, dodo les mirettes. Ça sera classe for today.

— Qu'est-ce qui me vaut ?... » interroge Socrate.

Il sent bien qu'on n'a pas encore abordé le cœur du sujet.

« Mais... mon amour pour toi, gros tonton, roucoule la radeuse. J'appelais à tout hasard.

— Tourne pas autour du maïs, abrège le Beauceron. Qu'est-ce qui m' vaut c' bigophone à la tarde ? Pourquoi vous avez pas appelé à la ferme ?

— T'as pas la moindre p'tite idée là-dessus, tonton ? flûte la voix de Lily Aphrodisia. Elle est si innocente que Socrate redouble de méfiance.

— Non, il fait avec l'air bête. Franco, je vois pas bien.

— Alors, je te tends la perche, dit Lily. Qui c'est que j'ai en face de moi ? »

Le plouc soulève son galurin. Se congestionne un peu. Le cul ? Et si c'était que ça ?

« Ch'ais pas... « grosses mamelles Adenauer » ?

— Perdu tonton ! C'est le gamin qu'est ici. Le Chim que tu cherchais !

— Non ?

— Si. »

Il y a un silence d'étude.

Aphrodisia reprend sa meilleure voix :

« Paraît en pleine forme, le minot. Nous est arrivé par la route. Paraît qu' vous êtes cernés. »

Nouveau silence. Socrate pipe pas mot. Il entend Pierrot Perret chanter sur un disque les mérites extasiants d'un derrière de Josette. Après six secondes d'interlude, il se risque :

« Lily ?... Tu pourrais me l' passer, l' gamin ? »

La réponse tarde à venir.

« J' crois pas que j' puisse le déranger, onc' Soc. En ce moment, y cause. »

Le plouc fourrage sauvagement son crâne. S'affole.

« Y cause ? Y cause à qui ? Y cause de quoi ?

— Y cause aux hommes, fait la coquine. A Marcel. Et à Snake. Y cause de lui. Y dit qu'il est un autre. Un nom italien. Pour le moment, on n'y comprend rien. »

Socrate respire.

« Mais... il s'inquiète, il a des bagages ?...

— Rien. Juste ce qu'il a sur le dos. Ça l'empêche pas d'être plein aux as. Et sans arrêt, il le prouve.

— Passe-moi ce p'tit connard !

— ... Y veut pas t' prendre, onc' Soc. Il est trop occupé.

— M' enfin ! Qu'est-ce qu'il fait... à part tomber de sommeil ?

— J'ai pas dit ça. Il a l'œil vif.

— Bon ! Qu'est-ce qu'il maquille ?

— Il boit un scotch qu'est son aîné de vingt ans. Y tripote toutes les filles. Y vient d'allumer un cigare.

— Un cigare, nom d'une bite !

— Houi, onc' Soc. Avec un billet de cinq cents balles. Et maintenant, tu sais c' qu'il vient d' faire ?

— Non, dit Socrate, écrasé par la fatalité qui s'acharne.

— Y vient de glisser un billet plié en quatre dans la raie des fesses à Maggy. Et y dit que c'est un placement. »

Socrate laisse tomber son fondement personnel sur un bidon d'huile de vidange. Il est là, sans ressort, à se contempler les pieds, quand un grand tumulte et des chocs divers lui percutent à distance le tympan. Il écarte l'appareil de son oreille et, tout étonné, entend une voix grasseyante s'adresser à lui :

« Ici, c'est Snake, annonce la voix. Le môme, il a pas seulement dit que la tirelire de Maggy était un placement, il a dit aussi que vous étiez tous de sacrés fumiers.

— J' comprends pas, dit Socrate.

— J' vais être clair, dit Snake. Le gosse dit que c'est son père qu'a le magot. Et nous, on s' propose d'aller lui faire la peau. »

Monsieur Snake

Alors là, Chim se marre en tirant sur son Davidoff. La vie, suite et pointillé de traces éblouissantes, lui paraît de plus en plus chic. Et même, pour tout dire, carrément farce. Rehaussée technicolor à volutes.

Trois whiskies derrière le cigare, un coude sur l'épaule de Maggy et sous le nom d'emprunt d'Aniello Della Croce, il zyeute, en cours de prestation, Kaki-Canaille, strip-teaseuse britannique.

A ses côtés, Maggy-pétasse mange sa bouche pour faire débuter son rouge à lèvres. Elle caresse la tempe de Chim et lui balourde un regard admiratif.

« Ça va mon chou ? qu'elle fait d'une voix d'oasis. T'es content ? T'as tout c' qui t' faut ? »

Et forcément, Aniello peut pas dire non. Ce serait du dernier impoli. Tout à l'heure, Maggy-pute lui a mis les doigts cutex sur la guiguite. Même que depuis ce temps-là, elle est tout pouvoir et domination sur son corps.

Sur la scène, tendue de velours de cinéma, Kaki-Canaille se déchaîne. L'Outre-Manche lance la jambe en l'air. Elle remonte sa main écartée sur elle-même comme si ça la foutait dans toutes les transes. Sur l'électrophone, le tango repart du pied droit. Kaki dégage. Elle fait tsan-tsan jusqu'au fond du décor. Là, elle se cabre, renversée vers la salle.

Les gogos de *L'Ange Bleu* applaudissent devant leur demi-brut impérial de chez Mercier.

Maggy-michetonne se lève. Elle dit à Aniello Della Croce :

« 'Scuse-moi, trésor, faut que j'aille renouveler. »

Elle se dirige en chaloupant vers une table voisine. Elle s'assied sur les genoux d'un marchand de grains. Presque aussitôt, elle commande du champagne en riant.

Aniello della Croce a légèrement mal au cœur. Le dernier tiers du cigare qui fait ça.

Sur les planches, l'Angliche personne a retiré sa robe en deux coups trois pressions. Sa peau pudding prend des rougeurs soudaines en approchant des spots.

Elle fixe le minot.

Elle lui fait un clin d'œil infernal. Elle tire la langue comme pour faire fondre une sucrerie. Elle descend de son perchoir. Elle vient carrément installer son derrière devant Chim. Appliquant à la lettre les instructions de M. Snake, elle tourne sur son talon-aiguille. Elle plonge vers l'avant. D'un trait de son boa arc-en-ciel, elle partage en deux les mandarines de ses fesses. Il y a même pas la place pour un billet de cinq cents balles.

Quelqu'un tapote sur l'épaule de Chim. M. Snake, justement. Le gamin se retourne et lui sourit. Il se sent très en confiance. Parmi les siens, pour ainsi dire.

« Alors, Aniello della Croce, dit M. Snake, est-ce qu'on s'amuse ? »

Della Croce prend l'air blasé. Il dit :

« Bof. Les Britiches, c'est pas mon trip. Elles ont les fesses un peu fragiles. Non, moi, c' qui m' plairait, ce serait d' voir le derche à ma frangine. Au moins, c'est du rebondi. »

M. Snake s'enroue dans sa voix cassée. Il dit :

« T'as raison, fiston. L'inceste, il y a que ça de vrai. »

Et il pose sa main baguée sur l'épaule de Chim.

Dès qu'il est arrivé à Chartres, ces messieurs de *L'Ange Bleu* lui ont tout de suite témoigné de l'intérêt.

Forcément, s' pas ? Une sœur au tapin et M. Torontopoulos comme contact, ça crée des intimités. Des raccourcis. Tout le monde a été aux petits soins. On a mangé. On a bu. On s'est vachement amusés.

M. Julio, troisième couteau milanais, a même cédé son Borsalino en contrepartie des informations fumantes que Chim apportait de la Beauce. Un Borsalino à bords courts. Qualità Victoria. Et marqué Alessandria Italia. Antica casa fondata nel 1857.

Ce que ces messieurs savent pas, c'est que Chim leur a raconté que des conneries. Tandis que lui, avec une bande de carton à l'intérieur, le bitos lui va « comme un braquemart à un travelo ». Texto l'expression employée par M. Torontopoulos, un homme qui, comme l'a fait remarquer Maggy, ne tricote pas ses métaphores dans de la dentelle de Calais.

Pour avoir dit ça, Mlle Maggy s'est récupéré une tourlousine sur le tarbouif. La grosse chevalière à M. Torontopoulos lui a pas fait du bien sur le moment. Elle a commencé à faire du ragaga et, comme d'habitude, c'est M. Snake et son prestige qu'ont fait rentrer les choses dans l'ordre.

Plus tard, quand il sera entièrement gangster, Chim ne veut avoir que cette sorte de prestige. Il respecte M. Snake. Ça n'empêche pas de se faire des vacheries. Mais il respecte M. Snake.

M. Snake fait son sourire en or. Il dit :

« Dis donc, Aniello... tu veux bien que je t'appelle Aniello ?...

— J' demande que ça, dit Chim.

— Si Aphrodisia fait un strip rien que pour toi, dans une piaule à part, tu nous diras comment ça s'est passé exactement avec le Jimmy Cobb ?

— Sûr, m'sieu Snake, dit Chim. J' vous dirai surtout comment que mon père a mis la main sur le pognon. »

Il se penche à l'oreille de Snake. Il dit :

« Horace, j' vous préviens, c'est un salaud. Y faudra vous méfier de lui, monsieur Snake. Y voudra jamais dire où est le pognon. A mon avis, vous s'rez même obligé de le tuer.

— Sois tranquille, fiston, grasseye M. Snake. Si l'occasion se présente, on n'y manquera pas. »

Chim baisse les yeux. Il se dit que pour son crime d'Horace, il a pas mal manœuvré.

Horace a la main serrée sur un manche de pio-che. Il s'en est servi comme d'une canne pour arriver jusqu'ici.

Ses tempes battent. Le sang raffute dans ses veines. Il se tient immobile devant les tentes.

La bleue est plongée dans l'obscurité. La jaune, à contre-jour de la lampe à camping-gaz, lui donne un bouleversant théâtre d'ombres.

Le plouc s'approche encore un peu.

Une silhouette agenouillée se découpe sur la paroi translucide. Elle bouge dans l'axe. Elle devient plus nette. Le profil de la blonde se pré-cise. Elle lève les bras. Elle passe son tee-shirt par-dessus sa tête. Sa poitrine se dresse.

Tout se brouille et devient diffus lorsqu'elle rebaisse les épaules et balance son vêtement. Les ombres restent floues un moment.

Sans prévenir, la toile de nylon se met à pocher, repoussée de l'intérieur par une forme de la taille d'un ballon. Et d'une rondeur parfaite.

Horace sent une envie brute lui dévaler par les reins.

Brusquement, le théâtre s'éteint.

Un bruit d'étoffe froissée annonce que la blonde se coule dans son sac de couchage. Elle cherche un moment la meilleure position. Frois-sement encore. Corps qui se retourne. Insatisfac-tion. Exactement, pense Horace, comme les cor-neilles dans le petit bois, le soir, au coucher du soleil. Quand elles se branchent, s'envolent une dernière fois. Croassent d'une voix d'angoisse. Repartent. Volettent. Et se perchent enfin, bou-geuses et jacassières jusqu'à la nuit noire. Comme affolées à l'idée de se taire. De s'endormir. Et d'affronter le silence, acceptation d'une courte mort.

Comme pour donner raison au plouc, une voix s'élève depuis le fond de la tente. Une voix inquiète. Détimbrée. Une voix d'enfant, presque.

« Erica ? Erica, schläfst du ? »

Et un gros soupir.

Ingeborg

Erica n'a pas de cœur. Seulement sa force et sa santé.

Erica dort toujours la première. Erica est toujours sûre d'elle-même. Erica dort sur le dos. Elle a l'orgueil et le sans-gêne d'un homme. Jusque dans sa manière de dormir.

Ce soir, Ingeborg Johanneson n'arrive pas à vaincre le sentiment d'angoisse qui monte en elle.

Ingeborg est Suédoise, elle a vingt ans. Employée d'hôtel. Elle connaît Erica depuis mai.

Erica a vingt-cinq ans, elle paraît plus. C'est une Allemande. Une infirmière.

Des jeunes filles très libres. Elles sont parties le 2 mai de Göteborg, où elles se sont rencontrées. Rencontrées et aimées. C'est la première expérience homosexuelle pour Ingeborg.

Si ce soir elle ne dort pas, c'est parce qu'elle vient d'avoir sa première dispute avec Erica. Erica est tombée amoureuse d'une Française.

Erica, ce soir, a préféré dormir seule.

Ce soir, elle n'a pas pris Ingeborg Johanneson

dans ses bras. Pas de chant. Pas de caresses. Et pas d'amour. Le couple est désuni.

Erica est partie tout l'après-midi Dieu sait où. En vélo. Quand elle est rentrée, elle a demandé à Ingeborg si seulement elle avait retrouvé ses damnées lunettes sans lesquelles elle n'est rien. Ingeborg a dit que non. Erica a haussé les épaules. Ces choses-là, la vulnérabilité d'Ingeborg, l'irritent.

Elle n'a même pas dit bonne nuit. Chacune dans sa tente.

Une heure vingt

Ingeborg a trop chaud dans son duvet.

Elle en ouvre la fermeture Eclair et gigote sur l'étoffe matelassée.

Quand elle touche la main qu'elle rencontre sur son visage, elle n'est pas sûre de sa réalité. Elle sent de la chaleur et elle pense à Erica.

Une haleine pestilentielle la détrompe. Elle touche des poils partout sur un avant-bras musclé. Elle essaie de crier.

La main l'étouffe.

Un poids infernal s'abat sur elle. Des godillots la blessent. Une boucle de ceinturon écorche son ventre. Le souffle lui manque.

Un premier coup l'atteint à la tête.

Elle voit des taches claires et sent un liquide chaud sur son nez qui se brise.

Un autre coup frappe au même endroit. Un peu plus haut sur le front peut-être. Elle sent aussi des choses contradictoires, une main qui fouille son sexe, l'haleine qui revient et la submerge. Et puis, elle pense qu'il vaut mieux être violée que de perdre la vie.

Elle dit en suédois :

« Ne me tuez pas ! Je vous en supplie ! »

Elle répète la même chose en anglais.

Elle écarte les cuisses parce qu'elle a mal. Elle reçoit un nouveau coup qui lui fait éclater le visage. Elle sent clairement son sang qui se répand dans toute sa boîte crânienne.

Elle se dit que son cerveau a beau être une éponge, elle ne pourra jamais arriver à essuyer toute la table.

Elle se revoit à l'hôtel de Göteborg où elle travaillait. Elle se dépêche de monter avec une serpillière et une nouvelle bouteille de champagne au 24.

Elle frappe. Elle ouvre la porte.

Erica rit en la voyant.

Elle lui retire ses lunettes.

Ingeborg ne sent plus rien.

Elle est morte.

Une heure vingt-cinq

Jessica immobilise le fauteuil bleu. Mue par un pressentiment, elle passe dans la cuisine. Elle ne trouve pas Gusta endormie au travers de la table, comme à l'accoutumée.

Elle découvre presque aussitôt la lettre laissée par la servante. Elle l'ouvre.

C'est adressé à Joachim, à son fils. Le papier à lettres sent la lavande. Un monde comme on n'en fait plus qui se tire à la ligne. Une lettre de politesse et d'humilité. Des mots dessinés d'une belle écriture sergent major. Pleins et déliés. Faute

d'orthographe, aucune. A l'encre mauve, souli-
gnée de rouge, à la règle : un trait sur le passé.

Voici les propres mots de la vieille :

« Ça, mon p'tiot Chim, j' m'en vas pour de
bon.

« J' te laisse c' que j'ai durement acquis.
Tout. C'est un don.

« Quatre sous de misère, un peu d'or dans
l' grenier, sous le matelas,

« Garde-le pour toi, mon fieu, et plus tard tu
t' diras,

« C'est Mangetout, celle, l'unique qui m'a pas
oublié, Gusta,

« Une femme sans dents, sans homme, toujours su' l' tas,

« Servante toute sa vie, morte d'avoir été
mise sens d'ssus-d'ssous,

« Morte d'injustice et qui t'a laissé tous ses
sous.

« Gusta. »

« P.S. Une fois relu, c' te morceau d' prose
est pas tellement bien rimaillé.

« Fais rien. C'est l' cœur qui compte et
j' rends mon tablier.

« J' te donne aussi la boucle en argent qui
orne mes souliers,

« Un arpent de terre que j'ai, sis à Ablis, et
ma vieille chaise à rempailler.

« Je crois que tout est dit et je reste pour ta
mère, sa très dévouée.

« Gusta Mangetout. »

Jessica lève machinalement la tête. Elle monte
au grenier. Elle trouve le corps pendu de la

vieille. Elle redescend, replie la lettre, la replace dans l'enveloppe. Elle dispose l'enveloppe là où elle l'a prise. Bien en évidence. Sur la table. Elle va jusqu'au vaisselier, ouvre le tiroir.

Et d'un coup, elle voit tout son plan.

Une heure trente

Socrate court comme un damné pour rentrer à la ferme. Coupe à travers champs. Loupiote en main, Wonder que si l'on s'en sert, il dévale par les maïs. S'agit de prévenir son frangin des derniers développements. Le gosse retrouvé à Chartres. Et surtout les conneries qu'il est allé raconter aux autres dangereux. Sans compter les menaces de mort qui pèsent sur Horace. Parce qu'attention, le Snake, rien qu'à l'entendre, avec sa voix de guitare désaccordée, on sent bien qu'une vie de paysan compte pas beaucoup pour lui. Le genre d'argousin qui vous assassine d'abord et qui boit le coup de blanc après.

Tout boursouflé de rougeurs de contrariété, Socrate arrive à Morsang.

Y rameute sans faire trop de bruit la Jessica. La trouve en devanture de sa véranda. Zombie dans ses dentelles d'autrefois, raide comme le passé, se balançant sur place, comme si rien plus existait.

Socrate tape aux carreaux.

Elle paraît le remarquer à retardement. Une personne qui reviendrait d'un autre monde.

Trois gros chiens, alertés par le tambourinage, se pointent en grondant. Socrate se nomme. Les fauves le lèchent. La fenêtre s'entrebâille sur Jessie.

« Qu'est-ce que tu veux à cette heure-ci ?

— Parler au frangin. C'est assez grave pour que tu le réveilles.

— Il est pas là, ton damné frère. Et tu vois bien qu'on ne dort pas.

— Mais s'il est pas là, où s' trouve t'y?

— Il était plus échauffé qu'un poêlon. Caractériel comme un taon une veille d'orage. Et de la folie plein les yeux.

— Nom d'une bite! Y s'rait pas r'parti au campinge?

— Il est là ou en enfer, dit Jessica. Et ça m'est bien égal. »

Elle s'apprête à refermer la fenêtre.

« J' vais aller y faire un saut, qu'est-ce que t'en dit, Jessie? »

Elle ne répond pas.

« Ah! C'que je suis emmerdé, se plaint Socrate. Si jamais y rentrait, garde-le bien à la maison. Dis-y qu'il est en danger.

— Plus que tu ne crois », dit Jessie.

Elle referme la fenêtre.

Elle se remet dans son bon Dieu de fauteuil bleu.

« Nom d'une bite! » peut pas s'empêcher Socrate en regardant mieux sa belle-sœur.

Outre un air pas normal, elle tient dans ses bras, comme un enfant, le grand revolver bleu corbeau du Ricain.

Une heure quarante-cinq

Dans ce monde de dingues, Socrate en peut plus de ses sorlots jaunes. C'est trop de douleur pour une seule castapiane. D'autant, d'autant que c'te pointure qui manque volontairement, c'était juste pour faire une diversion. Et diversion, depuis c' matin, ça n'arrête pas. Alors merde, plus la peine de s'entraver les panards avec c't' handicap pour course à pied.

Le garageot retire ses foutues godasses et retraverse la cour.

Y galope jusqu'à sa piaule pour aller enfiler ses grolles de tous les jours.

Cobb se rejette dans l'ombre en l'entendant passer.

Il est descendu du grenier. Depuis une demi-heure, mètre après mètre pour ne pas éveiller l'attention des chiens, il s'est avancé jusqu'à la porte de la grange située en face de la maison.

Il sent que son salut passe fatalement par Jessica. Il attend. Il attend patiemment l'opportunité de traverser jusqu'à elle.

Il bouge.

Un chien s'arrête devant la porte. Un autre le rejoint. Ils reniflent au ras du sol. Sous les planches disjointes. Insistent sur les odeurs. Dérangent la poussière avec leurs souffles. Puis repartent avec un petit cri frustré.

Cobb a enfilé sur lui la robe de Ségolène.

Une heure quarante-sept

Dans sa piaule, Socrate se met debout sur ses godillots. C'est quand même mieux comme ça. Un coup de jaja personnel derrière la glotte, une bouteille cachée sous le lit-cage, et le garageot, tantinet requinqué, repart en courant. S'agit de r'trouver Horace avant qu'il fasse des conneries. De battre la parpagne après lui.

Il part au galop, direction le camp. Et toujours la ligne droite qui reste le plus court chemin.

Chemin-sprintant, d'un coup, nom d'une bite,

212

se bloque sur ses arpions, l'ingénieur. Raison à ça. Et comment! Ce qu'il voit est pas ordinaire : un cochon rose qu'emporte un gros sanglier sur son dos.

La stupéfaction de Socrate augmente en rapport quand il reconnaît la Proserpine. C'te truie qu'il a bien connue plus jeune, quand elle était porcelet, semble pas sentir sa charge. La grosse emmène son goret-sauvage comme une excroissance d'elle-même. Médusé sur place, l'inventeur voit passer devant lui les deux animaux soudés par le stupre.

Ils font plus qu'une bête. Lui, planté dans elle. Et elle, si confiante en l'amour qu'elle inspire, qu'elle pilote les yeux fermés.

Un drôle de monde, j' vous dis. Et c'est pour ça qu'on trouve la force de respirer. La curiosité qui nous mène.

Dès qu'il y a plus rien à voir, Socrate se remet à courir.

Deux heures du matin

A la même heure, Horace rentre à Morsang en passant par-derrière.

Y faut qu'il se lave. Récure, bordel. Une obsession. S' laver. Enlever tout c' malheur qui lui colle à la peau.

Au pied d'un mur, y jette son cul en l'air. Il se rattrape par les avant-bras, une traction qui le conduit à passer par le fenestron des cabinets. Des pieds, il s'aide au reste de l'escalade.

Il poussa le vitrage.

Hop, la tête en avant, il plonge dans le noir. Faut qu'il rencontre personne.

Il se reçoit pas bien loin du trou des chiottes. Il se répand cul par-dessus tête, juste entre le réceptacle à wécénett et le vase de nuit au défunt Van Gasteren. Ça fait un tintamarre galvanisé, surtout parce qu'il se récupère le reste de sa propre viande sur le coin de la gueule.

Après un temps de répit qu'il s'accorde, Horace se rassemble comme il peut. C'est la balayette qui le dérange.

Purodor et embrumé de javel, finalo, il se dresse. Il s'essuie ses mains sur son froc arrière qui craint plus rien. Et va pour s'avancer.

La porte s'ouvre toute seule.

C'est Jessica.

Elle donne la lumière. Sous la giclée des wouattes, le plouc voit bien qu'elle n'est guère amicale. Elle regarde sans un mot sa chemise tachée de sang.

Plus que tout, elle brandit un gros revolver.

Brusquo, une flamme orange tire la langue à Horace. Un express lancé à vive allure lui emporte la tête. Et la tartine et confiture sur tous les murs.

Deux heures trois, exactement

Le chef Marceau saute en l'air sur son lit.

Pas de doute là-dessus, il vient d'entendre aboyer une arme de fort calibre.

Un faisceau d'ordres préfabriqués et les vestiges d'une discipline de fer graissent vite fait les rouages et réflexes en tous sens du gendarme d'élite.

Il gicle sur ses pieds. Alerte rouge.

Coincée par l'exiguïté des cabinets, Jessica tient encore le revolver au bout de ses deux mains crispées.

Elle regarde avec dégoût le gros corps sans cou. Cabrée au travers de la lunette Jacob et Delafon, la panse entripaillée tressaille. Des soubresauts qui ressemblent encore à la vie.

Jessie ferme les yeux et appuie encore et encore sur la gâchette.

Deux nouveaux coups de feu éclatent dans la nuit.

Cobb sait parfaitement qu'ils viennent d'en face. Il a reconnu le son de son Smith & Wesson.

La main sur ses lunettes nyctalopes et l'autre sur son flingot d'assaut, Marceau irrupte sur le balcon. Quatre à cinq, il déboule sur l'escalier du meunier.

Les chiens, sortis de nulle part, le lèvent en moins de deux. Ils se mettent illico à attaquer l'intrus. D'un coup de crosse, il chasse le plus hardi. Les autres s'écartent.

Il passe.

Arrivé dans la grand-cour, le gendarme voit toutes les lumières s'allumer.

Une silhouette de femme se découpe sur la véranda.

Marceau court jusqu'à elle.

« Qu'est-ce qui se passe ? »

Il reconnaît la patronne. Elle est blanche comme du lait. Elle dit :

« Vous en avez de bonnes ! Quelqu'un est entré chez nous ! Il m'a tué mon mari ! J'ai crié, seulement vous dormiez !

— Qui était-ce ? Où est-il ? »

Jessica montre le porche. La plaine. La nuit.

« Parti ! Y vous a pas attendu ! »

Le gendarme ne se le fait pas répéter. Suivi par les chiens, il cavale dans la direction indiquée.

En courant, le chef Marceau arme son FRF1. Ses muscles fonctionnent comme des bielles.

Deux heures quatre

Saïd, en babouches et rien du tout sur le zob, tambourine et vitupère à la porte de son copain Soméca-Buick. Le tractoriste a beau pas répondre, l'Algérien entre dans la piaule.

Il trouve le négro la tête cachée dans son plume. Cul dressé et oreilles closes. Refus d'entendre et mauvaise foi.

L'Algérien dit :

« Mi merde ! T'as pas entendu ? Dis, t'as pas entendu ?

— P'tit pt'it peu. Pas beaucoup, dit l'Africain. Ji fais l'autruche !

— Ça canardait ! Ça canonnait ! Et la patronne, elle a crié !

— J'i tout entendu, mi li zhistoi' de blancs, ji m'en lave les fesses ! Y faut pas s'en mîler !

— Hasma, mon frère ! On peut pas laisser faire la non-assistance quand il y a du danger ! s'entête le Maghrébin. Moi, ji souis di divoir. Ça cogne ? T'i cougnes !

— Encoulé ! Mi encoulé ! Çi coume ça qui t'i devenu harki ! I traît' à ton pays !

— Ji souis français ! Ji li dicorations !

— T'i trop con ! I t'i ricidiviste ! Voilà c' qui t'es, mon 'ieux, présentement ! »

Là-dessus, l'algarade s'arrête. Saïd pousse un soupir et puis s'affaisse. Soméca a pas le temps de rouler des yeux d'étonnement, rien, que, ça y est mon 'ieux, c'est son tour, une barre de fer lui fracasse le crâne. Et c'est tout noir.

Cobb enjambe le grabat. Il commence à attacher les deux hommes.

A la même heure...

Socrate est arrivé au camp.

De sa Wonder, il balaie l'espace. Ce qui le frappe en premier lieu, c'est qu'il distingue qu'une seule tente. La bleue. Pas la jaune.

C'est seulement en approchant qu'il constate le grabuge.

La tente jaune est abattue. A croire qu'un œil de cyclone a regardé la Beauce. La toile est froissée par une poigne surnaturelle. Les mâts fauchés comme après une tornade.

Socrate essuie sa nuque en sueur. Il ne rêve pas. Une tache rouge auréole tout le versant le plus proche de lui. Un goutte à goutte qui se propage. Irrigue selon le caprice des fripures : mille petits ruisseaux de sang, nom d'une bite, qui se rejoignent en une grosse flaque épaisse.

Le garageot incrédule prête même pas attention aux éclairs de chaleur qui zèbrent la noirceur du ciel. Il fait deux pas en avant. Et se casse la gueule.

En se retournant sur le piège-à-con qui l'a fait culbuter, il constate avec horreur qu'il est nez à bouche avec la Chleuh à nattes.

La Walkyrie a la tête éclatée sur le côté. L'oreille qui saigne encore. Et le cuir chevelu décollé par une force de barbarie jamais vue. Sa cervelle apparaît à ciel ouvert. Et ses dents sont plus qu'un sourire écarlate.

Socrate résiste pas longtemps.

Son estomac se retourne à son insu. Il gerbe et restitue tout ce qu'il détient dans sa boyauderie.

De l'île flottante au pâté d'alouettes.

Il se mouche dans ses doigts. Des glaires. Des restes de bouffe. Pouah.

Il reconstate le carnage. Œuvre à Horace, pas de doute.

Il regrimpe sur ses cannes qui sont pas encore de première rigidité. Il avance un peu. Au ralenti. Comme dans un cauchemar. Preuve, y croit entendre des chiens.

Il se risque. Il soulève la toile de tente.

Là-dedans, c'est pire. Une vraie tue-cochon. La gamine blonde est disloquée. A éclaté comme une bombe. Plus martelée de coups qu'un chaudron qu'on dinande.

Cette fois, Socrate refuse même le grand air. Y se sent tourner de l'œil.

C'est la voix des chiens et le bruit de celui qui arrive en courant qui l'empêchent de s'évanouir comme une grande chose sans consistance.

Nom d'une bite, il éteint sa lampe. Il se traîne, quatre pas, vers le buisson d'épinettes. Là, il trouve ce qu'il aurait pas osé rêver de trouver : un foutu bon gourdin pour s' défendre. Droit comme un manche de pioche.

Comme l'autre dangereux est tout proche, vite, il s'écrase au sol.

Marceau, le souffle réglé, sportif, musculation et dix kilomètres de footing chaque matin, arrive au pas de course.

Une fois à pied de catastrophe, le fliquos, lui aussi, constate l'atrocité. Il marque moins d'abattement subit que Socrate. Son esprit professionnel, plus aguerri à ce genre de spectacle, se délie plus vite. Le voilà qui se met à chercher partout l'auteur du carnage. De ses lunettes nyctalopes, il fouille les environs.

Les chiens, aiguisés par l'instinct, se mettent eux aussi à tout renifler au peigne fin. Ils se regroupent autour des cadavres. Une atrocité de plus.

Socrate prend peur.

S'il laisse faire, il sent que Marceau va pas tarder à le débusquer. Une fois déjà, le FRF1 a pointé dans sa direction. Et les chiens. Ces cons.

Socrate prend vraiment peur.

D'ici à ce qu'on lui colle sur le dos toute cette bidocherie, y a pas des kilos. C'est les assises à tous les coups. Merci bien. Merci beaucoup. Et de toute façon, allez vous expliquer, si c'est pas lui qu'a fait ça, c'est donc son frère.

Socrate hésite plus.

Y balance le gourdin de frêne de toutes ses forces sur la nuque du gendarme.

Dès que c'est fait, à la manière dont le mannequin s'affaisse, le plouc sait qu'il a fait la connerie de son existence. Dans le noir, un éclair fait la danse du sabre. Un beagle surgit et lui lèche le visage. Tout soudain, l'animal s'assied sur son cul et se met à hurler à la mort.

Socrate sait que rien sera plus jamais comme avant.

Deux heures trente

Jessica tire le corps d'Horace par les pieds. C'est lourd. Tous les cinq six pas, elle s'arrête. Reprend souffle. Durcit ses mâchoires. S'attelle encore. S'arc-boute sur le fardeau. Repart. Une volonté. Un désespoir. Une force.

Derrière elle, zigzague une traînée de bouillasse rouge. N'importe. Elle hale. Elle se bat. Elle continue.

Elle passe le couloir. Elle attaque le carrelage de la cuisine.

Des mains surgissent de l'ombre et prennent le cadavre par les aisselles. Aucune panique de la part de Jessica en voyant Cobb.

Au contraire, elle dit :

« Je vous attendais. »

Il dit :

« Vous avez des nerfs. »

Elle hausse vaguement les épaules. Raffermit sa prise autour d'une cheville. Chasse une mèche d'un balancement de tête.

« C'est pas plus dégueulasse que les bêtes. Pas plus dégueulasse que ma vie, dit-elle. Et puis la haine, ça vous fait passer sur tout. »

A reculons, elle reprend l'initiative de la procession. Elle guide Cobb vers la cave. Ils descendent vingt et une marches. Ils tirent le corps dans la deuxième salle voûtée. Une cave à vins. Le sol est en terre sablée.

Jessica s'essuie le front comme après un travail. Elle désigne le cadavre. Elle dit pour que les choses soient claires :

« C'est *votre* meurtre. Parce que c'est *votre* revolver. »

Elle ajoute :

« Donnant donnant. Je n'ai pas changé : je suis prête à vous aider. »

Il dit :

« Il faut commencer par effacer le sang, là-haut. Le gendarme peut revenir d'un moment à l'autre. »

Ils remontent.

Cobb va fermer la porte à clef. La femme sort des seaux. Des serpillières. Les choses deviennent totalement matérielles. Ils se parlent en frottant. En récurant.

Cobb dit :

« Eh bien, nous sommes complices, à partir de maintenant. »

La femme frotte. Récure. Tarde à répondre. S'acharne sur une tache. Finit par dire :

« Je ne fais pas ça pour vous. Je le fais surtout pour moi.

— Il va falloir que vous alliez à Orléans. Que vous alliez à Paris. C'est votre part.

— J'irai, n'ayez pas peur. De toute façon, j'aime autant ne pas être ici. Au moins, s'il arrive quelque chose de plus, ce ne sera pas moi. »

Elle lève la tête :

« J'ai l'intention de m'en sortir. Ce que j'ai fait, ce n'est pas moi. Ce n'est pas ma nature. C'est la vôtre. C'est *vous*. »

Elle se remet à éponger le sang. Elle dit :

« Ce crime, ce ne sera jamais moi, n'est-ce pas ? Même s'ils vous reprennent. »

Il ne répond pas.

Les yeux bleus de la femme se durcissent. Son cou devient plus droit :

« De toute façon, je nierai. On me croira. »

Elle se remet au travail. Elle dit :

« Je vais vous rendre votre revolver. Vous pouvez vous cacher à la cave. Je vous conseille de tuer Socrate. Vous pourrez prendre des habits de mon mari dans la chambre. »

Il essore sa serpillière. L'eau devient du sang gris.

« Vous faites tout pour m'enfoncer, c'est ça ? »

Elle répond comme un défi :

« Pour le revolver, j'avais mis des gants ! Elle les sort de la poche de son tablier. Ceux-là ! Je vais les brûler dans la cuisinière. »

Elle se sauve en courant.

Il entend les plaques de fonte qu'elle fait glisser avec le tisonnier. Elle les remet en place. Il la rejoint. Elle l'évite, longe la table de l'autre côté. En passant, elle jette un vague regard à la lettre laissée par Gusta, sans y toucher. Elle n'y fait pas allusion.

Elle essuie les dernières traces. Lui, va au vaisselier. Il récupère son arme tandis qu'elle le dévisage.

« Vous n'avez rien à craindre, dit-il. J'ai trop besoin de vous. »

Elle lui tourne le dos avec ostentation.

« Comment vous appelez-vous ? demande-t-il encore.

— Jessica. C'est mon nom, Jessica. »

Elle jette l'eau ensanglantée dans l'évier. Ses gestes de ménagère la reprennent. Elle ouvre le robinet en grand, va à la porte d'entrée et vérifie si elle est bien fermée.

Elle dit :

« Venez derrière, dans la chambre. On ne peut pas voir la lumière du dehors. Je me méfie des ouvriers aussi. »

Cobb dit :

« Ils ne viendront pas. J'ai la clef et les papiers de la Studebaker. »

Elle ne pose pas de questions. Il la suit :

« J'ai besoin de papier et d'encre. Est-ce que vous avez un tampon encreur ?

— Oui. On s'en sert quand on fait les comptes. Je vais vous donner tout ça. »

Tandis qu'il commence à écrire sa lettre, elle se déshabille. Des gestes nets. Nulle pudeur. Son grand corps de lutteuse blanche apparaît. Elle ouvre une armoire. La porte grince. Cobb lève les yeux.

Elle reste un moment devant les piles de linge. Elle réfléchit puis, sans plus d'hésitation, choisit un corsage de soie, une jupe noire et un chapeau de paille assorti. Elle enferme son corps, ses seins lourds. Elle se rajuste, elle épingle une broche d'argent sous son col.

« C'est un bijou de ma mère. »

Elle lève les yeux sur Cobb. Elle rencontre son regard. Elle dit comme pour se justifier :

« J'aurais pu être différente. Je n'ai jamais eu de temps à moi. »

Il acquiesce :

« Nous aurions tous pu être différents. Il aurait fallu s'y prendre autrement. Dès le début.

— Moi, je peux encore m'en sortir, répète Jessica. Plus tard, je ne resterai pas dans cette ferme. Je vendrai tout. »

Elle rassemble ce qu'elle emmène, l'œil à tout. Aussi calme que quelqu'un qui réglerait ses affaires devant un notaire.

« C'est vous qui enterrerez mon mari dans la cave. Vous y trouverez une pelle et une pioche. Il faudra sabler dessus. »

Cobb hoche la tête. Il est occupé à encrer ses doigts. Il dispose ses empreintes au bas de la lettre qu'il vient d'écrire. Il dit :

« Vous aviez vraiment tout prévu, n'est-ce pas ?

— Pas vraiment. Je ne savais pas quand le moment propice arriverait. Mais je le guettais inconsciemment. »

Après un silence, elle ajoute :

« Je n'avais pas prévu qu'il faudrait que s'accumule tant de folie. »

Elle pose ses yeux brûlants sur lui, elle tend la main vers la lettre qu'il vient de cacheter :

« Eh bien, dites-moi exactement ce que vous attendez de moi. »

Il le lui dit. Des explications concises. Il lui demande d'apprendre par cœur une adresse et un numéro de téléphone. Elle a une mémoire prodigieuse. Elle répète sa leçon. Il lui confie les papiers et les clefs de la Studebaker.

Elle devine sa pensée :

« Vous pouvez avoir confiance en moi. »

Il la conduit jusqu'à la porte de la maison. Elle lui serre la main avec énergie.

« Dommage que vous soyez un homme en aussi mauvaise posture, monsieur Cobb. On ne peut vraiment pas faire de projets avec vous. »

Il a un sourire désabusé :

« Vous croyez à ce point que je n'ai aucune chance de tenir le coup jusqu'à votre retour ?

— Franchement, ce que vous entreprenez me paraît totalement infranchissable. »

Elle ouvre elle-même la porte. Elle fait deux pas, sonde la cour déserte. Elle se retourne.

« Au revoir, Jim. Bonne mort, monsieur Cobb. »

Dehors, à claire-voie du hangar, le ciel blanchit.

Deux heures quarante-cinq

Socrate s'est claquemuré à la station-service.

Prostré, cul posé n'importe comment sur des bidons de multigrade, il regarde le putain de manche de pioche, preuve à conviction pour trois meurtres, qui achève de se consumer au milieu de la fosse de vidange.

La tête entre les mains, il se cache pas que sa situation est au plus bas. C'est même l'heure des reproches.

« Nom d'une bite, y s' dit Socrate, en se parlant comme s'il était son frère qui lui cause, nom d'une bite à moteur ! Mais aussi, si t'avais pas été tuer un gendarme ! »

Et au frérot, comme s'il était là, Socrate répond aussi sec :

« Hé! Ho! Arrête la grêle, tu veux? Si toi, t'avais pas été si fort sur la riboule! Toujours la main posée sur les femmes! C'est nous deux qu'on n'en serait pas là! »

Demandes pour réponses, c'est comme s'il entendait déjà Horace lui passer un savon de mauvaise foi :

« Ça encore, les campeuses, crime de rôdeur!... On pouvait filer la responsabilité sur le dos du Cobb... tandis qu'un gendarme! »

Si bien que l'abattement plie le pécore à hauteur de plexus. Un nœud. Il se fait une bile tant épaisse qu'il la dilue avec un gorgeon de picrate trouvé sous les essieux d'une vieille C4.

Et puis, en r'triturant la situasse sous son chapeau, y a de nouvelles causes de mouron qui surgissent. Par exemple, son frangin, il le fait parler. Bon. Mais dans la réalité, où que c'est-y qu'il est passé, Horace? Hein? A-t-y rentré à la ferme après ses conneries? A-t-y pas? Ha? Préférant la fuite en tous genres, et les aléas de la chasse à l'homme?

Comme pour le délivrer de trop de questions sans réponses, le plouc est balayé dans son garage par des phares qui montent la côte de la D 21. Une voiture!

Oh! là! là, péripétie nouvelle! Achtung qui çé? Se planque, la tête derrière l'étalage sans vitres, le garageot. Guette. Et voit...

Merde! Et autres gestes courts exprimant le désarroi qui grandit. La voiture couleur régécolor du négro! Vivallure, qui plus est! Conduite Fangio pour la course! Aborde le virage avec un rien de trop. Pique du nez. S'écrase. Relève. Fond le champignon. Comme si le chauffeur avait une suspension avant de type MacPherson à grand débattement et toute une répartition des masses lui permettant de tenir son virage sans le volant.

Au lieu de ça, dalle, dérape sur l'usure des pneus congolais, se prend le gravillon que Socrate entretient soigneusement pour ses bris de pare-brise et fait deux tours de voiture sur soi-même avant de repartir. Vingt litres au cent à ce régime-là. Fond la caisse. Impitoyable avec les segments. Direction sud et pas le détail.

Socrate a eu le temps n'empêche de reconnaître l'auteur du carrousel beauceron. Sa belle-sœur ! La Jessica soi-même, qui ferraille déjà hors de vue. Deux feux qui brillent et freinent au loin. Puis disparaissent brusquement. Perdus d'un coup, comme un lavement.

Le plouc en est si abasourdi que vlam, c'est le sommeil qui le cogne et l'emporte pour le compte.

Là, sur le dos, assommé par la castapiane et l'aventure, tout brut dans sa salopette, plein milieu des éclats sécurit et du cambouis, tant pire pour tout ce qui se trame et s'ourdit, il s'endort d'une grosse ronfle de démission. C'est aussi irrésistible que si le Bon Dieu le tirait par les cheveux de son âme et lui faisait une petite place à côté de lui, sur son banc : venez à l'écart mon gars, et reposez-vous un peu avant de continuer.

Socrate : un chien pourrait pisser dessus, il se réveillerait pas.

Deux heures cinquante et tout le reste de la nuit...

Cobb est seul dans la maison. Silencieusement, il tourne en rond. Il s'est changé. Il a pris des vêtements dans la penderie d'Horace.

Sans cesse, ses yeux sont en éveil. Il tend

l'oreille au moindre bruit. S'immobilise. Ecoute. Pourquoi le gendarme ne revient-il pas?

Plus de dix fois, Cobb a éteint. Plus de dix fois, il s'est embusqué derrière la porte. Plus de dix fois, le barillet du Smith & Wesson a présenté une balle — mufle nickelé — devant le percuteur tendu.

Cobb a trouvé un transistor. Il consulte sa montre. A trois heures, il essaiera de prendre des nouvelles. Il pense à Jessica. Elle devrait atteindre Orléans d'ici une heure.

Cobb ouvre les armoires. Flaire les odeurs. Touche des objets orphelins. Boutons de manchette. Baleines. Portraits. Qui donc est cet homme, au fond de son cadre? Un officier de marine qui regarde ailleurs?

Cobb se déplace jusqu'à la salle de bain. Une glace lui renvoie son image. Sa tête à faire peur. Il touche sa barbe. La nuit n'en finira donc pas?

Soudain, il fixe le rasoir.

C'est une arme à l'ancienne. Un coupe-chou, comme celui qu'utilisait son père. Cobb déplie la lame. Avec des gestes d'automate, il affûte l'acier biseauté sur le cuir accroché au mur.

Brusquement, lui vient l'envie de se raser.

Voilà, c'est fait. Le gendarme n'est toujours pas revenu. Les nerfs de Cobb sont des hélices. Il respire profondément pour retrouver le calme.

Il éteint la lumière.

Il va jusqu'à la véranda. Il se laisse tomber dans le grand fauteuil bleu. Il se balance. Imperceptiblement, il se balance. Pas un bruit. Juste le grincement de l'osier. On croirait la plainte d'un bateau, chassant sur son ancre.

L'image diffuse d'un estuaire monte à l'esprit de Cobb. Il revoit clairement le cottage de Dalkey, qu'il aurait tellement souhaité avoir à lui. Une maison blanche au flanc de la colline de Wicklow. A deux villas exactement de Torca Cottage, où vécut l'honorable Bernard Shaw. Cobb sourit malgré lui. Cette maison, il ne l'a vue qu'une seule fois dans sa vie. De même la terre de ses ancêtres. Dublin. Dublin, quelque part au fond de cet estuaire, au-delà de Sandy Mount et de Ringsend, là-bas, derrière les docks, loin, loin, inscrit en grisé dans l'axe de trois grues qui ourlent l'horizon.

Cobb rouvre les yeux.

Il se secoue. Il s'en veut. Au fond de sa poche, il serre très fort un objet.

Le gendarme ne reviendra donc jamais ? Cette fuite n'en finira pas ?

Cobb remonte lentement l'objet qu'il serrait si fort au fond de sa poche. Il le découvre avec un étonnement sincère. Il ne se souvient pas de l'avoir pris.

C'est le rasoir.

Trois heures trente

Le téléphone sonne au fond de l'océan. Et forcément, c'est fini pour ce qui est d'attraper cette foutue langouste.

Brambilla rebaisse la manche de son costume de tweed en faisant la gueule. Il s'extrait de la grotte sous-marine où il se trouve par trente mètres de fond. Il remonte à palmes jusqu'à la surface des vagues. Il décompresse et décroche le combiné.

« Allô ? qu'il fait, poussé par la force de l'habitude. Allô ? Ici Brambilla, inspecteur de police. »

Une voix familière lui débouche définitivement les oreilles.

228

« Ray ?... Jo ! »

Les yeux de Brambilla se déplacent vers la table de chevet. Il allume la lumière. La voix ne se décourage pas. Elle répète :

« Allô Ray ? C'est Jo. Jo Rojinski. »

Brambilla demande :

« Est-ce que tu sais l'heure, Rojinski ? »

L'autre le renseigne aussitôt. Complaisant. Tout.

« Un tout petit poil plus de trois heures et demie, Ray.

— Bon. Peux-tu imaginer un seul instant où j'étais ?

— Euh... non, Ray. Pas la moindre idée.

— Dans un endroit sans Rojinski... et je me gourais...

— Je ne vois pas... mais tu...

— Cherche pas ! En Mauritanie. Au large de la baie du Lévrier. Un coin perdu, j' te jure !

— Ah ! bon...

— Et tu sais ce que je faisais ?

— Je vois pas, Ray.

— J'étais sur le point d'attraper une langouste par les antennes.

— Alors là ! Alors là, c'était un rêve !

— Exact, Rojinski. *Ce n'était qu'un rêve.*

— Eh bien, justement, moi aussi je te téléphonais pour que tu me pinces ! Figure-toi que je viens de me réveiller... et que Nelly est là. Elle dort. Elle dort à côté de moi qui te parle. Elle dort, Ray. Son cul blanc me regarde.

— Comme un cyclope étonné ?... C'est bien Nelly, Rojinski

— Attends Ray ! Raccroche pas, vieux frère ! Rojinski junior aussi est là ! Tiens... Tu l'entends ? Il pleure ! Il pleure, Ray. Est-ce que ça n'est pas merveilleux ?

— ...

— Ray ? Ray ?... Ray ! Ben, parle-moi ! Dis-moi que ce n'est pas un rêve !

— C'est sûrement pas comme ça que j'appellerais ta famille, Jo.

— Ah ! et Ray ?... Il faut encore que je te dise... je...

— Non ! Ne dis rien, Rojinski... et maintenant que je suis sûr que tu n'es pas en Mauritanie, je vais tout faire pour y retourner. »

Il raccroche.

A dix blocs de là, Jo Rojinski raccroche également. Sacré Ray ! Un mec sur lequel on peut compter. Il rencontre les yeux en boutons de bottine de Nelly qui l'observent. Il lui sourit. Il lui dit :

« T'as bien fait de rentrer, Nelle ! Et Junior a bien raison d'être revenu aussi !... Tu sais, je ne vous en veux pas. Il y a rien de changé en ce qui me concerne... »

Pour bien montrer que c'est vrai et repartir sur des bases conjugales, Rojinski sort son truc. Rien qu'à ses dimensions et à sa mauveur intrépide, Nelly voit bien qu'il y a pas de rancune de ce côté-là. Jo approche son intention qui culmine et l'introduit dans sa femme. Ça rentre comme dans du beurre.

Rojinski commence à prendre son pied. Il manœuvre. Il besogne. Il met sa tête d'ivrogne dans le cou de Nelly. Il l'embrasse.

Il dit :

« Je t'aime, Nelle. Je t'aime même avec tes absences... Et comme je le disais à Ray, toi, Junior, les mioches, vous êtes ma seule famille...

— Ray ? Ray Brambilla ? demande Nelly. C'est à lui que tu parlais ? »

Ses yeux jettent des lumières mauvaises.

« Yep ! Ray Brambilla, Nelle. Mon meilleur copain !

— C'est pas comme ça que je l'appellerais, Jo. Tu sais ce qu'il t'a fait ton meilleur copain ?

— Non, fait Rojinski qui avait si bien avancé dans la congestion et voie de l'orgasme que ça allait être le tour de Nelle. Non, j' vois pas.

— Eh bien, je vais te le dire, dit la grosse. Il a baisé ta femme ! Il a viré Junior sur la carpette ! Et il t'a fait cocu comme un dix-cors ! »

Ça désamorce.

Quatre heures trente-cinq du matin

Quand Socrate se réveille, y sait plus très bien où est l'endroit, où est l'envers de ce bas monde. Ni comment qu'on s'en sert. Une gueule de bois comaque s'est installée dans sa bouche. Plus épaisse qu'une isoplane de six millimètres, sa langue est bonne à raboter. Les papilles qu'ont tourné en menuise. Si on ajoute à ça que le foie ne répond plus à force d'engorgement de soucis, ça fait évidemment pas un réveil triomphant.

Le garageot finit quand même par retrouver ses pieds. Y s' met dessus dès qu'il peut.

Une fois dressé, il va lourdement jusqu'à sa devanture qu'existe plus. Regarde vers l'est. Se souvient de tout. Récapitule. Finit par se dire à voix haute et néanmoins confidentielle :

« Socrate ! La conjoncture est trop forte pour toi ! Elle t'a échappé. A mon avis que je partage, tu t' creuses un trou et tu bouges plus. T'attends ! T'attends, c'est l' conseil des anciens ! D'ailleurs, la nuit est finie. V'là Phébus qu'ouvre les yeux. La terre est d' nouveau à tout le monde. Gaffe et achtung en tous genres, les avatars peuvent surgir de partout ! »

Il sort prudemment sur la piste. Il hume l'air. Il gratte sa barbe qu'a poussé.

Il se met en position de celui qui va pisser. Il regarde cette putain de Beauce. Il parle à cette terre entière qui va pas tarder à se déplisser. Il l'aime.

Il lui dit :

« Bonjour terre ! Et bonjour les épis, les barbes et les maïs ! Comment vont les racines ? Ça va ? Ça va ? Moi, j' vas donner des soins à Aïcha. Je m' conseille aussi d' changer d' vêtements. Y sont pleins d' sang qui ne faut pas. »

Après une période d'appréhension, le garageot se met à uriner.

« Nom d'une bite mécanique, dit Socrate en s'adressant à lui-même comme s'il était une personne autre, j'ai l'impression qu'il va encore faire une sacrée journée de chaleur ! »

Socrate ne répond pas.

Il s'en va en traînant les panards du côté de l'atelier. Y s' change de salopette. Vaut mieux un bleu avec du noir de cambouis qu'un bleu avec du rouge de massacre. A peine il s'est installé le pont-arrière dans ses nouveaux habits, il en est au stade des bretelles, que v'là de nouveau la péripétie qui s'installe.

Le plouc a beau se frotter ses yeux d'alcoolo, plus craquelés que la faïence de ses propres carrosseries propres, rien n'y fait. Ce qu'il voit est bien là. Indélébile. Une image qui résiste à tous les battements de paupières.

C'est... C'est, comment décrire ?

C'est une retombée de poussière blanche devant la pompe à super. Une sorte de halo de mise en valeur fantomatique d'une bagnole d'au moins huit mètres de long.

Et qui sortent de là, sans bruit ? Des messieurs. Des gentlemen, plutôt. En costume, avec des chapeaux, tout enfouraillés d'armes automatiques et de revolvers dans la main. Bref, une armée pour ainsi dire.

Les regards des tueurs se posent sur le garage.

Y a monsieur Fabrizzio et deux autres que Socrate connaît pas. Çui qui fait fonction de chef fait un signe aux deux autres. Ils avancent vers l'atelier.

Socrate écoute que sa peur. Y saute dans la fosse à vidange. Se recouvre de vieux chiffons.

Une giclée de bastos le fait trembler sous ses haillons. La mitraillade est suivie d'un bruit de vaisselle cassée insupportable pour un connaisseur. Tout l' vieux Quimper du prototype qui vient de morfler et dégringole sur le ciment.

Une voix enrouée s'élève :

« Si t'es là, sors ! C'est pas une aile qu'on va te péter à ta soupière. C'est tout le service ! T'auras plus qu'à te reconvertir dans la mosaïque ! »

Socrate arrive pas à se résoudre. Y claque des dents. Y fouette au fond de son froc. Ha là là.

Une voix familière le délivre presque :

« Sors de là, onc' Soc ! T'es débusqué facile ! Et fait comme un rat ! »

En levant la tête, l'œil par un trou dans les hardes, Socrate voit son neveu. Il arrache c'te cagoule d'autruche.

Un bada sur les oreilles et une arme au poing, le môme lui envoie un glaviot en pleine poire.

Socrate sort de la fosse. Dès qu'il se hisse, il voit rouge. Un éblouissement coloré qui l'aveugle et l'empêche de bien distinguer.

Ce mardi 30 juin, le soleil s'est levé à quatre heures cinquante-deux.

MARDI

Je, Chim

En mon nom et au nom de mes puces, je tiens à avertir le public sensible que la fin de cette histoire est cruelle.

Il est temps, *ti la li, ti la laire,* il est temps, *fa la do, fa la do mi la,* que vous sachiez que j'ai dans la tête une musique que personne ne peut entendre. Pas même M. Snake, qui fait dans le perspicace. Des notes tellement aiguës, et d'une cruauté si mauve et si acide qu'elles exploseraient d'angoisse n'importe quel tympan qui les entendrait.

Personne, je mets au défi, aucune oreille au monde, ne peut imaginer l'ignoble petit refrain que je fredonne.

Sous mes dehors d'enfant-plouc, mon vocabulaire à la noix, je suis un assassin-né. J'ai les pouces pour ça. Le chromosome fatal est quelque part. *Fa la do, fa la do mi la.* Y en a bien qui sont bigames ou ambidextres. Députés-maires, enfants-mixtes ou transmongoliens. Et dites pas que j'invente, c'est des mots qui sont dans l' dico. « Cul » aussi, ça y est. J'ai cherché. Et « bite ».

C'est marqué à « pénis » : n. m. (anat.) organe d'accouplement mâle (syn. verge)[1].

D'ailleurs, pour en revenir à ma zizique intérieure, *fa la do,* un enfant-crime a beaucoup d'avantages sur un adulte ordinaire. *Fa la do mi la.*

Prenez-moi, Chim. Avec ma gueule à boutons de jeunesse. Mon chapeau rigolo. Et la complicité de c't'invention : Aniello Della Croce. Je suis sûr que j'ai blousé tous les pros eux-mêmes.

Tenez, je les regarde, là, tous les trois. Loin de leur jungle des villes. Au milieu du foutoir à Socrate. Boulons, contre-écrous, clefs à molette, à tubes, anglaises. Crics, enveloppes, volants, terre glaise. Carcasses, ressorts, bordel géant plein milieu de la cambrousse. Ils sont à ma botte. Désarmés malgré leur artillerie. Dépaysés. Pas sur leur terrain. Peur des flics, des flics qui peuvent surgir tout moment. Exaspérés par la tournure des choses. Aimantés n'empêche par le fric. Pas sûr de vouloir retrouver Cobb. Julio avec ses tatanes en croco. M. Torontopoulos qui ronge l'ongle de son petit doigt. Et même Snake, avec ses grands cheveux et sa renommée internationale : des marionnettes entre mes mains. Je suis leur enfant-pilote.

Et, pour en revenir à cette foutue histoire, reprenons le chapitre précédent, voulez-vous ?

Exactement où nous en sommes...

Chapitre précédent (suite)

Je crache un méchant glaviot dans l'œil à onc' Soc et pendant qu'il s'essuie, j'intime :

---

1. Et si vous regardez à verge, c'est marqué : tringle de métal, insigne des bedeaux, membre viril. Et instrument de correction.

« Sors de là, mec, t'es fait comme un rat ! »

Mes complices rappliquent derrière moi.

Je leur laisse le soin de réceptionner Socrate. M. Torontopoulos lui met son calibre sur la bidoche. Il le menace de coliques de plomb. M. Snake s'approche en ondulant. Il fait un sourire du dernier cruel.

Il grasseye :

« Comme je vous ai fait savoir au téléphone, on aurait besoin de voir votre frère au plus vite. Urgent ! Où c'est qu'on peut le trouver ?

— Franchement, ch'ais pas, dit onc' Soc. Mon frère est un homme disparu. »

Y a de la vérité dans son intonation. Mais, pour avoir dit c't'énormité qui peut passer pour une effronterie, Socrate se ramasse quand même la chevalière de précaution à monsieur Torontopoulos sur le coin de la lèvre. Il verse un peu de sang. Il dit :

« J' vous jure. Ch'ais pas ouxé qu'il est Horace. »

M. Snake fait trois pas arrière. Genre tango argentin. Il me montre du doigt. Il grasseye :

« Not' associé nous a fait un topo sur toi. On sait que t'es le roublard de la famille. Le roseau pensant. Tu m' déçois pas, mec. Tu m' déçois pas. »

Il s'interrompt et joue avec son arme. Le chien fait clic. Il regarde onc' Soc. Il grasseye tout doucement :

« Va falloir trouver aut' chose. »

Onc' Soc se gratte le d'ssous du galurin, signe d'une intense cogite.

Il dit :

« Attendez. Attendez. Pas besoin d' vous fâcher. »

M. Snake sinue jusqu'à l'établi. Il s'arrête devant l'étau. Il a un geste compliqué comme

Marlon Brando quand il veut faire une chose simple dans un de ses films.

Il se gratte derrière la nuque et fait son bruit de casserole :

« On doit pouvoir serrer une cheville drôlement correctement avec ces mâchoires-là, il fait. On serre bien les barres de fer... »

Socrate devient pâle.

Moi qui le connais bien, je peux dire qu'il est en train de fabriquer une solution de rechange. Il rustine encore un peu, peaufine et finit par dire :

« Autant que j' vous mette au courant, messieurs. Cette nuit, y a eu du ragaga sur la Beauce. Tout le secteur à sang. Des tas de malheurs dans la population. »

Onc' Soc regarde s'il tient son auditoire. Il complète :

« C'est ce qui vous explique mon comportement étrange. »

Julio fait grincer ses crocos.

« Parle, il dit. Sois pas timide.

— En vous entendant venir, j'ai pris peur, dit Socrate. J'ai cru qu' c'était l'homme en noir qui rev'nait... »

Snake se retourne aussitôt. Ses yeux braquent des fulgurances de haine abominable. Une agitation hors du commun le fait gesticuler sur place.

« Tu l'as vu ? Tu l'as vu ? grasseye-t-il fébrilement.

— Dites plutôt qu'on l'a senti passer, dit Socrate qui récupère à vue d'œil. Nom d'une bite ! Un vrai dévastateur, vot' démon ! Attila, c'est de l'antiquité à côté.

— Qu'est-ce que tu veux dire au juste ? s'énerve Snake. Crache ! Etale !

— Que partout où y passe, y laisse des cadavres dans des états consternants. C'est pas une faucheuse habituelle comme la Mort, vot' argousin! C'est une moissonneuse à lui tout seul... »

Onc' Soc est assez fortiche pour qu'on l' laisse faire. Il est parti pour rajouter un peu d' couleur à son évocation.

Y s' tourne vers moi, me donne de l'importance :

« Tiens, Chim, les campeuses? Tu t' rappelles? Des mignonnes pourtant. Fessues, ventrues, étrangères — avec des aiguillettes superbes... eh bien, messieurs, il les a tuées en mille morceaux!... Attendez! Pas fini! Silence, gamin! Interromps pas ton oncle! Le gendarme d'élite, tu t' souviens? Qu'on avait mis pour nous protéger... pareil!... Tué raide, vlam, vous pouvez vérifier... »

Je, Chim (suite)

... Nous voilà tous sur le terrain de camping.

Le soleil qui perd pas de temps et sera fièvre de cheval comme la veille, goupille une mise en scène à dominante rouge sur laquelle je ne m'étendrai pas.

Tous ces messieurs de la pègre sont consternés.

Même que M. Torontopoulos, indiscutablement le plus artistique, peut pas réprimer un haut-le-cœur. Par peur de tacher son beau costume ridère, y m' prend comme excuse.

Il dit à Snake :

« Y a des choses qu'il faut pas montrer aux enfants. Je vais reconduire le gamin jusqu'à la voiture, avec Aphrodisia. »

Snake répond pas. On le quitte avec les mains sur les hanches, l'air chabraque et fasciné. Il répète sans arrêt :

« Cobb! Jimmy Cobb! Il a dû s' tirer, ce con! Se faire surprendre par le gendarme et s' tirer... »

Nous, avec Torontopoulos, on arrive à la voiture.

Je m'installe sur les coussins, à côté de Lily qui promène un regard ennuyé sur la parpagne. Dehors, M. Torontopoulos allume une cigarette pour se changer l'estomac. Je pose une main-qui-grimpe sur la cuisse à ma demi-sœur. Elle la retire vite fait. Elle agite ses faux cils. Sa montre de chez Waterman.

« Non mais dis, p'tit salingue! Tu crois pas qu' tu vas t'installer dans tes meubles!

— Tu disais pas ça cette nuit, salope aussi.

— J'avais pas mes esprits. Et cette nuit, j'étais en inceste commandé! Maintenant, j' suis en visite à la campagne », conclut c' t' imbécile qu'était vachère et reine des bals-parquets, y a pas seulement deux ans.

Je fais celui qui l'ignore. Je regarde dehors.

A part M. Torontopoulos qui marche dans l'herbe avec à peu près autant d'enthousiasme que s'il prenait sa première leçon de pâtisserie, y a Snake et Julio qui reviennent en poussant Socrate devant eux.

« Direction la ferme, dit Snake en balançant le plouc dans la voiture. Çui-là a pas remis les pieds là-bas depuis le milieu de la nuit. Y se pourrait bien qu'on y trouve un carnage exemplaire.

— Pourvu que l'aut' givré de Cobb de merde se soye pas tiré avec le pognon, gémit Torontopoulos, qui voit s'écrouler ses beaux rêves sur la Riviera.

— Pourvu que l' gros des gendarmes rapplique pas pendant qu'on est là », échote Julio, affreusement réaliste.

Snake s'installe au volant. En démarrant, il dit :

« Paraît que la bonne femme à Horace s'est

tirée aux aurores... J' parie que Cobb était dans le fond de la bagnole à la braquer...

— J' vous répète, confirme poliment Socrate, cette femme, elle avait de l'horreur plein les yeux. »

Ils roulent un peu à travers champs. Le soleil commence à s'ébouriffer.

« Vous trouvez pas que ça pue ? demande brusquo Torontopoulos en passant sa main devant son nez.

— J' sens rien », dit courtoisement Socrate qui est son voisin de banquette.

Et discrètement, il flatte Aïcha qui castapiane tranquillo dans le fond de sa culotte.

Je, Antoine Depardon, pour mon premier papier...

Je m'appelle Antoine Depardon. J'ai vingt-trois ans. Et je cours sur un trottoir. J'ai une chaussette rouge. J'ai une chaussette verte. J'étais chez ma petite amie Sophie. Une nuit bien mouvementée au lit. Et puis, la nouvelle est tombée.

King Johnson est mort ! Kid Johnson a succombé ! Kid ! THE KID !

On s'est tout de suite arrêtés de faire ce qu'on faisait. Manger des beignets, nus sur la moquette. Le reste on l'avait fait. Ma petite amie Sophie, c'est la plus forte au lit. Hi hi hi hi.

The KID !

Quoi ! Son nom ne vous dit rien ! Champion du monde des welters. San Remo 1958 ! Soixante-quinze combats dont cinquante-neuf gagnés par K.O. Kid ! THE KID, je vous dis ! Mort à la sortie d'un bar de Harlem. Mort au fond d'une impasse. Milieu de la pisse et des poubelles. Mort par overdose. Mort d'avoir été oublié. Les bras troués de piquouzes et sa ceinture de champion sur les hanches. Un scoop, ça, non ?

Depuis lundi, je suis rédacteur eusportif à *La Nouvelle Répu.* A Orléans.

J'espère bien placer mon article.

Plus que dix minutes avant qu'ils bouclent le journal. Je vois d'ici le titre ! J'ai écrit hard. Temperamental. En 1981, il faut écrire hard. Le punch. Frapper. C'est ça qu'ils attendent de vous. Une plume aussi. Genre Ring Lardner. J'aime tellement le sport. Les stades. La course. Les champions. Tous ces types qui espèrent en leur corps.

J'ai écrit hard, je vous dis. Un article comme ça ! Mon premier article !

Chaussette verte et chaussette rouge, ça m'aide pour courir, je me récite le début :

« La politique ne peut pas se travestir à la Benzédrine.

« Vous ne pouvez pas doper la Gauche au Maxiton.

Mais si vous êtes un boxeur à la dérive de sa gloire, barbitus, pils rouges, orange ou bleues, toutes les couleurs de dope sont assez bonnes.

« Elles vous font passer les gants.

« Elles sont les seules à vous faire monter sur le ring. A allumer les lampes. A descendre le lustre pour un soir. A faire gueuler, strider, siffler le public. Comme au bon vieux temps. La gloire qui ruisselle au fond de vos saletés d'oreilles en choux-fleurs. Hash, shit, cocaïne, et vous refaites le voyage de Madison. Mari-dope, mandrax, LSD, champignons — King Johnson était un grand champion tout au bout du désespoir...

« Ce matin, à 4 heures, heure de Paris, tri-chloréthylène plein la gueule, le Kid a perdu son dernier combat... »

C'est bon ? Non ? Accrocheur ?
Sophie a trouvé que vachement.

Je cours. Je cours. J'arrive au journal.
Le gardien dans sa cabine vitrée me regarde passer. Un vieux papillon sous sa lampe encore allumée. Il porte sous les yeux l'abrutissement bistre de la nuit.
Un geste court. Il sort. Il fait :
« Hep ! »
Je suis déjà loin sous le porche.
Je traverse en courant la salle des clavistes. Je dis à Paul, je dis à Claire :
« Halte ! Stop ! Attends ! Attendez ! C'est ma chance, tu vas voir ! Arrêtez tout, je vais faire changer la compo... Vire la politique, mec ! Le TGV, on s'en fout ! Place au sport ! « Set up à Harlem ! Déchéance et mort d'un champion ! », c'est le titre... sur trois col à la Une... arrête, tu vas voir... attends coco, je r'viens tout de suite... »
Je glisse au bout de la salle... par notre chroni-queur eusportif, l'avis d'un spécialiste... je me vois déjà... je fonce dans le couloir. Deux mar-ches. Je saute. Une porte, j'enfonce. Encore un couloir vitré. Des verrières qui donnent sur les bécanes, prêtes à démarrer.
Antoine Depardon parle au monde !
Je frappe à peine et j'entre chez le boss.

Vieux Benoist-Machin est avec tout son état-major. On dirait des joueurs penchés sur un billard. De l'ombre autour du tapis vert. Des calvities. Je remarque un gendarme. Deux types en blouson.

Le rédac en chef lève vers moi sa tête de glyptodon. Je fixe ses vieux fanons et écailles qui débordent de son col de chemise. Rescapé du tertiaire, il relève sa mèche un peu lasse.

Je lui tends mon article.

Je dis :

« Patron, je crois que quand vous aurez lu ça, vous changerez pas mal de chose dans la Une... C'est, c'est écrit à chaud. Percutant. La drogue et le sport. Exactement ce que vous voulez. Pas le genre Gueugnon-bat-Sedan-2à0-gna-gna-gna, non !... C'est... c'est mes tripes ! »

Il m'interrompt tout de suite. Il me balance un regard qui remonte à la glaciation. Il dit avec une infinie patience :

« Antoine. Vous savez que notre journal est un tout petit journal ?...

— Euh... Oui, monsieur.

— Bien. Alors, avec votre permission, je vais plutôt glisser ceci à la Une... hein ? Qu'en dites-vous ? Je doute que ça passe totalement inaperçu... »

Toute l'assemblée se marre bruyamment. Sauf le gendarme et les deux types du commissariat.

Le patron me tend une lettre manuscrite. Le papier sent bon la lavande. La page se termine par deux pouces d'assassin. La signature est prestigieuse.

Je rends la lettre à Benoist-Machin. Ses petits yeux malicieux s'allument.

« Vous comprendrez ma décision, monsieur Depardon. Puisque M. Cobb nous a fait le grand honneur de choisir notre boîte à lettres pour poster son courrier lors de son récent passage à Orléans, il est tout naturel, je pense...

— Les empreintes sont bien celles de Cobb, confirme le gendarme en raccrochant un téléphone.

— Mais alors, il a encore filé ? enrage un des deux types en blouson. On va r'passer pour des cons...

— Monsieur Depardon, dit Benoist Machin, je vois que vous avez hésité sur la couleur de vos chaussettes. Je vous conseille d'opter pour une couleur ou l'autre dans le courant de la matinée. Merci pour votre empressement. Refermez votre porte en sortant. Vous passerez votre article demain, dans la rubrique eusportive. Réduisez-le de moitié. Et ça sera parfait.

— Monsieur, monsieur, dit un rédacteur, vous avez l'A.F.P. au téléphone...

— Patron, patron ? On se décide pour ce titre ? demande un gars en chemise.

— Mais... gardez le plus parlant, dit Benoist-Machin en empoignant le téléphone. Titrez : « QUEL PIED DE NEZ ! » Et en-dessous, mettez la stricte vérité : « COBB ÉCHAPPE ENCORE À LA POLICE. »

Les deux gars en blouson s'en vont en faisant la gueule. Benoist-Machin prend l'A.F.P. Il confirme la nouvelle pour qu'elle devienne parisienne et nationale.

Moi, Antoine Depardon, je balance mon article dans une corbeille à papiers et je sors du journal.

Je marche dans la rue.

Orléans se réveille. Je note dans mon carnet, à

la date du 30 juin : « Aujourd'hui, tué par l'actualité, Kid Johnson est mort assassiné. »

A la même heure, Jessica roule sur l'autoroute en direction de Paris.

Je, Socrate

Sur la Beauce, tout le monde sont pas des imbéciles.

Même ces gens des villes, il faudrait pas qu'ils nous prennent pour des. On a plus d'un tour dans notre. Et souvent, moi, Socrate, quand j' fais l'âne, c'est pour avoir du.

D'accord, en ce moment, je m' laisse gouverner parce que j'ai pas le choix. Mais j'attends qu' l'occasion. Celle qui fait le. Et tiens, justement, maintenant qu'on arrive à Morsang, j' vois bien déjà qu' dans les rangs de la pègre, y a comme un léger flottement d'indécision.

Moi, j'attends, tranquille comme du blé.

La bagnole à ponts-promenades est enquillée dans la cour de la ferme. Façon croisière Paquet, dans not' salon General Motors, on est en rade près du fumier. Le moteur tourne sans qu'on l'entende. Les abords sont d'un calme à faire peur. Pas un bruit. Pas un filet d'air. Juste une tache de soleil qui passe par le porche et fait projecteur sur les rosiers de la porte d'entrée.

Les yeux du Snake se déplacent sur la façade.

Dans le lointain, quelques canards défilent au pas de l'oie. Plus près de nous, une vingtaine de poulettes blanches se rapprochent. Sous la conduite d'une aînée, elles se demandent si elles vont pas chier sur le capot.

L'ensemble fait une sensation d'étrangeté.

M. Fabrizzio, à côté de moi (et qui sent la cocotte) commence à se remuer sur son siège.

Depuis que ma nièce Aphrodisia l'a pris en tête-à-tête, il a pas l'air joyeux. Le fait est que si son intention était de rentrer dans not' famille, y s'y est pris comme une andouille. J' lui balance un sourire pour l'emmerder.

Il sait pas quoi en faire. Il me le rend.

Les autres soudards bougent pas. Personne se décide. C'est c't' abruti de neveu de merde qui fait la première remarque à voix haute :

« Tiens, y fait, c'est bizarre, d'habitude, les ouvriers sont levés à c't' heure-ci. L'Arabe est sur son tapis dès qui fait soleil. Y r'garde du côté de La Mecque, qu'est juste derrière les écuries. Et y fait sa prière. »

Celui qui s'appelle Snake, qu'a les cheveux longs comme une fille et que j' peux pas piffer, se r'tourne vers le gamin. Il lui accorde suffisamment de considération pour lui demander :

« Combien y a d'ouvriers ?

— Le bique et l' nègre », dit cette saleté de gosse.

Bâtard de merde, fils d'espingouin lui-même. Même pas français de souche. Et voleur de mobe.

Mucus, tiens ! Je racle le fond de ma gorge et j' trouve de l'ignoble. J' crache sur le tapis de la limousine.

« Vous gênez surtout pas », fait Fabrizzio.

Et çui-là, y faudrait vraiment pas qu'il bouge, parce qu'aussitôt ça pue Schéhérazade et les épices.

Chim consulte sa montre de première communion. Il remet ça avec ses doutes :

« Cinq heures trente, il fait, la vieille devrait

être dans la cuisine, à faire le café. Pourquoi j'
vois pas d' fumée sortir de la cheminée ? »

Julio le Milanais regarde Snake qui regarde le
gamin.

Snake prend sa voix qu'a pris froid pour dire :

« Vas-y voir Aniello. On s'ra quand même plus
tranquilles.

— J'aimerais autant pas, répond la source de
toutes mes emmerdes, gosse à la con, briseur de
vitrines et voleur de mobe, j'aimerais autant pas.
Horace pourrait bien être déjà levé. J'ai pas envie
qui m' chope. »

Snake se tourne vers Aphrodisia.

« Alors vas-y toi, Lily. T'es la fille de la
maison. »

Aphrodisia fout la tempête dans ses cils. L'œil
humide, tout.

« J'ai pas envie non plus, elle fait. C'est une
histoire de garçons. »

Elle se tourne vers son possesseur. Lui file un
coup de coude.

Fabrizzio intervient aussitôt :

« J'aime autant pas prendre de risques pour
elle, Snake. Madame est mon gagne-pain. Je
l'aime.

— En somme, faudrait envoyer quelqu'un
d'incassable », dit finement Julio.

Les trois porte-flingue se tournent vers moi
comme un seul con. Snake grince dans sa rouille.

« Tu fais l'unanimité, Socrate, il dit. C'est toi
qui vas faire l'éclaireuse. »

Je me fais pas trop prier.

Fabrizzio se penche en travers de mes genoux
et m'ouvre la portière. Il me file une rasade de
parfums exotiques et il se prend un relent de castapiane en plein blair. Un partout, j'évite de respirer. Lui aussi.

Je mets le pied dans la cour. On se sourit. Je

m'éloigne vers la ferme. Dans mon dos, j'entends la limousine qui recule et se met à couvert du fumier.

Je me retourne et je vois ces messieurs qui giclent avec des escopettes. Ils prennent diverses positions du tireur couché et pointent leur artillerie dans la direction de la façade. Y a qu'Aphrodisia qui soye restée dans la bagnole. Depuis le début du truc, on a l'impression qu'elle est pas là.

En m'éloignant, je me dis plusieurs choses. D'abord, que j'ai un avantage énorme sur tous ces agrinches : je suis le seul à savoir que c'est pas Cobb l'auteur de la tuerie du camping. Ça n'a l'air de rien, mais ça peut vouloir dire que le Ricain s'est pas forcément tiré du coin.

Là, y a deux écoles. Ou il est encore ligoté dans le grenier. Ou, au contraire, il a renversé la situation.

J' vois assez bien Horace prisonnier du Cobb. Un truc dans ce goût-là. Ça expliquerait mieux le départ précipité de la Jessica. Elle serait partie en ville avec la voiture du négro pour exécuter les messages du Cobb, comme prévu dans nos pourparlers de la veille. Ça s' tient, ça. Ça s' tient.

J' mets la main sur la clenche de la porte et j'entre dans la maison.

A part l'horloge, silence d'église. Pas la moindre odeur de café. Gusta, pas. La table est vide. Juste une boutanche de Meursault, trace de bamboche de la veille au soir. Tiens ! Une enveloppe posée contre l'étiquette...

Je m'approche. J'ouvre. Je décachète.

C' que j'apprends me met d' l'eau dans l' dos. Je regarde vers le grenier et je monte. Dès que j'aperçois la vieille, elle me tire la langue du haut de sa poutre. Ensuite, elle me tourne le dos. La corde qui bouge, because le courant d'air. J' mets la lettre dans ma poche. Pas question que mon n'veu hérite de c' peu d'or. Je vais au matelas. Je sors mon Opinel. D'un coup de lame, je m' rends maître de deux lingots d'or. Deux lingots ! Toute une vie ! Je tire la langue à la souillon, seule politesse de remerciement envisageable, et je r'descends pour boire un coup de réconfortant.

Arrivé à la dernière marche, je tombe sur un gros revolver.

Y a Cobb au bout.

Il est habillé tout comme Horace quand on va à la foire de Ventôse. Sa veste noire et son pantalon idem. Ça m' fait pas un plaisir extrême. Ni non plus une bonne impression pour l'avenir.

J'y dis sur des œufs :

« Et l' frangin, Horace ? »

Il montre la cave.

« Il dort éternellement, il fait.

— Et Ségolène ?

— Elle dort aussi.

— Et les ouvriers ?

— Ils dorment. Ils dorment. Tout le monde dort. La ferme est à moi. »

Il regarde nerveusement du côté de la cour.

J' dis :

« J' suis venu avec du monde. Y sont armés comme des canons. »

Comme pour montrer qu' c'est la vérité vraie, la voix de clairette de monsieur Fabrizzio nous arrive par le chemin des airs.

« Alors Socrate ?... Tu te montres, oui ? Qu'est-ce qui se passe ? »

Le Ricain va jusqu'à la fenêtre au-dessus d' l'évier. Il a pas l'air facile. Ombrageux. Je l' reconnais plus. Et il a retrouvé sa hargne. Ça se sent à son comportement.

A part son revolver, il a scié les canons d'un des fusils de chasse. Ça fait un tromblon plutôt impressionnant. Dans sa poche de veste, il y a un transistor qui dépasse.

Il se retourne. Il dit :

« Je te donne le choix. Ou tu marches avec moi. Ou je te tire une balle dans le genou.

— Ça ferait du bruit.

— On irait à la cave. »

Réponse à tout, c't' enflure-la.

Je, Marcel Bouzagran, proxénète

A quoi ça rime, ça ? A quoi ça rime ? A mon âge, tierce belote et dix de dcr, d'être dans la merde à six heures du matin ? Trois douzaines de costards dans la penderie, des téléphones digitaux à tous les étages d'un gentil pavillon. Et huit gigolettes sur le pavement. Hein ? A quoi ça rime ? A quoi je joue, moi ? Qu'est-ce que je fais là ? Hé ?

Je regarde les autres.

Julio qui bousille ses crocos dans les caillasses. Et l'autre dingue, là, la nouvelle génération, Banana Snake qui nous a entraînés dans le prétexte du piège de l'appât de l'artiche. Des vieux brandons comme nous ! Jolie guerre ! Super connerie, oui !

J'en ai classe, moi, de cette expédition. Je suis plutôt bon zigue, mais j'en ai classe. Classe et la belle. Lily aussi.

Depuis ce matin, elle sature, la môme. Elle me l'a dit tout à l'heure, entre deux portières.

« Si tu m' refais un coup comme çui d' cette nuit, obligée que tu m'as, à faire reluire un mineur, j' te quitte, Marcel ! Je m' constitue

auprès de la Ligue des Droits de l'Homme. Et j'
plaide l'horreur et la révolte ! »

L'exemple des Grenobloises qui lui remontait
au citron, à la menesse. J' suis pourtant pas Jo
Picaretta. Juste un moyen artisan. Doux avec mon
personnel. Fier de mon bocard. Bonne tenue. Pas
d'embrouilles. Mastic, aucun. Quelques tuyaux
par-ci par-là à la Maison Poulmann. Bref, une
petite vie pépère montée sur réputation en inox et
canapé skaï.

Seulement voilà. Je suis exposé comme tout le
monde. L'envie d'améliorer l'ordinaire. L'attrait
de l'électroménager. Le vertige de l'immobilier.
La villa à Mougins, perspective qui allume, solli-
cite, décide. Si bien que quand j'ai eu écouté les
chiffres à neuf zéros que faisait miroiter Snake, je
me suis senti poreux. Je devrais dire perméable.
Toujours ce bon vieux standing qui vous entraîne.

« Oui ! Ben le standinge, j'en ai jusqu'aux
ovaires ! » elle m'a fait savoir tout à l'heure,
Aphrodisia. « Plein le rondibé du radada ! T'as
compris ? »

Elle avait l'air déterminée. Hors de ses jarretelles. Et j'aimerais pas la perdre. A son égard, je
nourris des intentions. Elle servirait au comptoir.
On serait pas malheureux.

A deux mètres à ma droite, Snake lève la tête
par-dessus une brouette renversée. Il me fait
signe de pousser une nouvelle bramante d'ultima-
tum.

« Moi, j' peux pas, il fait, en me montrant sa
gorge. C'est physique. »

Rien à foutre, moi, de ses cordes vocales qu'un
grinche lui a tranchées parce qu'il avait pas su
fermer son clapet en début de carrière. Rien à
foutre.

Je lui balance un bon sourire faux-cul. Je gueule :

« Oh ! Socrate ! T'as dix secondes pour revenir !

— Attends, me fait Snake, puisqu'il ne répond pas, on va lui secouer un peu l'esprit de famille ! »

Il harpigne le gamin par le bras et il le pose devant lui comme un bouclier.

Il dit au minot :

« Gueule ! »

Il le secoue. Le moutard se marre. Croit à une plaisanterie. Son bada lui sort de la boule et roule dans le purin et la merdouille.

« Hé là, y fait l'étonné. Doucement avec le Borsalino !

— Mais gueule donc, Bon Dieu ! » s'énerve l'aut' maboul en le secouant de plus belle.

Le moujingue le borgnote, incrédule. Finit par bramer. Mais pas assez fort. Snake prend une expression loufocoïdale et pince le gamin à hauteur des miches. Il tord, carrément. Un cri de douleur s'élève aussitôt.

« Vous êtes fou, m'sieu Snake ! »

Le gniard se récupère deux baffes.

« C'est fini la rigolade, mec. Il lui tord une aile derrière le dos.

Il mêle-casse avec sa voix d'harmonium :

« Je casse ? Je casse, dis ? »

Chim hurle littéralement. Snake a l'air d'être devenu complètement barje. L'attente, la nervosité, tout ce que ce gosse nous a fait endurer qui ressort d'un seul coup. Une violence incroyable. Je le sens bien, on s'enfonce à vue d'œil dans l'impossible.

Je crie moi aussi, pour que les choses s'arrêtent.

« Socrate ! Merde ! Si t'es pas là dans dix secondes, on fait sauter le môme ! »

Une fenêtre s'entrouvre un bref instant.

La voix du plouc arrive comme un coup de fouet. Elle tape contre les écuries et nous revient sur les épaules.

« Rien à foutre! Vous pouvez bien le buter! C'est qu' du chiendent! »

La fenêtre se referme. On se regarde en biscaïens. Plutôt perplexes.

« Y s'est drôlement rebéqueté, constate Julio. Sans doute, il est avec son frère. Ils se sentent plus forts.

— Ils doivent être armés, rouille Snake.

— Y z'ont des flingots, confirme le gamin.

— Y t'estiment pas beaucoup dans ta famille, ricane Snake.

— Vous m'avez fait mal, dit Chim.

— On n'est plus là pour rigoler », lui répond Snake.

Chim se jette à quatre pattes. Il se tire en profondeur de champ. En passant près de moi, il dit :

« Faut plus compter sur moi. Je vous enculerai tous. »

Il s'engouffre dans la bagnole et va retrouver Aphrodisia.

« Qu'est-ce que t'envisages? je demande à Snake.

— On va donner l'assaut », répond ce con.

Ça le fait rire, la perspective du carnage. Il vérifie le chargeur de son Beretta et fait monter une balle dans le canon de son pistolet mitrailleur Heckler et Koch.

Moi, un poing refermé sur mon P 38 et mon costard dans la marée noire, je réfléchis.

Par-dessus le toit, le luisard commence à faire la roue à mille branches. Aujourd'hui comme hier, il fera une chaleur d'enfer.

Je regarde Snake. Visiblement, il cogite une stratégie. Je retire ma gourmette en or avec mon nom dessus. Je la mets dans ma poche. Je réflé-

Onc' Soc lève une main solennelle. Il arrête court le pallas du voyou :

« Nous sommes en deuil », répond-il d'une voix grave.

Ça me ravive et je pousse un cri qui fait peur à Marcel :

« Pôpaaa !

— Quoi ? dit Snake qui commence à piger. Cobb a refroidi Horace ?

— Ma belle-sœur est veuve. J'ai perdu mon frère. Et Lily est privée de soutien de famille, confirme l'inventeur.

— Où est le corps ? demande Snake.

— Dans la cave, dit le garagiste.

— Où est le magot ? demande Marcel en avalant sa salive.

— Est-ce que c'est bien le moment ? dit Socrate d'une voix lugubre. Mon pauvre frère tient un sac entre ses mains crispées, si c'est ce que vous voulez dire.

— Le fric ! chuchote Marcel à mon oreille pour me revigorer. L'hôtel à Mougins ! »

Tout haut, il ténorise :

« Eh bien, qu'est-ce qu'on attend ?

— Et si c'était un piège ? » suggère Julio.

Toutes les armes ressortent.

Snake donne ses ordres :

« Julio, tu descends à la cave. Je te couvre à mi-escalier. Marcel, tu restes là, en couverture générale. »

Onc' Soc les regarde faire. Il fait un pas dans la pièce et referme la porte d'entrée. Tous se retournent vers lui. Il a les yeux rougis.

« Où elle est, cette cave ? » grince Snake. D'un mouvement de tête, il rejette ses cheveux de footballeur en arrière.

« Au fond du couloir », renseigne mon tonton.

Julio ouvre la porte du couloir et s'éloigne,

suivi par Snake. Je les vois passer sous la lampe, une cent wouattes nue qui leur fait une caresse de lumière sur les épaules. Je les suis pour voir mon père.

« Y va pas, p'tit bouchon, essaie de me retenir onc' Soc. »

Je me retourne. Il a eu une drôle de voix, il me semble.

« C'est pas beau à voir », il précise.

Mais rien pourrait me retenir. J'y vais.

J'arrive devant la porte de la cave. Julio est sur le point d'atteindre le bas de l'escalier.

« Oulala ! il fait, avec un air tout rigouillard, mince de cave voûtée !... Et du pinard tant que ça peut ! »

Ça encourage Snake à descendre aussi.

Il est à mi-chemin et je m'apprête à suivre, quand, d'un coup, une poigne me rejette sur le côté. Un diable en habit noir vient de surgir de dessous le tas de manteaux suspendus. Dans sa main gauche, un Magnum arquebuse l'espace. De la droite, il balance une boule noire de métal qui dégringole les marches, rattrape Snake et poursuit sa route vers Julio.

Tout paraît s'arrêter. Se décomposer comme le plaisir quand tu prends ton pied. Ou quand tu n'en peux plus en fin de journée. Dix-huit, vingt, vingt-cinq clients qui se sont affûtés sur ton ventre.

Au début, tu veux qu'ils soient satisfaits. Tu te défonces. Après, tu t'acharnes. T'as le ventre dur. L'intérieur de toi qui blesse. A la fin, t'es juste molle. Molle comme une huître. Et chaude et baveuse. Et pas angoissée pour un sou. Tu penses à rien. Tu penses pas. C'est juste que la vie a lieu dans toi, par toi, à côté de toi, mais tu n'es pas dans le coup. Une fois, j'ai joui sans le sentir. J'y étais pour rien. Un bonheur qu'était arrivé sous moi, sans moi, sans que je le sache.

Et là, maintenant, est-ce que je crie ? Est-ce que je rêve ?

Pareil !

J'ai la vie qui berzingue sous moi, dans moi, avec moi, mais je suis trop lourde à porter.

Alors, je fais rien.

En bas, Julio regarde la boule de métal et fait semblant de la prendre. Je vois le blanc de ses yeux. Je jure que j'entends ses dents qui claquent.

Le type à ma gauche gueule :

« Snake !! »

Snake se retourne. Je mets lentement ma main devant mes yeux. Il faudrait que j'aille plus vite si je ne veux pas devenir aveugle.

Au bout du couloir, Socrate fonce vers moi. J'ai l'impression qu'il sera là dans un quart d'heure.

Dans la main de Julio, la boule de métal devient une grenade et éclate. Elle masque tout le fond de la cave. La cage de l'escalier voûté devient une niche où Snake aboie des obscénités. Il fait mine de vouloir repousser les murs. Ses cheveux volent autour de sa tête tandis qu'il se retourne.

En même temps, ses dents se démasquent et je me dis : « Ce type, il a une gueule d'aviateur supersonique. Ses joues tassées vers le bas qui font ça. »

Un grondement m'emplit les oreilles et me fait plisser le front. Et rider la peau du crâne. Mon cuir chevelu bouge sur moi.

Le type à ma gauche qui vient de lâcher la foudre.

Snake lâche aussi quelque chose. Des traits de lumière. Ou ses doigts. Une dizaine de doigts qui remontent les marches. Impacts.

Onc' Soc vient d'arriver. Lui aussi a la gueule tordue. Il est terriblement penché en avant.

Ses mains m'harpignent par le ventre. Me tirent en arrière. M'asseyent sur lui. Il tombe au sol. Nous qui roulons. Ma tête! L'enfer. Le carrelage qui m'éclaire la bouche. Des lumières dans mon cerveau. Mes dents qui se secouent. Je pense à un squelette. Le goût du sang sur ma langue. Une fois, j'ai vu un crâne. Le tonnerre qui dévale à nouveau dans la cave, lancé à bout de bras par l'immense revolver du type en noir. Métal bleu et bec cruel. Secousse. Recul. Flamme orangée. Souffle. Dans son autre main, sorties d'un canon scié, deux fois cent mille abeilles en fusion grondent dans la poussière de plâtre. Une main qui cherche à intercepter l'essaim brûlant, se sépare du bras en un adieu désespéré et le plomb fâché, liquide, coupé en croix, entre par le nez de Snake, entame, creuse, fore, tourne, vrille, emporte, lacère, divise, dentelle, explose, pile, pale, tourne, enlève, évide et valse.

Le silence retombe.

J'avale mon sang. J'ouvre mes yeux. Jimmy Cobb nous domine tous. Son revolver gouverne le monde.

Au bout du couloir, alias Torontopoulos lève les mains. Il jette son arme.

Il dit :

« Je me rends. Ne me faites pas de mal. » Et sa voix de ténor, c'est un fil.

Avant, j'avais jamais remarqué que Marcel, c'est juste un petit gros, avec pas de sangle abdominale.

Si bien que, quand Cobb lui tire une balle dans le genou, je ne trouve même pas ça tragique. Marcel tombe, fauché comme une quille.

Moi, je suis en train de rire. De rire comme une dingue dans ma bave de sang. Je ris. Je rigole. Je m'étrangle de rire. Je peux même plus m'arrêter. Ça fait un bien fou.

Les nerfs, vous comprenez ?

Haute tension

Déjà le soleil passe ses nerfs sur la plaine. Il se congestionne à vue d'œil. Pas un souffle de vent. Pas un oiseau qui bouge. Juste l'électricité qui bourdonne dans la chevelure hérissée de pointes des pylônes. A leurs pieds, graduellement éclaboussée de lumière, nimbée de vapeurs à fleur de sol, la Beauce, brisée par la paresse, s'absente à nouveau de sa beauté. Moins d'ombres pour prolonger sa grâce. Plus de creux, plus de détails, de friponneries d'expression pour adoucir ses formes campagnardes. Abandonnée à sa langueur qui recommence, soudain privée des hommes, tout à sa sauvagerie, terre oubliée, elle se fane. Elle s'abandonne.

Sa peau se crevasse, prématurément vieillie. A peine si, sous sa perruque de blé, reste de coquetterie, elle laisse espérer un fond de blondeur, un reflet pour plus tard. Après tout, on n'est encore qu'en juin.

Pour le moment, flétrie, déshydratée, riche pute en costume de paille verte, elle attend sous un masque de glaise craquelée le soir qui est si loin encore.

Engourdie de chaleur excessive, gorgée de sucs, agacée d'insectes, la plaine tout entière bascule.

Comme pour la perturber davantage, deux jumbo-jets cinglant vers l'Amérique raient d'un trait de rapido à réaction la qualité bleu minéral de son espace.

263

Une voix à la radio dit qu'à propos des femmes qui pratiquent l'haltérophilie, il faut plutôt parler de « Bodybuilding ». Un droit supplémentaire pour nos compagnes de disposer de leur corps. D'en faire exactement ce qu'elles veulent.

Les muscles, encore un pas décisif en direction de la libération du sexe.

Harry Peebles hausse les épaules.

Il regarde avec amusement son anatomie longiligne dans la glace. Il prend une pose culturiste et l'assortit d'une réflexion misogyne. Sur un gloussement, il quitte la pièce.

Nouée par cette insupportable journée qui commence, Noémie Blue s'est réfugiée devant son piano. Elle s'est remise à jouer son blues pourri.

Les paupières fermées, les mains tétanisées, elle donne l'illusion d'avancer à tâtons sur son clavier.

Don't let the sun catch you cryin'.

Elle s'acharne. Elle creuse le trou de son angoisse.

Harry Peebles n'en peut plus de l'entendre. Il passe dans la salle de bain. Il retire ses lunettes. Il les pose sur la tablette. Il passe sous la douche. La pluie froide qu'il déclenche martèle son crâne mal protégé par ses cheveux en brosse.

Il a si mal dormi, Harry. L'énervement au contact de ce corps de femme. Noémie Blue qui le troublait. Et la chaleur qui s'est accrochée toute la nuit, gluante après les murs. Une impression d'eau de vaisselle.

A la radio, une certaine Elsa Fortini-Campbell de Salem, Oregon, répond à une interview. Cette jeune femme de vingt-trois ans déclare :

« I want to be a rock! I want to look strong! J'aime transpirer! Je veux être capable de soulever les mêmes poids que les hommes! »

Le type qui fait l'émission s'extasie. Il dit :

« La femme aux muscles de fer, c'est aujourd'hui! Pour un poids de cent dix livres, Miss Campbell en soulève deux cent cinquante. »

A la même heure, Jessica aborde les périphériques de Paris, à hauteur de la porte d'Italie. Elle pense à elle. Elle pense qu'elle ne s'habillera plus jamais en noir. Elle rêve d'une robe d'été.

L'inspecteur de 2e classe Ray Brambilla, un cigare aux lèvres, descend de son appartement. Il a bouffé cinq tartines beurrées. Il rote de plaisir dans l'ascenseur.

Devant l'immeuble, il retrouve, comme chaque matin, Jo Rojinski.

Jo est pâle. Les deux hommes se regardent avec animosité. D'un commun accord, ils décident de ne pas se parler. Ils ne se parleront plus jamais.

Ils marchent côte à côte sur l'asphalte. Ils gagnent leur voiture de service.

Comme c'est bientôt l'heure des nouvelles, Brambilla allume la radio.

A dix blocs de là, Harry Peebles éteint sa douche. Il respire profondément. Dans la pièce voisine, la voix à la radio s'arrête brusquement. Noémie Blue aussi vient d'interrompre sa promenade de somnambule au piano.

Harry Peebles ouvre le rideau de plastique.

Il est traversé par un long frisson involontaire. Aucun rapport avec la température. Harry a toujours frissonné au sortir de la douche.

Quand il était enfant, Sarah Peebles, sa mère, il s'en souvient, lui disait toujours la même phrase en accueillant son corps entre deux tranches de serviette éponge. Elle lui disait :

« Frissonne, frissonne, Harry-doux. Harry-doux qui sort de l'eau... C'est ta peur de la mort qui s'en va le matin. Ce soir, elle reviendra, on la chassera demain... »

Et elle l'embrassait toujours sur le thorax. Sa bouche entre ses seins. Et ses mains. Les plis rêches de la serviette circulant sur ses flancs. Il aimait vraiment ce moment-là. Douceur et rudesse.

C'est seulement plus tard que, brusquement, il s'était mis à la détester. Avec quelle force ! Quelle violence !

Mammy Peebles seule responsable.

Pourquoi avait-elle prolongé si tard la même cérémonie ? Harry avait bien quinze ans, le jour où il avait envoyé dinguer vieille Sarah Peebles sur le carrelage de la salle de bain. Et merde si sa tête avait tapé sur le sol. Il avait désormais envie, vraiment envie d'inventer sa propre douceur. Et sa propre rudesse. Merde encore aujourd'hui si elle n'avait toujours pas compris.

Rien que de repenser à la scène, le nez d'Harry Peebles part sur le côté et revient à son insu. Incontrôlable.

Sarah était restée par terre, dans sa robe à vomir. Harry avait regardé longuement sa grotte. Elle, les jambes écartées. Ses dentelles. L'étonnement sur son visage. Et ses grosses poitrines, en gélatine lente, qui retombaient au fond de son corsage. Inexorablement. Dans le sens de la pesanteur et de la cruauté du temps.

Chère vieille Sarah avait pris une voix aiguë. Si flûtée. Elle avait dit :

« Je t'ai déjà perdu, Harry ? Harry-doux ? Perdu-perdu ? »

Elle avait refermé ses jambes sur ses secrètes pensées. Elle s'était relevée. Elle lui avait tendu sa serviette. Elle avait répété :

« J'ai perdu mon bébé. »

Elle était partie faire une tarte aux pommes avec d'étranges mots sur les lèvres :

In a little box just six by three
And his bones now rot on the lone prairie...

Comme si elle abandonnait Harry à son destin, à sa mort. Le condamnant désormais à rester seul, errant de par le monde.

La radio hurle.
La radio hurle.
Harry disjoncte.

Dans le living, une musique annonce un bulletin d'informations. Harry se frotte très fort. Il s'assassine la peau avec sa serviette afin d'être bien sûr de vivre à son compte.

La voix de Noémie Blue l'arrête alors qu'il vient juste de chasser sa peur du matin.

La voix de Noémie dit :

« Harry ! Harry ! Cobb leur a échappé ! On pense qu'il fait route vers le sud-ouest... Il a envoyé lui-même de ses nouvelles à la presse ! Ils disent que c'est Robin des Bois ! »

Dans la voiture banalisée rangée le long du trottoir, Brambilla et Rojinski se regardent. Eux aussi viennent d'entendre tomber la nouvelle. Aucun des deux ne se décide à rompre le silence. Aucun des deux ne se décide à éteindre la radio. L'atmosphère devient irrespirable. Brambilla jaillit de la voiture. En claquant la portière derrière lui, il lève la tête vers l'immeuble Blue.

Non loin de la gare d'Austerlitz, Jessica cherche à se garer. Elle ne trouve pas de place. Elle tourne en rond. Elle s'énerve.

Elle aimerait tant se promener dans Paris.

A Morsang, dans la chambre qu'occupait le chef Marceau, sous une couverture froissée, une voix métallique crépite.

Elle dit avec insistance :

« Allô allô... Ici Alpha autorité de bravo 2... M'entendez-vous ? M'entendez-vous ?... »

Harry Peebles se tient près du téléphone. Il a une érection fugace. Noémie Blue le regarde sans le voir.

Il se rend à la fenêtre la plus proche.

Rojinski et Brambilla ont relevé les deux jeunes flics. Ils se sont installés chez la gardienne de l'immeuble.

Toujours pas un mot entre eux. Brambilla a l'oreille rivée à un petit transistor.

Rojinksi déchire une page de son carnet. Il fait passer une note à Brambilla. C'est écrit :

« Je prends l'écoute. Tu surveilles l'extérieur ? »

Brambilla hausse les épaules pour faire savoir qu'il s'en bat l'aile.

Il traverse le hall. Son transistor est toujours allumé. Une fois sur le trottoir, les rythmes habituels reprennent leurs droits. Il lève la tête vers le septième étage. Les trois fenêtres sont toujours ouvertes. Il lui a semblé voir quelqu'un se reculer précipitamment dans l'encadrement de la deuxième fenêtre. Il repense au type à la machine à écrire.

La chaleur s'installe sur la ville.

Le sol vient d'être mouillé par une arroseuse municipale. Brambilla marche dans une flaque et y reste. Longtemps.

Après, il regagne le trottoir. Il imprime soigneusement sa semelle. Celle qui est marquée Woodmilne et 42, la pointure.

Il allume un nouveau cigare. Cette histoire de chat dans la gorge, c'est sûrement psychosomatique.

A cent cinquante à l'heure, l'Alouette III de la gendarmerie survole les champs immenses. Elle pale tranquillement l'air de la campagne. L'atmosphère se réchauffe à vue d'œil. Déjà le soleil parade.

En l'air, il bengale à petits feux et aplatit sa tronche congestionnée contre la bulle de plexi de la cabine de pilotage. En bas, il frise à plat et exagère le sol.

Morsang apparaît.

La ferme est compacte comme un fer à cheval jeté sur la Beauce. Trois côtés fermés, un hangar et une mare.

L'adjudant tape sur l'avant-bras du sergent qui pilote. Il se fend la gueule. Il dit :

« Merde ! Pourvu qu'on retrouve pas Marceau habillé en pécore ! Avec un béret jusqu'aux yeux, j' suis pas sûr de le reconnaître ! »

Le pilote se met à rouler les *r :*

« Vous crrroyez qu'il a déjà eu l' temps de fairrre souche ?

— En tout cas, dit l'adjudant, il répond pas ce con ! Preuve qu'il a déserté sa piaule ! Si la boiteuse l'a passé par les armes, j' vais tout raconter à Fernande, moi, et ça va pas traîner !

— Elle s'appelle Fernande ? Le pilote fait la grimace. C'est con comme nom, Fernande.

— Ouais, c'est sa femme. C'est Fernande. Ils sont jeunes mariés. »

Par acquit de conscience, l'adjudant prend à nouveau le micro. Il dit que 1, 2, 3, 4, 5, ici c'est Alpha autorité appelant de bravo 2. Il écoute les crachouillis. Il dit :

« C'est bizarre, son poste est branché. »

Il reste pensif.

Après, l'hélico plonge vers le sol et soudain, on est arrivés. La poussière retombe. L'adjudant ouvre la portière. Le pilote se marre toujours. Il dit :

« Vous voulez peut-être prendre le polaroïd, mon adjudant ? Des fois qu'il faille faire un constat d'adultère ? »

Le gradé dit :

« Déconne pas. Je comprends pas ce qui arrive. »

Il s'en va en courant sous les pales. Il a pris son fusil avec lui.

Quand il débouche dans la cour de la ferme, il voit tout de suite la grosse voiture américaine.

Elle est immatriculée dans l'Eure-et-Loir, chef-lieu Chartres.

Il se dit : « Tiens... » C'est tout ce qu'il se dit.

Un gros plouc qu'il a déjà entrevu la veille sort de la maison de maître et s'avance vers lui. Il est tout rougeaud, le galure en déroute. Il retrousse ses babouines, fait un travail fou avec ses joues, les lisse et finalement organise toute sa chafouine citrouille en un vaste sourire d'accueil pour hôtes étrangers.

« Bonjour mon 'ieutenant, il fait l'imbécile. Avez-vous bien dormi ? »

Je, Socrate, épouvanté

Je prends ma ciboule de natif et je dis à l'adjudant :

« Bonjour mon 'ieutenant ! Avez-vous bien dormi ? »

L'aut' pandore me regarde comme un grand gazé

J' m'essuie les mains par contenance et j' m'aperçois qu'elles sont toutes tachées de la bave de sang à ma nièce. Ce détail important n'échappe pas au sous-off.

Je ne me départis pas. Recours au sourire qui grimace. Je dis aimablement :

« Ha ! Vous r'gardez mes mains d'assassin, j' parie ! »

Il répond pas. Me laisse mariner. Je prends une tête de vraiment brave type.

Je dis :

« C' que vous r'gardez là, c'est l' sang des innocents ! »

J'ajoute :

« En voudrez-vous un aussi ?... »

— Un quoi ? fait le gendarme en reculant.

— Un lapin, nom d'une bite ! J' suis en train d'en préparer un russe pour le futur gendre à mon frère... et une petite bouteille de raide. »

Je montre la voiture superbe :

« Un homme des villes, je dis avec considération exagérée. Très bonne situation. Gan. Les assurances. Si ça vous intéresse...

— Oui, justement, j'allais vous demander. Vous avez de la visite ?

— Ma nièce, j' vous dis. Qu'est venue présenter son fiancé. »

Je m'approche du gendarme suspicieux. Je me mets à puer la terre entière. L'adjudant me regarde ébranlé par la profondeur de mon remugle à moi tout seul. J' lui laisse prendre le vent et j' fais çui qui dit ça pour dire quékchose. J' dis :

« Va faire chaud. Une chaleur atroce. »

Il me répond à côté. Il me dit :

« Où est mon gars ? »

Exactement ce que je redoutais. J' prends l'air évasif.

« J'lai point vu c' matin. Hier, faut êt' juste, il a pas mal arrosé à table.

— Où sont ses quartiers ? »

Je montre le coin de la courette. L'échelle de meunier.

« Par là-bas. En haut des marches. Y doit encore s'y trouver. »

J' prends l'air mystérieux. J' dis :

« Normalement. »

L' gendarme s'élance. Traverse la cour. Attaque l'escalier. Grimpe quatre à quatre.

Moi, sans l' quitter des yeux, je r'cule arrière, drrru, diah ! Et j' rentre à r'culons dans la cuisine. J' chuchote sans me r'tourner et le micro à peine ouvert :

« Ça va, Lily ? Tout est organisé ? »

Illico, Aphrodisia envoie la rétorque.

272

« J' me suis refaite l'œil. Ravalée la façade. Col-matée les brèches et ecchymoses. Essaie quand même de pas l' faire rentrer tout de suite... »

Là-bas, y a déjà l' gendarme qui r'dégringole avec zèle. Je machine-avant les deux pas que j'avais faits arrière et j' ressors de la maison. Je retravaille une face d'amabilité et, tandis qu'il court vers moi, j'entends un bruit de moteur qui trépide sous la grange. Je serre les fesses comme une poinçonneuse. Même un confetti passerait pas par le chaton de mon moutardier. Kékçétic' tintouin ?

L'adjudant s'arrête devant moi, brandit le poste émetteur de son putain de gendarme. Me dit :

« L'est pas là. Son fusil non plus est pas là. Le poste était en marche. Tout ça n'est pas normal. »

Je m'apprête à répondre.

Brusquo, il me fait signe que c'est pas la peine. Il a tout compris. Il s'élance vers la maison. Je me mets vaguement en travers. Il m'écarte.

« Si c' gendarme est là à se soûler la gueule, il faut pas me le cacher », dit-il en entrant sans frapper.

Sur le seuil, il s'arrête.

Je suis prêt à le suivre, histoire de parer à tous les malheurs qui peuvent se produire à l'intérieur, mais avant, j' peux pas m'empêcher, je jette un regard par-dessus mon épaule... Ce que j' vois m' remplit d'incertitude. Nom d'une bite ! Y a une grosse machine à moissonner, Claas Dominator 81, elle s'appelle, qui vient de sortir de la grange et s'élance en ferraillant vers la plaine... Le Cobb !

Mais vous savez c' que c'est, en cas d'urgences au pluriel, vous triez toujours. Et, pour le moment, c'est quand même, à l'intérieur de la baraque que ça risque de crépiter en priorité.

J'entre dans la cuisine à mon tour.

Ici, l'atmosphère est méfiante mais calme. Les rideaux sont tirés. Pénombre et Cie. Chim, neveu de merde a disparu. S'est fait la malle. Nous a laissés dans le pétrin et mistouille. A contre-jour, Marcel, ex-Fabrizzio, dessine sous sa moustache un sourire crispada. Il est blanc comme son costard tropical. Il a les genoux rangés sous la table.

En me penchant, je vois goutter le sang. Une tache qui s'arrondit sur le carrelage. Je surveille le chat qui dort sur son tabouret. J'espère bien que. Pourvu !

Mais, pour le moment, heureusement, c'est Lily qui tient l' devant de la scène.

Même qu'elle a mis le paquet. Une vraie meneuse de revue. Ah, la belle artiste !

Montée-funambule sur la table, elle a les deux bras levés vers la suspension en opaline. Ça permet de faire apprécier à l'adjudant de la Pandorerie Nationale le galbé de ses cuisses. Dans la générosité du moment, elle le fait également juge du modelé de son grassouillet. Elle l'a confié, pour la circonstance, à une string en nylon cent pour cent polyamide extensible.

Ça y est ! Lily-merluche passe le grand braquet ! Spectacle ! Revue ! Parade ! Entrez, entrez ! Et vous verrez le Grand Tafanard fraîchement rasé ! Rotoplos, tétasses, babas et bénitier. Erotisme s'il vous plaît ! Ha ! Qualité, je vous jure ! Personne résiste. Attraction des sens, forcément. Y a plus d' gendarme ! Plus de voleurs ! L'adjucouille, vot' serviteur idem, juste masculins. Lui, moi, on reste là. Posés. Plouf. Des tas. Pantois. Eternels. Simples comme des osties. Prêts à la salive, au stupre et à la carambole.

La radeuse continue son parcours de diversion.

Elle se hisse sur la pointe des pieds. Dévoile un atout de plus : l'esstrême cambrure de ses reins.

Pas fini !

Elle se détourne un moment. Fait mine de découvrir l'adjumouille.

« Ah ! Ah ! qu'elle fait avec la main devant la bouche, ah ! un militaire !... Justement, la lampe qu'a pété, c'était une douille à baïonnette ! »

Le gendarme se secoue. C'te pièce mal éclairée, sauf l'œil-de-bœuf sur la plaine et la p'tite fenêtre au-dessus de l'évier, ces gens peints comme des barbares sur un mur de patronage, à peine vivants, il a l'impression d'être dans un rêve.

« Mon gars n'est pas là ? » il bredouille.

Personne lui répond. Depuis un moment, je surveille la plaine. Par l'œil de bœuf, maintenant j' vois l' Claas Dominator qui s'éloigne de plus en plus.

« Vous m'aideriez pas ? vient de demander Lily à l'adjudouille. Mon fiancé Marcel, c'est pas un manuel... »

Justement, le gendarme fixe le hareng avec insistance. Ce con dodeline de la coloquinte, ensuqué par sa blessure.

« Votre physique me dit quelque chose, lui dit l'adjunouille.

— Alors crotte ! Vous m'aidez ? » dit Lily.

Elle tend sa main cutex pour hisser le flicard sur la table.

« Et après, on boira un p'tit coup d' blanc », je propose endiablé, sans vraiment penser à c' que j' dis.

Je sors sur le pas de la porte et je zyeute du côté de la plaine. La machine à moissonner s'est mise à fonctionner dans l' blé du haut. Elle attaque par le bord. Sept mètres de coupe, elle commence à œuvrer.

Je reviens dans la maison.

Le gendarme et Lily sont sur la table. Ils ont l'air de danser. Je sers un coup d' blanc à tout le monde. Et j'arrête pas de cogiter.

Je colle un verre dans la main d'ex-Fabrizzio pour qu'il fasse naturel. Le proxo est complètement dans les vapes. Il a le regard flou comme un fond de bouteille. Un teint de bougie. Il menace de s'écrouler à chaque retour de respiration.

Je tends un verre trop plein au gendarme pour que ça l'occupe. J'en donne un à la môme pour qu'ils trinquent dans les altitudes. Ma nièce entreprend le pandore.

Là-haut, à hauteur de solives et de saucisses sèches, les v'là les yeux dans les yeux. La coquine a pas trop de tout son métier. Elle lui fait le complet de ce qu'elle connaît. Rien que du savant. Un récital. Des tas d'agaceries parépatéticiennes.

Faut surtout pas qui r'garde en bas.

Fabrizzio dodeline dangereusement. Je le cale. Moi, j' cours à l'œil-de-bœuf. Là-bas, l' Claas Dominator continue à tourner. Y coupe. Y coupe le blé.

Et d'un seul coup, j' comprends c' qui m' choque ! C'est qu'on coupe pas du blé vert, nom d'une bite ! On coupe pas du blé au mois de juin ! Maizalors ? A quoi y joue le Ricain ? Hein ? A quoi ?

Et la réponse est évidente.

Il joue à se rapprocher.

Il est sûrement resté un gus dans l'hélicoptère. Pour Cobb, le problème c'est : comment ne pas attirer son attention ? Un homme seul dans la plaine, ça se voit. Tandis qu'une machine, on s'habitue.

276

Cobb s'apprête à récupérer son fric. Le fric est caché au milieu du champ de blé !

Nom d'une bite, je suis tellement excité que j' salive de travers. J' prends mes poumons pour mon gosier. J'envoie le vin blanc où il faut pas qu'il aille et je m' mets à tousser de suffocation. Jours en danger, pâmoison alvéolaire, j'éructe, plus violet que soutane d'évêque.

Le G.I.G.N. en profite pour sauter à terre.

Y m' tape dans le dos si comme on était de la classe. Attentif. Le geste qui sauve. Secouriste, voyez. Me fait lever les bras. Penser à aut' chose. Respirer fort. Bon. Maintenant, respirer, pas. Respirer, plus. Plus ! Plus du tout, j'ai dit ! Rien ! Rien. On se bloque. On se bloque ! On tient le coup. On ne peut plus tenir ? On ne tient plus ? Expirez ! On relâche ! On relâche. On relâche tout ! Le vide ! Videz !... Et maintenant, quelle est la date de la bataille de Marignan ?

Des trucs pas possibles, comme on voit, et qu'ils apprennent dans les symposiums à ce qui paraît.

Moi, les yeux noyés de congestion, de l'eau salée qui m' dégouline des globes, du vin blanc qui revient des profondeurs (avec tout c' que ça comporte) et toujours c't' envie de courir après le Cobb qui va calter avec le magot, j'exécute tout c' qu'il dit. Extension. Respiration. Blocage. Rétention. Un, deux, trois, quaaatre ! A rots et petits pets, force de régurgitations innommables, je m'avance vers la guérison.

Dès que j'ai un répit, mon sauveur me dit :

« Vous, vous êtes un grand nerveux !... Ça va mieux ? Bon. Ben, ça ne me rend pas mon gars, tout ça! Remarquez, c'est moins dramatique qu'hier, puisqu'on n'est plus après Cobb, mais tout de même, si le lieutenant apprenait qu'il a découché pendant le service, y s' ferait virer vite fait. Alors dites-moi tout maintenant... Il est avec la boiteuse, hein? C'est ça? »

Je r' prends souffle entièrement. Faut à tout prix que j' me débarrasse de c't' andouille. J' peux tout de même pas le tuer raide. Deux flics aussi rapprochés, ça s'appellerait une habitude.

A l'homicide volontaire avec préméditation, je substitue un fin sourire. Je lui dis dans le genre grivois :

« Vous savez quoi, vot' Marceau dont vous m' rabattez les oreilles?

— Non? fait l'adjudant.

— Eh ben m'est avis que c'est pas la Beauceronne à fond plat qu'il s'est mis à chasser... Plutôt la cousine germaine, genre edelweiss de Poméranie...

— J' vous suis pas, il avoue.

— Hier au soir, vot' centurion, il a pas arrêté d' nous rabâcher les oreilles avec ses camping-gueuses... »

Sa mâchoire s'ouvre. Ça l'intéresse.

« Deux étrangères, je lui dépeins. Avec des avantages en nature. Et une grande ignorance de notre langue.

— Où sont-elles?

— A huit cents mètres à vol d'oiseau, derrière le bois. Vous pouvez pas les manquer. »

D'un coup, il se souvient :

« Ah! oui, mais c'est vrai, ça. Il y a les tentes! On les a vues... »

Il récupère son flingot, salue le futur couple de jeunes mariés et s'esbigne en courant.

Il a pas mis le rangère dans la cour, que Fabriz-zio pique du nez dans son verre et s'écroule, ter-rassé par l'hémorragie.

Je r'garde ma nièce et j' lui dis sincèrement :

« Commence à m' turlurer, ton indigène ! Autant que tu t' l'emmènes à l'hosto avant qui s' vide sous not' toit. Y a déjà bien assez de cas inexpliqués sur tout l' territoire ! »

Je prends l'élégant sous les aisselles. La môme se le brancarde par les pieds et, vlaf, on viande Fabrizzio dans le coffiot de sa General Motors.

A peine le couvercle est refermé qu'on voit l'héli-co apparaître par-dessus les toits des écuries et mettre le cap vers le nord.

Aphrodisia a perdu les couleurs de la vie. Cire et cernes, elle se glisse derrière le volant. Un souf-fle, elle dit :

« Onc' Soc, je m' casse avec c' qui m' reste d'énergie. Tu m'en veux pas, dis, si je fais pas la vaisselle ? »

J' l'assure que rien n'a plus d'importance. Elle démarre sur les chapeaux de roues.

Pendant tout le temps qu'elle m'a parlé, j'ai pas cessé de guetter le cirque du Cobb autour du champ de blé. Y continue à raccourcir ses cercles, laisse passer l'hélico qui n'y voit que du feu de subterfuge et poursuit sa route vers le petit bois.

Moi, coudes au corps, je sprinte à travers champs. La main sur le haut du galure, le cou tendu dans le sens de la migration, pareil une grue cendrée voguant vers l'exotisme, je vole à rase-mottes et saute-glèbe. Ecorché-ronces, cro-cheté-froc par les épinettes, prêt à tous les écarts, enjambant, contournant, buvant les obstacles, scabieuses, centaurées, coquelicots qui défilent, je vibure à grands bras et m'araigne à tire-croquenots par bouse et mottes en direction de la moissonneuse.

Là-bas, l'Alouette des gendarmes fait un point fixe au-dessus de la corne du bois.

Cobb a sûrement suivi le trajet de l'hélico.

Tandis qu'il disparaît derrière les arbres, le Ricain arrête le mastodonte agricole. La barre de coupe cesse de faire grincer sa mâchoire. La poussière de blé commence à redescendre.

Cobb va droit au pylône le plus proche. Au fur et à mesure de mon approche, je peux mieux suivre ses manigances.

Il a l'air de s'orienter. Il fait une trentaine de grandes enjambées en direction du centre du champ et stoppe net.

D'un coup, il se baisse. Il se met à gratter attentivement la terre.

Je déboule.

Il se retourne.

Un geste-réflexe d'une sauvagerie inattendue. Son bras est magiquement prolongé par son flingue. Bleu corbeau. Un œil à barillet. Bec.

Et il ricane comme une tête de mort.

Je, Cobb, et la terre se parfume

Je déteste le soleil. Il donne l'illusion de la gaieté. Au moins, la nuit ne triche pas. Sa vocation est ouvertement tragique. J'aime la ville et les ténèbres.

Quand je me suis retourné, j'ai renversé la salière. Impression de vertige. Eblouissement. Mille escarbilles blanches au fond de mes rétines.

Je déteste l'herbe. Les insectes. La campagne. Je hais la Beauce.

280

Elle me boit.

Je braque le plouc. Je dis :
« Tu es là ? Bonne idée ! Creuse ! »
La pioche a disparu. Je n'aime pas ça. La poisse
est après moi. Elle embourbe tout depuis le
début. Elle glue. Trame. Fausse. S'acharne.
Je m'approche du pécore. Il recule.
Le museau du 357 Magnum décrit un cercle
bleu autour de sa tête. Il s'incline pour esquiver.
A mi-chemin, je change de trajectoire. Je frappe
de haut en bas. Vache. Vache.
Il a perdu son chapeau. Une coupure reluit et
vermeille sur sa pommette.

Sac-à-merde tombe à genoux. Les épaules lourdes, il regarde la terre. Elle est refermée comme
une croûte.
« Eh bien, creuse ! Qu'est-ce que tu attends ? »
Il regarde ses mains. Il se dandine sur ses rotu-
les. Cherche à se caler mieux sur les mottes.
« Creuse bourrique ! Hue ! »
Un coup de pied dans les reins. Il chavire. Il se
met à gratter devant lui comme un chien.

Mon père avait un chien.
Mon père avait un beau chien.
Une bête qu'il adorait. Les caresses étaient
pour lui. Souvent, il me battait. Salaud d'Irlandais.
En ce temps-là, mes frères étaient partis. Ma
mère nous avait plaqués. Nous n'étions plus que
trois dans la saleté d'appartement du Bronx.
Alors, j'ai commencé à détester l'animal. J'ai

souhaité sa mort. Et j'ai voulu qu'elle soit exactement comme je la rêvais.

Horrible.

J'ai dressé le chien à mordre. Chaque fois qu'on touchait sa laisse, une tresse de cuir, je foutais une trempe à l'animal. Bon Dieu, je lui ai appris à mordre.

Et vous ne pouviez plus toucher à la laisse.

D'ailleurs, je l'avais fait disparaître de la circulation. Mon père avait fini par l'oublier. Mais pas le chien. Pas Tobie. Putain de chien, il n'avait pas oublié. Et j'ai attendu patiemment le jour où le fidèle animal serait devenu un fauve, quelque part au fond de sa tête. Ce jour-là est venu. Tobie était entièrement conditionné.

Nous étions prêts.

J'ai « retrouvé » la laisse. Mon père a voulu promener le chien. Tobie s'est aussitôt jeté sur lui. La bête était forte. Mon père avait une poigne de bûcheron.

Au fond de ma piaule, j'écoutais les échos de la bataille. J'entendais les râles de l'animal. Et aussi les appels de mon père.

J'ai fini par accourir. Papa-flic maintenait le chien sous lui. De ses mains crispées sur la fourrure, il l'étranglait. L'animal écumait. Une bave blanche. Rage et épuisement. Une haine laiteuse. La mort était dans la pièce.

« Passe-moi mon pistolet », souffla mon père.

C'était son arme de service. Il ne pouvait pas lâcher l'animal.

« Arme-le, dit-il. Par saint Patrick, fais ce que je te dis. »

Il m'expliqua comment manœuvrer l'acier

froid. La culasse recula. Je vis monter la balle dans le canon.

Je lui passai l'automatique. Je sortis en courant. Il y eut deux coups de feu étouffés par les poils.

Mon père ressortit au bout de dix minutes. Il était hagard. Il venait de tuer son meilleur ami. Moi, j'avais assassiné mon rival. J'avais treize ans.

Le plouc creuse. Creuse comme un chien.

« Arrache! Fais saigner tes mains! Grouille! »

Deux fois encore, je m'acharne sur son dos. Le monde entier peut crever. Depuis trois jours que dure cette cavale ils m'ont enragé.

Mes yeux vont très vite. Rafales de pensées dans ma tête. Les flics sont derrière le bois. Ils sont deux. Le plouc creuse. Ahane. S'écorche. Halète. Crâne luisant de sueur. Calvitie obscène à force de blancheur.

Je fixe ses oreilles où bat un sang vermeil.

« Tu voulais le fric? L'odeur t'attire? Creuse! Gagne ta merde! »

Il détourne une gueule ruisselante de gouttes. Le soleil est dans ses yeux. Mille vaisseaux écarlates lui étoilent le nez. L'espoir lui revient. Fou.

« On partagera?

— Creuse ou je t'abats. »

Il émet un gloussement désespéré.

« Si tu tirais ici, ce serait comme un coup de tonnerre, dit-il. Tu n'oserais pas le faire. Et pas de murs pour étouffer mes râles. »

Il m'a tutoyé. Il se rapproche de moi. S'accroche à la même planche. Je ne veux pas de lui.

Il reprend son boulot forcené. Soudain, il y met

du cœur. Ses ongles crasses griffent un morceau d'étoffe bleue.

Je relève la tête.

Cris.

Les yeux mi-clos, face à la lumière qui harcèle. Je tends l'oreille.

Cris.

Je bloque mes poumons. J'ordonne :

« Arrête un peu. »

Nous écoutons.

Cris.

Au fond de la plaine, un homme appelle un homme.

« Les flics, dit Socrate. Ils ont trouvé leur collègue. »

Il m'explique la nature du carnage. J'entends des tas de mots imbéciles lui sortir de la gueule. Il parle. Il parle. Intarissable. Disert. Babilleur à tout va. Confidences. Tout ce qu'il a sur le cœur. Son frère. Les campeuses. Le viol. Pas une goutte de sang qu'il oublie. Tout cela sous le soleil.

Il finit par dire en se marrant avec complaisance :

« C'est pas bien dur de tuer un bonhomme. Çui-là, sa tête a éclaté comme une bûche ! »

Il fait un son. Sa langue qui cabriole entre ses dents pourries pour imiter le bruit que ça a fait.

Moi, je me mets à hurler. Je le prends par le col. Je le secoue. Ses joues tressautent. Ses yeux riboulent dans leurs logements. Je gueule :

« Quoi ? C'est toi qui as tué le flicard ? C'est à cause de toi s'il n'est jamais revenu à la ferme ? »

Il se marre de plus belle. Complètement débile. Hors de ses pompes. Il glapit avec une voix qui déraille dans l'aigu :

« Parce que tu l'as attendu, hein ? Tu l'as attendu ? Ah ! Ah ! ça c'est la meilleure ! »

Je hurle aussi. Vocifère. La colère qui monte à mesure.

« Toute la nuit, tu m'entends ! Toute la nuit !... Et j'aurais pu partir ! La merde ! Sauver ma chienne de vie ! »

Il dit :

« Ta chienne de vie ? J'en donnerais pas un sou ! T'es foutu, Cobb ! Mort ! Tout comme ! Mangé par nous aut' ! Sucé ! Rongé moitié déjà ! Horace avait raison : c'est la Biauce, putain d' pays, qui s'est r'fermée sur toi ! T'es mort, j' te dis ! »

Je le lâche. Il continue à sourire comme un sinoque. Rajuste vaguement ses habits dans le bon sens. Il lit dans mes yeux la lassitude.

« T'as l' coup d' pompe, hein ? » il s'informe.

Il a compris que tout ce que j'avais entrepris pour desserrer l'étau vient de tomber en capilotade. Les flics vont revenir. Fouiller la ferme. Les environs. S'acharner sur place.

Je passe le revolver à ma ceinture. Je me laisse tomber sur les genoux en face de lui. Il me rejoint. Je pousse un grognement. Les mots sont inutiles. Paroles, plus besoin. Nos yeux se rencontrent. Même sang. Même folie.

Il se remet à creuser.

Je creuse aussi. Mes doigts éclatent. N'importe. Le sac est dégagé. Le plouc tire sur l'étoffe. Il peine. Nous nous redressons. Il desserre les cordons du sac. Il suspend son geste. Il me regarde comme un dément.

Ses yeux bleus qui tourneboulent. Et dinguent et girent. Et brillent et bougent. Il souffle sur place. Il est hors d'haleine. L'émotion, comme s'il avait couru.

« Alors c'est ça l'oseille ? il hurle. C'est ça ? ÇA ! »

Il retourne le sac. Des caillasses tombent sur la terre craquelée. De son avant-bras, il essuie la sueur qui dégouline sur ses arcades. Il devient frappa-dingue :

« ZOB ! ZOBI ! » il éructe. Il prend ses couilles à pleines mains. Me les montre comme une chose considérable.

« ZOB ! » il récidive.

J'ai la gorge sèche. Les yeux me piquent. Le soleil au-dessus de nous installe sa chaleur stupide. Autour de mon champ de vision tout paraît noir. Il ne faut pas que je cède à la tentation de la fatigue. Du vertige. Il faut que je me ressaisisse. Sinon le confort est là qui me guette. Tu t'assieds pour de bon. Et la terre gorgée de chaleur t'aspire. Se referme sur toi. Quiétude. Abandon. Démission. Langueur. Paresse extrême. Pourquoi continuer ? Où aller ? Quel est le but ? Où est le sens de la marche ? Garder sa vie ? La vie, c'est quoi ? Un droit ? Une obligation ? Un peu de fuite, une course imbécile, vite rattrapée par des balles ? Hausse à huit cents mètres. Vite enfermée par des murs ? QHS, plus jamais.

Le plouc en face de moi, témoin et participant à ma misère, lui-même à bout de force et de calculs, vient de craquer. Il ouvre une large gueule sans dents. Rien que du vide de davier. Il se remet à rigoler. A rire, comme si tout était si fou, si dérisoire, si farce et si cul-de-sac, que tout ce qui reste, c'est les nerfs. Un caoutchouc mille fois tordu qui libère une hélice. Un avion de rire qui s'envole. Rien plus pour le retenir.

Je regarde le ciel.

Le soleil qui turbine.

D'un coup, la violence me revient. Réflexe de peur. Seul garde-fou. Je m'enfonce à nouveau. Seul. Jusqu'où peut-on aller?

J'accomplis les gestes de la terreur. Dieu me pardonne et sauve qui peut! J'efface. J'efface et j'assassine.

J'écrase cette merde d'homme en face de moi avec autant de hargne et d'inconscience que l'araignée dans la grange. Même brutalité dévastatrice. Han! Avec le canon d'acier, je frappe. Je frappe. Je hache et divise. Han, cette chair rouge et irriguée. Eclate, pisse, émiette, défonce, j'entame, je brèche, j'ouvre. Le sang efface les yeux bleus. La bouche s'emplit de matière molle. Les bras, d'abord montés en défense, se mettent à pendre. Une station sur les genoux. La tête qui se baisse. Nuque.

Et d'un coup net, je brise l'homme.

Haine. Impuissance. Instinct de mort. Je suis tout seul. Mes tempes battent.

Ailleurs, même, surtout en moi, la vie est intolérable d'égoïsme. De tranquillité. Son rythme biologique. Le cœur qui fait tchaf ha ha. Insupportable pompe.

La destruction passe inévitablement par mon propre corps.

Je sors de ma poche le rasoir.

Je l'élève jusqu'à hauteur de ma tête. Je taillade. Deux fois, je porte atteinte à ma vie. C'est tout ce qui me reste.

Le sang inonde mes épaules. Vitreux sous le soleil. Ouaté. Absent. A pas pressés, je m'éloigne.

Dans mes mains, je tiens mes oreilles.

Je cherche la direction de ma mort. J'aimerais trouver un peu d'ombre. J'aimerais tant trouver un arbre. Harry Peebles est un foutu pédé. A force d'être en retard, il va rater le grand final. Ce matin, je vais mourir.

Et gorgée de soleil, la terre se parfume.

Chronologiquement

Jessica est gare d'Austerlitz. Elle relit les instructions inscrites sur la plaque émaillée du taxiphone. Elle compose le numéro de téléphone qu'elle a appris par cœur. Elle fait très attention de ne pas se tromper. Elle se trompe. Manque d'habitude. Elle recommence.

Harry Peebles tape à la machine. Il se tient près du téléphone. Il lève les yeux quand Noémie Blue passe près de lui. Il écarte un tabouret de son chemin pour qu'elle ne se cogne pas dedans. Noémie Blue suit le mur labyrinthe. Elle est pieds nus. Elle se rend à la salle de bain. Elle fait couler de l'eau fraîche sur un gant de toilette. Elle le passe sur son visage. Elle le passe sous ses aisselles. Elle le garde sur sa nuque. Elle revient.

Harry voit s'avancer au-devant de lui les aréoles brunes et larges de ses seins. Elles bougent en transparence de sa combinaison. Elles s'arrêtent devant lui. A hauteur de sa bouche. Harry ne bouge pas. Ses lèvres remuent imperceptiblement. Envie de sucer.

Noémie Blue s'écarte brusquement. Elle fait un geste agacé. Gee! Man! Lâchez-lui la peau, vous, les mouches!

Aujourd'hui comme hier, il fait un soleil d'apocalypse. La ville est en plomb. On étouffe dans les logements à bon marché. Du feu qui dévale le long des échelles métalliques, au flanc des buildings.

Mélasse et sirop, les rues sont des fleuves immobiles. L'asphalte fond sous les pas de Brambilla. Ses paupières lourdes filtrent cette lumière de merde. Le soleil partout dans les vitrages.

Il lève la tête vers le septième étage de l'immeuble Blue.

Dans le living, le téléphone se met à hurler. Noémie et Harry se regardent sans se voir. Pour lui, elle ne compte plus. Pour elle, il n'a jamais existé.

Harry décroche. Il entend un bourdonnement.

Le pouce et l'index de Jessica se démènent. Ils s'acharnent sur la pièce de un franc. Le visage de la femme se crispe. Jessica s'énerve. Elle n'arrive pas à introduire la foutue monnaie dans la fente du taxiphone. Quand elle y arrive, elle dit tout de suite :

« Allô ! » Pour être sûre, elle introduit encore une autre pièce.

Jo Rojinski cesse de penser au cul de Nelly. Abasourdi, il regarde le magnétophone d'écoute qui vient de se mettre en marche. Il est trop ému pour alerter Brambilla. D'ailleurs, Brambilla est dans la rue. Et Brambilla est un fieffé salaud. Il ne lui parle plus.

Seul en face de ses premières responsabilités depuis quinze ans, Rojinski se met à flipper.

Au bout du fil, une voix de femme dit :

« Allô ? Est-ce que je suis bien chez Miss Blue ? »

Accent traînant. Presque campagnard.

Une voix d'homme répond :

« Ne quittez pas, je vous la passe. »

Léger accent américain.

Et Rojinski se met à trembler de nervosité.

L'hélicoptère s'arrache de la corne du bois. Son museau translucide furète au ras du sol. Le pilote est pâle. Soudain, il balance le cockpit. Il montre un homme en noir qui marche sur la plaine. Il est seul. Il marche devant lui. On jurerait qu'il titube.

Cobb ne sent plus rien. Ne voit plus rien. Ne va nulle part.

Il trébuche sur une motte de terre, descend un talus en courant malgré lui et se tord une cheville.

Il se rattrape à quelque chose qui passe. Ou plutôt qui est là. Qui était là avant et qui n'a rien à faire ici.

Un bateau de pierre.

Cobb écarquille les yeux. Il cherche à oublier les ruches qu'il a dans les tympans. Au travers des barreaux de sang qui fragmentent sa vision, il palpe l'incroyable paquebot qui vient de surgir devant lui.

Comme un noyé, il s'y accroche. Question de vie ou de mort. Il suit le bastingage.

Un bruit de hachoir lui fait lever la tête. Au-dessus de lui, l'hélicoptère s'immobilise. Le soleil noir girouette derrière les pales.

Cobb a du venin dans les veines. De la hargne partout. Plus de forces et de la hargne.

Il voit clairement le gendarme noir épauler son fusil. La mise à mort est verticale.

Cobb a une fulgurance. Eclair devant les yeux.

Bobine qui se dévide. Il pense à No. Il voit des draps. De la fraîcheur. Son rire rose pour appeler la vie. Et cet éloignement triste qui ternit le fond de ses prunelles. La bobine se dévide de plus en plus vite. Cobb marche à reculons. Il remonte l'espace. Le temps, vous n'y pouvez rien. La coque du bateau est lisse.

Il titube. Autour de lui, toujours cette poussière. Au-dessus de lui, toujours ce vacarme. Il pense : « C'est mon tour de mourir. » Il est étrangement calme. Il attend le coup fatal, presque comme une délivrance. Et brusquement, il comprend qu'il est au pied du mur qu'il a toujours voulu sauter. Qu'il est devant le bateau qu'il a toujours voulu prendre.

« Ma propre mort, pense-t-il, ma propre mort, celle que j'ai toujours cherchée ! Faites qu'elle soit violente ! »

Le visage maquillé au fond de sang, il s'offre aux balles du tireur. Il écarte les bras. Il ouvre ses paumes. Il montre ses oreilles. Il sourit presque.

Dans l'hélico, crispé sur ses jambes, l'adjudant se redresse. Au milieu de son viseur s'inscrit en gros plan la bouche de l'homme. Ses yeux confiants. Son expression abandonnée. Il place la croix sur le front de sa future victime.

Il hurle sans se détourner :

« Mais qu'est-ce que je fais, moi ? Bon Dieu ! Qu'est-ce que je fais ? Il me regarde ! Il ne se défend pas !

— Tue-le ! Tire ! » hurle le pilote.

Il présente encore mieux son appareil. Du travail mâché. L'adjudant reprend sa visée. Il ne se résout pas à appuyer sur la détente. Il gueule par-dessus le fracas du rotor :

« Mais merde ! Il est blessé ! C'est un type qui abdique ! J'peux quand même pas l'abattre de sang-froid !

— On n'en a rien à foutre! C'est une ordure! hurle encore le pilote. Tire! Vas-y Pierre! Bousille-le! T'auras la médaille pour ça! »

A ce moment précis, Cobb se sent violemment happé vers l'arrière. Affaibli, il trébuche. Il finit par se laisser aller.

Au-dessus de lui, dans la lumière aveuglante, le coup de feu part. Cobb n'en finit pas de tomber, et toujours, on le traîne vers la fraîcheur. La balle du FRF 1 ripe sur l'étrave du paquebot. Elle miaule de déception. Elle a raté sa cible.

Cobb est à quatre pattes.

Chim le hisse de toutes ses forces. Agrippé à sa ceinture, il le fait basculer à l'intérieur du caveau de son grand-père. Cobb glisse. Se rattrape. Une autre balle fait son chemin vers lui. Elle pénètre par ses reins, change de direction, emporte et se love dans ses intestins.

Maintenant, Coob est à quatre pattes sur un dallage. Plus de soleil. Moins de bruit. Plus de poussière. Hébété, il regarde ses mains. Le sang qui ruisselle devant lui.

Chim referme la grille du caveau. Il tourne deux fois la clef dans la serrure.

Il se retourne vers l'homme en noir.

« Salut Humphrey Bogart, dit-il en désignant le fauteuil bleu. Installe-toi là pour mourir. C'est la dernière bobine du film. »

Le regard vitreux du blessé se pose sur la tombe. Il se hisse péniblement sur ses jambes. Il s'affale sur le rocking-chair. Sa chemise est totalement teintée de sang. A tordre. Il claque des dents. Doucement, sa bouche se referme. Ses paupières tombent devant ses yeux. Doucement, il sent qu'il s'éloigne des rives. Qu'il est emporté. Qu'il dérive. Qu'il se détache.

Le gosse se plante devant lui et le regarde attentivement. D'une pichenette, il relève le bitos Borsalino qui lui dégringole sur le nez.

« Hé? Cobb? il interroge, qui c'est qui t'a fait ça? » Pas de réponse.

« Hé? Terreur? Tu m'entends? répète-t-il, les oreilles, qui c'est qui t'a fait ça? »

Il lui file un coup de pompe dans le tibia pour l'empêcher de sombrer.

« Hé! J'te parle! »

Cobb rouvre les yeux au prix d'un gros effort.

« C'est moi, dit-il. C'est moi qui ai fait ça. »

L'homme et l'enfant se regardent avec gravité.

« Pauv' mec, finit par dire Chim. T'es même plus un héros! »

D'un geste brusque, il chaparde le revolver que Cobb avait passé à sa ceinture.

« Maintenant, il fait, je suis maître de la situation. »

Divergences

Dans un taxi, Harry Peebles et Noémie Blue roulent en direction d'Austerlitz.

Ils partagent l'espace. Leurs pensées les éloignent. En fait, jamais ils n'ont été aussi loin l'un de l'autre. En changeant de situation, ils ont changé de rapports.

Noémie-No a l'impression de s'enfoncer dans un cauchemar. Noémie-No est désormais au centre d'une histoire sans contours. D'ailleurs, dès qu'elle a quitté son appartement qui la contient avec précision — vingt-sept pas dans la longueur du living, treize dans la largeur, huit pas pour le couloir et quatre sur quatre pour la salle de bain — elle est entrée dans une soupe différente. Un univers où elle doit avoir recours aux autres.

Dépendance. Angoisse. Les mains tendues devant elle. Une fine canne blanche pour orchestrer les obstacles. La partition est inconnue. Mouvante. Cruelle.

Noémie-No aimerait crier.

Elle mord son mouchoir. Elle se tourne du côté de Peebles.

« Harry, Harry, vous ne me quitterez pas ? »

Harry Peebles ne la regarde pas. Il dit :

« Ne soyez donc pas nerveuse. Fiez-vous aux événements. »

Le visage mobile de l'écrivain se fait attentif. Ses yeux dérivent dehors. Inspectent l'aquarium.

Il a l'impression, lui, de vivre l'effet loupe d'un bocal hyperréaliste. L'action lui fait recouvrer ses forces. Ses capacités. Son acuité. Son flair.

Vieux vautour est revenu.

Tout autour de lui, tout est dessiné avec précision. Le monde est lumière, graphisme, masses et mouvements. Il accommode.

La nuque du chauffeur de taxi devant lui est épaisse. Ses cheveux de méridional ont été récemment griffés par un peigne. Le grain de l'étoffe des sièges est pied de poule. On est déjà à Port-Royal. Le prix de la course avoisinera les trente francs. Noémie Blue s'est parfumée.

Harry n'a pas oublié son portefeuille. Il a un chèque barré dans sa poche supérieure de veste. Les notes qu'il a prises sont dans un sac de cuir. Sa machine à écrire est sur ses genoux.

Il se sent Américain.

Il se détourne un bref instant vers la lunette arrière. Il constate que la R 12 grise qu'il a repérée les suit toujours. Les flics sont bien là.

Il pose les yeux sur le profil de Miss Blue. Son visage tendu par l'angoisse le frappe par son exceptionnel frémissement. Psychiquement,

Harry enfile ses gants de clinicien. Lui, sa spécialité, c'est les êtres.

Il fixe son attention sur les pommettes hautes
de sa compagne. Sur sa bouche tendue vers
l'avant. Sur le cristallin bombé de ses yeux qui
cherchent à comprendre l'espace. A l'interpréter.
La Nuit.

Noémie Blue dit :

« Où sommes-nous ? Harry, où sommes-nous ? »
Une plainte, presque.

Harry Peebles ne répond pas tout de suite. Il
prend le temps de viser au travers de son Pentax
et de faire la photo de cette angoisse. Objectif 50.
Diaphragme 3,5. Au 50ᵉ. Il prend deux clichés.

« Nous sommes arrivés, ma chère, dit-il d'une
voix étale. Nous sommes arrivés. »

Il allonge le point. Il modifie les paramètres.
Vitesse. Diaph. Objectif. Et cadrage. Il prend une
photo des flics dont la voiture vient de s'immobi-
liser derrière la leur. Par effronterie. Le plus petit
descend le premier. Il met le pied dans la merde.

« Trente francs tout ronds, dit le chauffeur de
taxi, vous n'auriez pas la monnaie ?

— Ne me laissez pas, Harry, dit Noémie Blue.
J'ai besoin que vous m'aidiez. »

Chim jette un coup d'œil dehors.

Par l'un des hublots, il voit se poser l'hélicoptère. L'appareil est à une centaine de mètres, pas
davantage.

L'enfant basket-rouge jusqu'à Cobb. Il lui
secoue le genou.

« Hé, Bogie, dit-il, réveille-toi... pas de sommeil ! Les voilà qui rappliquent ! Ils viennent te
chercher ! »

Devant le manque de réaction de Cobb, il

hausse les épaules. Merde pourtant si c'est pas exactement comme dans un film.

« Merde, il fait. Pourquoi que je tombe que sur des lopes ! C'est pas encore avec toi que j'vais accéder à la célébrité... »

Le gosse soupire. Il retourne se poster aux aguets. Là-bas, les flicards continuent à jouer leur rôle. Chim suit des yeux le trajet suivi par l'adjudant. Il progresse en se courbant. Il a en main son fusil d'assaut.

« On est vraiment tout seul, se désespère Chim en regardant la Beauce... Obligé de tout faire soi-même. »

Avec difficulté, il culbute le chien du Smith & Wesson. Il le tient à deux mains. Il prend appui sur la grille. Il ferme les yeux. Il tire deux fois en direction du gendarme.

« Comme ça, ils croiront qu' t'es toujours en bonne santé, il explique. Et au moins, on aura droit à un assaut en règle. »

L'adjudant s'est plaqué au sol. Il se coule parmi les herbes. Il crapahute. S'arrête. Lève la tête. Et examine le terrain. Il n'y a qu'une ouverture pratiquée dans l'étrange mausolée. Toute sortie de Cobb ne peut donc s'opérer que par là. Il suffit de couvrir cette grille pour neutraliser entièrement le fuyard. L'adjudant s'installe au meilleur endroit. Il règle sa lunette de visée.

Une fois que c'est fait, son regard dérive tout naturellement vers la terre. Son attention est attirée par un scarabée noir. La bestiole défile gravement à vingt centimètres de son nez. Elle s'arrête dans une fissure, sorte d'oued desséché.

Subito, l'adjudant retrouve un jeu de son enfance. Les souvenirs rafalent sous son calot. La

Corrèze ! Le collège de Tulle. Les dimanches. Il était toujours collé, Delmas Pierre, 3e VII.

L'adjude crache sur le scarabée. Mouche. Comme autrefois. Fier de son adresse. Mouche. Le carabidé bat la breloque. Gîte. Se tord de rage. Mandibule. Lymphe. Secrète aussitôt une teinture bleue d'autodéfense passive.

« Oui, oui, c'est bien cela, ces bestiaux-là sont des féronies. Pterostichus vulgaris, quand on les appelle par leur nom de barbarie. »

Et bien sûr, c'est pas le collège de Tulle qui lui a appris ça, à Delmas Pierre. C'est Eugène, son grand-père-aïeul. Eugène, qu'était un vieux radical. Un homme qui pissait sur les murs des églises mais qui lisait Monsieur Fabre tous les jours, après le dîner.

Le fils Delmas relève la tête. Il accommode sur le mausolée. Franchement, il lui semble bien qu'il vient de voir passer le visage d'un enfant devant la grille du foutu caveau.

Chim se retourne vers Cobb.

Il dit :

« Ça m' f'rait chier qu'ils donnent l'assaut tout de suite ! Dans l'état où t'es, le jeu serait fini en un rien de temps... et on passerait même pas c' soir à la télé. »

Il réfléchit. Se concentre. Fait appel à Aniello Della Croce.

Tout soudain, sa binette pleine de boutons de jeunesse s'illumine sous le bada.

« Attends, Bogart, il fait, attends, j'ai une idée ! On va leur faire un coup de cinoche ! »

Il cherche dans sa poche son tire-jus morve-plein. Il se l'attache comme un bâillon autour du museau. Il fait un essai de voix en se pinçant le nez.

L'adjudant tressaille.

Une voix enfantine vient de s'élever. Elle provient des profondeurs du caveau. Elle crie d'une manière dramatique.

« N'approchez pas ! Reculez ! Tirez pas ! J' vous en supplie ! Sinon, il va m' tuer ! »

Delmas Pierre colle l'œil à sa lunette de visée. Il entrevoit une silhouette. Un visage bouleversant qui, brusquement, replonge dans l'obscurité. Il se détourne à peine vers le pilote qui vient de le rejoindre en rampant.

Il dit :

« Tout est remis en question. Il a un gosse en otage. »

La voix d'enfant reprend sa triste chanson :

« Il a déjà tué toute ma famille ! Tirez pas, j' vous en supplie !... »

Les deux gendarmes se regardent.

« Tu t' rends compte où on en est ? dit le pilote. Tout ça parce que t'as pas voulu écraser cette ordure tout à l'heure ! »

Delmas Pierre baisse la tête. Il demande :

« Tu as joint Le Barrec ?

— Ouais. Dans vingt minutes, les trois autres hélicos seront là. Le lieute a dit qu' t'étais qu'un con. »

L'adjudant a un sourire un peu las. Il regarde le pilote. Vingt-trois ans.

Il dit :

« Eh bien, tu vois bien, la grande curée aura quand même lieu... C'est qu'un léger différé. »

L'autre le regarde à son tour comme une personne qui aurait beaucoup vieilli, suite à une opération. Quelque chose comme ça.

« Delmas, il dit, ça te fait quel âge, à toi ? »

L'adjumerde répond pas. Il a trente-neuf ans. Il fixe le carabidé qui se noie dans une goutte bleue.

Harry Peebles guide Noémie Blue.

Il localise tout de suite la femme en noir. Comme elle l'avait annoncé au téléphone, elle se tient sous le panonceau N° 25. Elle est grande. Stricte. Autoritaire. Peebles aime ces femmes-là. Il se sent en confiance. Il lève la tête. Le train en partance pour Bordeaux puis Irun et l'Espagne est affiché. Départ dans dix minutes.

La femme serre énergiquement la main d'Harry Peebles. Elle le regarde de ses yeux-vrilles. Elle néglige Noémie Blue.

Elle dit simplement :

« Suivez-moi. »

Brambilla et Rojinski ont assisté de loin à la prise de contact. Ils voient l'homme à la machine à écrire et les deux femmes s'éloigner sur le quai de départ.

Noyés dans la foule, les deux policiers les suivent. L'homme à la machine à écrire se retourne. C'est comme s'il voulait à tout prix signifier qu'il n'est pas dupe de leur présence.

Au pied du wagon 14, le groupe s'arrête. L'homme à la machine à écrire aide Miss Blue à se hisser dans le compartiment.

La femme en noir vient de se retourner.

Ses yeux bleus scrutent les gens qui passent. Jo Rojinski croise son regard. Il pense instantanément aux yeux marrons de cette salope de Nelly. A tout cette graisse inutile qu'elle a sur le ventre à bascule. Il baisse les paupières. Il s'en veut aussitôt.

Quand il relève ses paupières de vieux cocker usagé, la femme au visage énergique a disparu.

Par habitude, Jo Rojinski veut consulter Ray Brambilla sur la conduite à adopter. Pour ce geste de dépendance, il s'en veut également. Comme son collègue est déjà en train de se hisser deux wagons avant le N° 14, il en fait autant.

Jo Rojinski s'avance dans le couloir. Il passe devant Ray Brambilla sans s'excuser. Il ne s'efface pas. Il sent la brioche de cet enfoiré de Ray. Il reçoit la pestilence de son cigare de merde. Il gagne le compartiment suivant. Désormais, il agira à son compte. Il marche. Il est lui. C'est une décision.

Jo Rojinski se redresse.

Harry Peebles balance le sac de voyage de Noémie Blue sur la tablette. Il l'aide à s'installer.

Jessica la dévisage à son insu. Elle finit par s'asseoir près d'elle, prend sa main, la lui ouvre.

« Voilà votre billet de chemin de fer, dit-elle. Vous descendrez à Bordeaux. Vous irez à l'hôtel Terminus. Face à la gare Saint-Jean. C'est là que M. Cobb prendra contact avec vous. »

Au tour de Noémie Blue d'agripper la main qui vient de la modeler. Elle déchiffre en braille les cales de cette peau rugueuse.

Elle dit :

« Vous êtes vieille ? Qui êtes-vous ? »

Comme elle n'obtient pas de réponse, elle dit encore :

« Vous l'avez vu ? Comment est-il ? »

Jessica regarde la femme qui aime Cobb. Elle a détesté son ton geignard. Elle dit :

« Il veut que vous fassiez exactement ce que je vous dirai de faire. Il a bien recommandé que, quoi qu'il arrive, vous ayez l'air calme.

— Qui êtes-vous, madame ? répète l'aveugle. Vous êtes jeune encore. »

Jessica reprend sa main sans répondre. Elle se

lève. Elle touche machinalement sa broche. Elle fait un signe imperceptible à Peebles.

Il la suit dans le couloir. Elle lui dit :

« Tenez-vous prêt à sauter de ce train dès qu'il se mettra en marche. Retrouvez-moi dans la cour des départs. Ma voiture est une Studebaker mauve. Le genre de glace à la chantilly que vous ne pouvez pas manquer. »

Le nez d'Harry Peebles s'envole dans tous les sens.

« Thanked be the Lord ! glousse-t-il de reconnaissance, le cher vieux Cobby n'a pas baissé la garde ! Une voiture mauve ! Quel style ! »

Chim ferme les yeux. Bien serrés, bien serrés. Un sourire d'appréhension lui retrousse le pif. Paf, il appuie très fort sur la gâchette et libère la foudre du Magnum. Le gros revolver gronde en direction des deux gendarmes. L'odeur de la poudre ne déplaît pas à l'enfant.

Il se détourne un bref instant vers Cobb.

Il s'extasie :

« Vache de flamme orange, il fait ton pétard. Y t' reste encore des balles ? »

Il n'attend pas la réponse. Il tire encore. Badaboum, pour le plaisir.

« Vache de flamme, il répète. De quoi vous enlever le bras avec le recul ! BAMBADAaaaam BOoooum Powhhh ! » il onomatopète.

Il se retourne les joues roses d'excitation.

L'homme a les yeux ouverts. Chim le jauge de la tête aux pieds.

Il chantonne :

« *Fa, fa la do, fa la do mi la*, Jimmy Cobb. »

Il dit :

« Tu sais, moi aussi, je suis un dur. J'ai bien

caché mon jeu. Mais je suis un vrai dur. Et j'ai un plan. Et je vous aurai tous. »

Il se met à circuler autour du fauteuil. Il prend bien garde de ne pas se trouver à portée du blessé. Genre fauve aux aguets. Vachement vigilant et tout. Il braque l'arme sur l'homme foudroyé par la poisse et le sang. Il a un mauvais sourire.

Il dit :

« Essaie rien contre moi, Jimmy Cobb. Je t'ai à ma botte. C'est moi qui gouverne. *Fa la do mi la.* C'est moi. Je donne les cartes. »

Il fait comme il a vu dans les films. Il fait passer l'arme d'une main à l'autre et retour. Le plus vite possible.

Cobb a un pâle sourire au travers de son masque de sang. Il pense à lui-même. Un enfant des rues. Il dit faiblement :

« Comment tu t'appelles, petit ?

— Aniello Della Croce, répond Chim. Et c'est moi qui ai gaufré tout ton pognon. »

Les yeux de Jimmy Cobb se referment.

Le train s'ébranle imperceptiblement.

Au début, c'est une illusion. Une sensation vague. L'espace qui bouge sur l'espace. Un calque qui se déplace sur la vie.

Harry Peebles jette un dernier coup d'œil vers Noémie Blue. Tandis qu'il s'élance dans le couloir du wagon, il emporte d'elle une image immobile.

Ray Brambilla donne un coup de coude dans le buffet de Jo Rojinski. Là-bas au fond du couloir, traîne-la-patte se précipite sur la porte ouvrant sur la voie.

Sur le quai, les visages défilent. Regards de

ceux qui restent, tournés vers ceux qui partent. Emotions conventionnelles. Mains agitées vers des vacances, des divorces, des maladies. D'autres refluent déjà. Employés gris et rythmés. Foule qui se raréfie.

L'homme à la Remington vient de sauter en marche.

Avec sa patte folle, il se reçoit de manière dissymétrique. Gracieux comme une demoiselle de Numidie atterrissant sur un lac, il s'échasse et bancale sans lâcher sa mallette. Cinq ou six enjambées, il envisage de s'affaisser. Puis, ses bras immenses se déploient. Ils montent le long de sa silhouette, décrivent des cercles, volutent et, balanciers intrépides, soulagent sa prothèse. L'équilibre menacé se rétablit à mesure.

Voilà, ça y est, les flicards, blairs écrasés contre la vitre, voient passer sa tronche moqueuse au ras de la leur.

Le temps de ne pas se parler, les deux poulets se divisent d'eux-mêmes. Oubliant leur fâcherie bicéphale, l'un opte pour le train, l'autre pour l'aventure.

C'est Rojinski qui choisit de se jeter dans le vide. Comme le convoi a pris de la vitesse, il roule, bille, boule et flaque au bi du bout du quai les ballots. L'était même temps qu'il s'arrête. Encore un tour et n'y avait plus de ciment.

Dans le couloir du train, la porte du compartiment surveillé coulisse sur le visage de Noémie Blue.

Elle demande :

« Harry ? Harry Peebles ? Etes-vous là ? »

Elle respire une forte odeur de cigare et tourne sa frange du côté de celui qui se tient près d'elle.

« Pardon, monsieur, dit-elle, est-ce que dans le couloir, il se trouve un grand monsieur, avec des lunettes et une machine à écrire ?

« — Non, mademoiselle, répond Brambilla. Personne qui ressemble à ça. Mais si vous avez besoin de quoi que ce soit, je peux certainement vous aider. »

Convergences

Dans la salle des pas perdus, giroscope sur sa rotule en plastique, Harry Peebles court à bascule. Il louvoie parmi les gens — travailleurs, badauds — s'y fond, s'y perd. Réapparaît plus loin. S'éloigne à toute allure.

Il évite de justesse un convoi de wagonnets cinglant vers un Corail. Il fend un cortège de nourrices sur lieu escortant un émir et ses femmes.

A peine remis de cette rencontre mi-Qatar, mi-morvandelle, il sent dans son sillage les pas précipités de son suiveur.

Jo Rojinski est à ses trousses.

Profitant de son avance, première échappée à main gauche, Harry Peebles s'élance. Il disparaît dans une galerie marchande. Happé vif par une shop en vins et spiritueux, il y négocie l'achat d'une bouteille de Kirsch-Wasser de la plus haute fantaisie. Le flacon à la main, une idée derrière la tête, il ressort aux sus et vues.

A cet instant précis, son pisteur déboule.

Surpris, Jo Rojinski freine et dérape. Il dérive sur ses grolles signées André. Harry le prend à contre-pied, s'escarpe à l'inverse. L'entend négocier dans son dos un demi-tour et s'arrête si sec.

Il est devant un appareil à polir les chaussures.

Le temps à peine de déchiffrer les instruques. Opération en deux temps, ils disent. Un pied après l'autre. Levier à gauche pour les chaussures noires. A droite pour les chaussures de couleur. Harry glisse un franc. Engage un pied. Levier à droite. Toute, il confie son box-calf à la brosse automatique.

Tandis qu'elle vibrillonne sur sa tige, son contrefort et son empeigne, Jo Rojinski, désarçonné par cette brusque volte-face, cherche à constituer un comportement plausible.

Il opte pour la contemplation d'un distributeur en confiseries. Placé devant le dilemme extrasucre des cellophaneries distribuées par la SAFAA, le flic hésite entre le Blanc-Mental, le suc des Vosges et les cacahuètes split. Ses atermoiements sont si sincères qu'il en oublie de protéger ses arrières. Il ne voit donc pas arriver le coup escagasseur. Trois kilos et demi d'alphabet-plomb lui écrabouillent l'occiput et le plus clair de son entendement.

Jo Rojinski flic-flaque. Et gros soupir, salut.

Ayant salué d'un bref signe de tête la qualité Remington de son arme à double interligne, Harry Peebles étend de tout son long la langueur molle-gomme du policier. Une brochette de voyageurs moutonniers, débouchant à petons et sueur, piétine sans surprise, commisération aucune, l'assommé pour le compte. Il y a belle lurette à Paris qu'on n'enjambe plus les morts en vérifiant avant s'ils le sont.

Harry Peebles mise sans réserve sur l'indifférence de ses contemporains. Simplement, pour plus de réalisme, il asperge le costard de sa victime de Kirsch fantaisie. La bouteille, posée-figuration entre les bras endormis de Rojinski, contribue à discréditer définitivement le bonhomme.

De quoi gagner deux bonnes heures.

Ravi par l'excellence de son esprit d'entreprise, galvanisé par l'action, Harry sourit à un boy-scout. Il trouve ses genoux du dernier érotique. S'étant imprégné de l'image de son génuvalgum qui s'éloigne déjà vers un chef de patrouille, l'écrivain percute de pleine poitrine une fort jolie femme. Ce contact imprévu lui arrache un gloussement affligeant.

Ravagé par son tic, à traîne-patte, il cherche la sortie.

Dès qu'il la trouve et pose le pied sur le trottoir, il a l'impression d'être entré par erreur dans un four à micro-ondes.

Tout soleil dehors, la ville rissole et fricasse dans son jus d'oxyde de carbone. Parmi toutes les limousines glissant vers des courses, Harry localise sans peine la Studebaker. Devant un parcmètre, elle rutile et mauvit à vomir.

Harry Peebles s'élance vers la dame en noir. D'un geste impérieux, elle lui tend les clefs de contact.

Et j'irai vers mon père

Chim regarde la plaine par l'un des hublots du bateau-tombe. Il court jusqu'à un autre. Il bat des mains. Saute sur place. Hip, hip. Excité comme un pou de sable. Se retourne, l'affreux môme, vers Jimmy Coob.

« *Fa. Fa la do. Fa la do mi la* ».
Chim chantonne. Chim combine. Chim arcane. Il ne quitte pas des yeux l'homme au masque de sang.

Soudain, il s'approche du blessé. Il lui balance un coup de latte.

« Hé! Bogart!... Hé! »
Nouveau coup de tatane au mitan du tibia.

« Hé! Humphrey! C'est pas l' moment d'avoir une vie intérieure! T'entends? Les flics sont là!

Arrivés d' partout ! Trois hélicos ! Un régiment ! Ça défile sur la Beauce ! Des mecs armés jusqu'aux dents ! Vrai, si tu voyais !... Y a la télé aussi. Un car bleu. Et des zautos-breaks. Les gens d' Champmotteux aussi, qu'arrivent de partout !... Entends les haut-parleurs !... La fête qui s'installe... Hé ! Hé ?... Ducon ! Tu m'entends ? »

Cobb entrouvre les yeux.

L'enfant chantonne, puis s'arrête brusquo :

« Bogie de mes deux, il fait. Tu veux fumer ton dernier clop ? »

Cobb oscille vaguement la tête. L'enfant lui visse une Camel entre les lèvres. De force.

« Bogart peut pas crever sans une cibiche au coin du porte-pipes, tu comprends ? Tète ! Allez, tète ! Y faut qu' tu calcines ta sèche, mon pote ! »

Il lui allume sa cigarette. Il la lui revisse au coin de la bouche. Il prend du recul. Ses petits yeux rusés multibrillent. Il reluque Cobb pendant longtemps.

« Faut que j' t'habille en héros, il finit par dire. Sinon, y aura rien de bon sur le film. Juste un mec ordinaire. »

Il enlève son Borsalino et le colle sur la tête du mourant.

« Là. Tu vaux quatre sous de plus. La télé sera contente. »

Il contemple encore son œuvre. Peaufine. Améliore.

« Attends, il fait. Faut que j' te glisse tes allumettes légendaires dans le ruban de ton chapeau. Voilà... T'as l'air d'un vrai homme. »

Cobb tire sur sa cigarette. Il fait un effort immobile. Sa blessure au ventre lui colle des coliques de plomb. Le sang s'est arrêté de couler sur sa face. Il sourit une grimace caillée.

Il fixe l'enfant.

Sa hargne. Sa teigne. Rien que de la saloperie.

Il dit faiblement :

« Aniello Della Croce, hein ?

— Ouais, fit le gamin. Ça te dérange ?

— Non. Au contraire. Bon choix, petit. »

Il y a un silence. Le soleil dessine la grille sur le sol. Le regard de Cobb prend une couleur braise. Du rouge qui se ravive.

« Tu sais, dit-il à l'enfant, j'ai vraiment rencontré Aniello. Il y a quelques années de cela.

— Menteur.

— Parole. Et ça me fait plaisir de le revoir.

— J' vous crois pas.

— Je te jure. Il était encore un des trois lieutenants de Carlo Gambino. Sa carrière se dessinait déjà pas mal.

— J' vous crois pas », répète Chim.

Mais ses yeux rapprochés se resserrent encore plus, n'empêche. La curiosité qui le taraude.

« J' vous crois pas, il répète après mûre réflexion. D'ailleurs, Croce, c'est moi. Seulement moi. Je suis un grand assassin pour plus tard. Mes pouces le disent assez.

— Moi je te crois, dit Cobb.

— Y a intérêt », dit l'enfant.

Cobb a de nouveau un sourire interrompu par la douleur.

« Mince d'outil tu es, fils, il dit à Chim. Un môme drôlement performant pour son âge.

— J' peux encore faire mieux, dit Chim. D'ailleurs, plus ça va et plus j' pose un regard froid sur la vie ordinaire. Elle ne me suffit pas. »

Il se recule. Il dit :

« Une fois, on a eu une rédac, à l'école. Mlle Brun, l'instite, qu'avait écrit au tableau qu'on avait une heure devant nous pour « nourrir un projet audacieux ». Ça m' faisait tellement chier, c' sujet !... J'ai rendu copie blanche. »

Il attend un peu avant d'ajouter :

« Eh bien maintenant, aujourd'hui, c'est pas pareil... J'nourris... J'nourris même salement. »

Il pose ses yeux rapprochés sur le front de l'homme. Il prend l'air rusé. Il dit :

« Un projet qui dépend de vous.

— Qu'est-ce que tu peux bien vouloir de moi ? demande Cobb. Je ne vaux plus rien. Si tu veux quelque chose, il faut drôlement te dépêcher. »

Leurs yeux se rencontrent. Cobb bouge un peu.

« Alors ? demande-t-il, qu'est-ce que tu veux ?

— Ta peau, dit l'enfant. Je veux être celui qui a tué Jimmy Cobb. »

Il lève le revolver à deux mains. Il vise l'homme au front.

Le blessé aspire une longue bouffée de sa cigarette. Il dit :

« Je n'ai jamais fumé de ma vie. Je suis sûrement passé à côté de quelque chose. »

Il fait rougeoyer à nouveau la Camel. Il en crache le clop par terre. Il murmure :

« Je mourrai et j'irai vers mon père.

— Qu'est-ce que tu racontes ? dit l'enfant.

— Plus rien », dit Cobb.

Il ferme définitivement les yeux.

Il attend.

Soudain, il plisse tout son visage.

« Tire petit, dit-il. Fais vite ! Je ne t'envie pas. »

Et vache de flamme orange.

Harry Peebles est au volant de la Studebaker. Il conduit par saccades. Il est derrière un bus. Ça n'avance pas.

« Je ne voulais pas passer par là, s'énerve-t-il. Il fallait prendre par le périphérique et filer par le sud.

— Vous irez plus vite par l'ouest », résiste la femme en noir.

Elle ne le regarde même pas.

Son regard scrute les trottoirs envahis par la foule des bureaux. Il est midi. Les terrasses des cafés semblent la fasciner.

« Et puis je voulais voir la ville », dit-elle en retirant son chapeau noir retenu par une longue épingle.

Jessica pouffe derrière sa main gercée.

« Je suis une paysanne, dit-elle. Jamais sortie de son trou ! »

Elle met l'épingle dans sa bouche et la suçote en regardant les Parisiens. Harry Peebles la dévisage. Il remonte ses lunettes :

« Pourquoi avez-vous consenti à vous charger de cette mission sans aucun rapport avec votre vie habituelle ? »

Elle le regarde comme si c'était la première fois.

« Mais... tout simplement parce que je n'ai *plus* de vie habituelle, monsieur Peebles. »

Harry jette un coup d'œil de côté. Elle a de nouveau son front bombé comme sur un timbre-poste. Un profil de médaille.

Il demande, il ne peut pas résister :

« Est-ce que Jimmy Cobb est pour quelque chose dans votre... dans votre changement ? »

Elle prend l'air grave :

« Ah ! C'est pour votre livre, ça ? »

Elle n'attend pas la réponse. Elle dit :

« Oui. Je suppose que vous pouvez écrire cela. »

Elle dit aussi :

« En tout cas, aujourd'hui n'est pas un jour ordinaire. Figurez-vous que j'ai envie de tout recommencer... Vous n'avez jamais eu envie de tout recommencer, vous ? De faire ce que vous n'avez jamais osé ?... Envie de faire voir votre peau, par exemple... hein ? La peau. Des trucs comme ça. »

Elle rit :

« Je me sens totalement impudique. Ça m'a prise comme ça ! D'un coup ! Sur le tard ! »

Son regard se pose sur Harry Peebles.

Il enregistre ses yeux bleus, son air autoritaire, son chignon strict. Rien qui aille avec le langage qu'elle tient.

Jessica rit encore. Un rire de gorge, un rire d'agacement. Les nerfs derrière ça.

Elle provoque :

« Vous voulez que je vous montre ma peau, monsieur Peebles ? Mes seins ? MES NICHONS ?... Vous avez peur ? Les mots ? Même les mots vous font peur ?

— Surtout les mots, dit Harry. Les mots sont mon métier, vous comprenez ? »

Il se rétracte sur son siège.

« Arrêtez-moi là, dit Jessica. Je descends. Je ne rentre pas chez moi. »

Elle ouvre la boîte à gants, en sort une carte routière et dit :

« J'ai dessiné l'itinéraire en rouge. Vous suivez l'autoroute de Chartres. Sortez à Dourdan. »

La voiture se range le long du trottoir.

Elle regarde dehors comme si elle avait peur au moment de sauter le pas. Elle retire sa broche, ouvre son col. Elle sourit. Elle tend le bijou à Peebles.

« Pour M. Cobb, dit-elle, si vous le voyez. »

Elle ouvre la portière.

« Où irez-vous ? demande Harry.

— Quelle importance ? s'étonne-t-elle. J'ai juste envie de me perdre. Comme disait mon père, au coin de la rue, le bout du monde. L'occasion, monsieur Peebles, me guette sûrement quelque part. »

Il la regarde s'éloigner.

Jessica marche très droite. Au bout d'une dizaine de pas, elle s'arrête, défait son chignon et déroule ses longs cheveux. Elle secoue la tête juste avant de se noyer dans la foule.

Harry appuie nerveusement sur la pédale d'accélérateur. La Stude fait un_bond en avant et décolle du bord du trottoir. Il fixe malgré lui un chapeau de paille noire resté sur le siège du passager.

Il chasse toutes sortes de pensées confuses ayant trait aux femmes et s'élance vers le dernier chapitre de son livre.

Chanson rouge et notre temps

« Fa. Fa la do. Fa la do mi la. »

Harry Peebles, un million six cent mille exemplaires vendus pour Doubleday, va prendre un quart d'heure pour traverser Paris. Il mettra quarante-cinq minutes pour arriver à Dourdan. Et dix minutes pour rallier Morsang.

Quand il arrivera là-bas, *fa la sol mi la*, il verra un grand attroupement dans les champs. Il s'arrêtera au milieu d'une pièce de blé. Des centaines de bagnoles seront déjà là.

Par sa vitre ouverte, un marchand ambulant lui offrira des gelati. *Fa la ré la mi.* Un autre de la barbe à papa. *Fa la ré la la.*

Il sautera de voiture sans leur répondre.

Un Africain au visage entouré de pansements se ruera sur la Studebaker dès qu'il l'aura abandonnée. L'homme se mettra à palper les sièges en poussant des cris de joie.

Harry Peebles sera déjà en train de courir avec la foule que les gendarmes déployés ne pourront plus contenir. Il aura sa machine à écrire à la main. Avec les autres, avec les cameramen, avec les cons, il verra sortir — *fa, fa la ré si do* — d'un étrange paquebot de pierre, un étrange jeune garçon. Ce garçon-là aura, *fa la sol si la*, de drôles d'yeux rapprochés et aussi un drapeau blanc.

Pour la télévision, cet enfant sera en train de refaire pour la troisième fois le simulacre des événements qui se seront déroulés une demi-heure auparavant.

Pour la troisième fois, cet enfant-là dira :

« *Fa la sol mi la*, je suis celui qui a tué Jimmy Cobb. »

Il s'offrira aux flashes et aux interviews. Son nom sera dans les journaux. Il recevra des marques d'attention.

Et une caisse de Coca-Cola.

A la même heure, *fa la do mi sol do*, boulevard des Italiens, sa mère largement décolletée ressortira d'un magasin.

Elle aura fait l'acquisition d'une robe cent pour cent viscose. Tout son cachet résidera dans sa coupe soignée et dans son tissu imprimé. Une étoffe souple et dansante qui affirmera sa féminité. Elle aura des manches courtes et épaulées. Un empiècement d'épaule froncé. Deux poches dans les coutures de côté.

Et elle sera entièrement boutonnée sur le devant.

Les hommes regarderont Jessica. Et Jessica dévisagera les hommes. Elle entrera dans un cinéma climatisé. Il y aura le ciel, des étoiles au plafond. De la musique douce. Paul Newman qui embrassera une blonde sur la bouche.

Jessica se perdra dans la foule. Elle essaiera de comprendre ce qu'on peut faire de sa liberté.

Il sera tard dans la nuit quand elle se choisira un compagnon. Il s'appellera Albert. Mais il lui dira qu'il est Jacques. Il la prendra dans ses bras. Il lui chuchotera qu'il l'aime. Elle ne le croira pas. Elle profitera de l'aubaine. Son corps restera à elle. Elle sentira juste ses gestes devenir de plus en plus faciles. Elle fera tout ce qui lui passera par la tête. Il aura peur d'elle. Elle ne se retiendra pas de crier. Après, elle dormira.

Quand elle se réveillera, Jacques aura laissé deux billets de cent balles pour payer l'hôtel. *Do mi sol do*, aura ripé, Jacquot.

Se sera rebalancé dans le grand baquet. Plouf dans les eaux sales. Soupe prolo et cantoche à Suresnes. Boulot-dodo, Jacquot. Huit heures de rang. Une chaleur d'usine.

Touille. Vas-y Jacquot. Touille. Touille. Touille.

Soupe aux emmerdes. Ta femme et tes enfants. Ta soupe et tes impôts.

Parti, Jacquot.

Jessica s'assiéra au bord d'une chaise bancale. Elle se mettra à rire d'une voix désaccordée. A sangloter aussi. Elle ne saura plus au juste pourquoi.

Elle repensera vaguement à Jimmy Cobb.

On sera le mercredi 1er juillet.

Ce jour-là, on aura fusillé cent six opposants à un régime totalitaire. On aura attenté à la vie d'un chef de l'Etat. Et on aura reçu des nouvelles de Saturne.

Toute la matinée, le soleil restera au lit. Et l'orage commencera à gronder sur la région parisienne.

DU MÊME AUTEUR

Aux Éditions Gallimard :

Aux Éditions Denoël :

MISTER LOVE, 1977.

Aux Éditions Jean-Goujon :

TYPHON-GASOLINE, 1979.

Aux Éditions Mazarine :

BLOODY MARY, 1979.
BILLY-ZE-KICK, 1980.
GROOM, 1980.
PATCHWORK, 1983.

« Composition réalisée en ordinateur par IOTA »

IMPRIMÉ EN FRANCE PAR BRODARD ET TAUPIN
7, bd Romain-Rolland - Montrouge - Usine de La Flèche.
LIBRAIRIE GÉNÉRALE FRANÇAISE - 14, rue de l'Ancienne-Comédie - Paris.
ISBN : 2 - 253 - 03283 - 2

DU MÊME AUTEUR

Aux Éditions Gallimard :

A BULLETINS ROUGES, 1973.
BILLY-ZE-KICK, 1974.

Aux Éditions Denoël :

MISTER LOVE, 1977.

Aux Éditions Jean-Goujon :

TYPHON-GAZOLINE, 1979.

Aux Éditions Mazarine :

BLOODY MARY, 1979.
BILLY-ZE-KICK, 1980.
GROOM, 1980.
PATCHWORK, 1983.